文學研究叢書・現代文學叢刊

新文學的教育之路

—論現代文學與晚清民國語文教育的互動關係

王　林

王序

別開生面的跨學科研究
——序王林著《新文學的教育之路——論現代文學與晚清民國語文教育的互動關係》

十九世紀中葉以降至二十世紀初，也即晚清民國時期，中國遭受以鴉片、大炮開路的西方文化猛烈衝擊，內憂外患，病痛百出。革命、戰爭、救亡、圖強，中國社會處於大動盪、大變革、大轉型的歷史非常時期，前人曾將這一時期稱之為「中國三千年未有之大變局」。引領大變局潮頭的無疑是文化。一方面晚清民國時期雖然社會動盪，風雨交加，但另一方面則是思想文化的空前活躍，各種錯綜複雜的學說、實踐此落彼起，「體用」模式爭論不休，由此促成了中國三千年以來的又一個「百家爭鳴」時期。而文學與教育則是「百家爭鳴」大變局文化潮流中最為精彩矚目的兩翼。

因為文學作為時代思想、心理、情緒與想像的晴雨錶，總是擔負著「啟蒙」或「載道」的重要使命；而教育則直指著塑造未來民族精神與性格，誰爭取到了教育的語話權，誰就贏得了未來一代，未來一代則聯繫著未來中國。正是從這個意義上，當二〇〇三年王林將他的博士論文選題初擬為「從文學與教育的關係」切入，探討晚清民國時期新文學的教育之路時，我立時感覺到了王林發現問題的敏銳性與選題的價值，因而給予了充分肯定。

在我從教三十餘年，先後指導過的上百位碩士、博士生與訪問學者中，王林與我的「從教」關係最為密切。一九九八年以前，當我尚在重慶北碚的西南師範大學中文系（今西南大學文學院）執教時，王林是中文系的本科生，以後（1995年）又成了我的碩士研究生。一九九八年十月，我從重慶調到北京師範大學執教，其時王林已是北京一家出版社的文學編輯。二〇〇一年，他又成了我的博士研究生。王林的這一博士學位論文選題，顯然是深具問題意識、創新思維的跨學科研究，涉及到現代文學、兒童文學、語文教育與課程教學等，需要多方面的知識儲備與學術資源。以我對王林的瞭解，當時他已經有了這方面的準備。王林在北師大讀博期間，他調到了中國教育出版的第一大社——人民教育出版社，專門從事小學語文教科書的編輯；而人教社的圖書館擁有從晚清迄今百年間的眾多中小學教科書，特別是完整的「國語——語文」教科書，這為王林的這一選題提供了最好的「教育之路」研究資料。王林同時兼任著課程教材研究所的研究工作，可以自由借用百年語文教材，這是他人無以企求的。正是因為王林有現代文學、兒童文學、語文教材研究等多方面的準備，再加以自己的刻苦與勤奮，二〇〇四年六月，他提交答辯的博士學位論文《論現代文學與晚清民國語文教育的互動關係》，以「優」的成績，順利通過答辯，獲得北師大文學博士學位。

為撰寫這篇序文，我翻出了「塵封多年」的二〇〇四年五月我所寫的對王林博士論文的「導師意見」，現直錄如下，以見當時我對其論文的評價：

> 王林同學自2001年攻讀博士學位以來，刻苦鑽研，勤奮努力，在原來具有較好知識結構和扎實的研究功底基礎上，對現代文學和兒童文學學科的一些前沿問題進行了深入研究，思維活

> 躍，對很多學術問題有自己的看法。讀博期間，在核心刊物上發表論文5篇，並參與了導師相關課題的研究。其博士學位論文《論現代文學與晚清民國語文教育的互動關係》，在佔有大量第一手資料，特別是晚清民國語文教材資料的前提下，獨闢蹊徑，以語文教育這一獨特角度切入現代文學的研究，論證了語文教育對現代文學的發生和「經典化」過程的巨大促進作用，並反思了這一「現代化過程」對後世文學觀念和語文教育帶來的影響。論文始終把兒童文學作為現代文學不可分割的一部分，結合起來論述，避免了以往現代文學將兒童文學排除在外的做法，這一點尤其值得褒揚。作者在研究方法上，從教育學、傳播學等學科引用了一些話語資源，因此整個論述顯得新鮮而別具特色，其博士論文對拓寬現代文學的研究思路尤有借鑑意義。論文有些觀點尚需進一步深入。但通篇看來，仍不失為一篇思路清晰、論述有力的較為優秀的博士論文。基於此，同意王林同學參加博士論文答辯。

二〇〇四年六月，王林與同屆的另二位同學金莉莉（來自武漢）、張嘉驊（來自臺灣），從北師大博士畢業後，又回到人教社上班。在忙碌的職場工作之餘，對他當年的博士論文作了進一步的修訂完善。現在，即將出版的這一部專著《新文學的教育之路》，正是他多年研究所獲的思維結晶。

通覽王林此著，引發我多方面的思索。我認為，王林此著最重要的意義是提出了對新文學發生與「勝利」的新的解析維度與觀點。

新文學，也即我們通常所說的中國現代文學，其發展壯大，自然有其思想的、文化的、社會的多重因素。但王林認為，還有一個更為直接與「功利」的因素，這就是教育，具體地說就是晚清民國期間的教育改制特別是語文教育的形態、結構與模式。因為，正是發生於二十世紀初期的國語運動與文學革命這兩大運動的合流所出現的「國語的文學，文學的國語」的主張，才把白話提升到正式書面語的地位，而國語運動又直接聯繫著中小學語文教育。新文學借助語文教育之力，語文教育成為新文學依靠的重要制度力量。正是通過這一「捷徑」，新文學的新作品、新思維、新觀念、新形態，才得以長驅直入，走進課堂、課本與「未來的閱讀者」，而當一代代「未來的閱讀者」成長起來以後，新文學自然而然地在中國紮下了深根，這是新文學之所以能在二十世紀初葉很快「勝利」的重要原因。我認為，王林的這一論述是很有見地的，王林將現代文學與語文教育這兩個學科之間「心有靈犀一點通」的節點，有機地聯繫了起來，而且做了精到的盡可能合乎歷史事實的邏輯辨析，這種辨析又是建立在他所佔有的人教社豐富的「國文」、「國語」、「語文」教材的基礎之上。

王林的論述，讓我們清晰地看到了新文學是如何借助「知識——權力」機制進入語文教育領域，而語文教育又是如何反過來塑造新文學成為新經典的互動關係與過程。按王林的材料與解析，這種互動關係至少包含以下三個方面：一是語文教育的改革促進了文學革命的發生；二是新的語文教育制度幫助和建立了新的文學審美觀和文學秩序；三是語文教學「經典化」了新文學作品，使之成為一代代的學生閱讀和摹寫的範式。通過教育之力推進新文學思想和新文學作品，一直是新文學主將——從胡適到朱自清們的重要文化策略。綜觀全文，王林這部專著的價值，顯然不僅僅只是在研究視角的轉換上，其更重要的意義在於，通過現代文學與語文教育兩者關係的考察，從而更加有說服力地描述和驗證了中國現代文學發生、發展乃至「勝利」的過程與制度性保證，同時也更加有說服力地描述和驗證了中國現代性語文教育範式形成的過程與複雜內涵。

說起中國現代語文教育與語文教科書，這無疑又是一個「說不清，理還亂」的話題。從二十世紀初葉現代語文教育的逐步建立，到今天已經過去了百年，但語文教育與語文教科書依然還是在「改革」、「爭鳴」、「探索」之中，甚至成為社會關注的熱點、焦點、難點之一。這是為什麼？閱讀王林的這部論著，我們似乎可以從中找到某些「釋疑」的線索。

中國傳統的語文教育是以「誦讀」和「背誦」作為主要教學模式，所學「教材」則是以儒家學說作為主要「傳道」內容的四書五經與古典文學。進入晚清，廢科舉，倡新學，受西方教育影響，新式學校與新式教材、教法應運而生。傳統的教育內容與方法逐漸被新教學所取代。據資料：一九〇四年初等小學設「中國文字」，高等小學與中學設「中國文學」；一九〇七年統稱為「國文」；以後又將小學課程改為「國語」，中學仍保留「國文」；一九四九年以後則改為「語文」。王林在對語文學科史料爬梳鉤稽中發現：一九〇四年清政府的《奏定學堂章程》所規定的高小與中學所設「中國文學」課程，講授內容龐雜，包括「文義」、「文法」和「中國古今文章流變」；文學則包含了「文學研究」、「文學教育」、「文章教育」、「語法教育」等成分。「這一內涵界定的多義性，為後世關於語文教育性質的爭論埋下伏筆，很多爭論到最後都變成語文學科性質的討論。」這是符合事實的。我在六〇年代初讀初中時，曾見到過五〇年代的中學語文，分為《文學》與《語言》兩種教材。進入新世紀的語文教改，一直在為語文學科到底是以「人文性」還是「工具性」為主爭論不休，而語文課文的選文，則成了各種思想意識交鋒的「引爆點」。「為什麼魯迅作品越來越少？」「為什麼不見了《狼牙山五壯士》？」「為什麼要選周杰倫的東西？」往往一篇文章的上或下，都會引起網路爭吵，甚至成為這一年的「大事」。

語文教科書選什麼不選什麼，表面上看是教育界、出版界的事，而其背後則是各種意識形態與利益集團的博弈。從王林的這部論著中我們可以看到，從晚清至民國時期，不同利益群體都在爭奪教科書的編選權、出版權，而編者與出版者又帶有不同的文化身份、政治態度與利益目標，語文教育往往成為各種意識形態的角逐場。因而一部中國版的「國文／國語／語文」教材的編寫史、出版史，就成了中國社會不同的意識形態和利益集團關係史、博弈史。以此觀之，今日語文教育與語文教科書的「你方唱罷我登場」的「探索、爭鳴」，也就不足為奇了。看來，「語文問題」還會繼續存在。

閱讀王林此書，對於我們如何理解語文教育與語文教科書，如何理解語文教育與文學、文化、政治之間的關係，提供了一種別有意味的參照系。從語文學科的種種「變化」與「改革」，可以看出「知識——權力」機制的運用軌跡，正如阿普爾（M.APPLe）在《意識形態與課程》一書所說：教科書「不『僅僅』是一個教育問題，而且從本質上說也是一個意識形態和政治問題」，「因為它往往決定了『誰的知識最有價值』」。

從王林的求學經歷與職場經驗看，他的知識結構是複合型的，近些年來，他除了從事語文教育的出版與研究外，還是一位著名的閱讀推廣人。但從本質上講，王林始終將自己的學術座標定位在兒童文學。因而他在現代文學、語文教育、閱讀推廣方面，始終不忘將兒童文學植入其中，同時調動兒童文學這種「人類優質文學」的價值資源、審美資源與藝術資源，來豐富與滋潤現代文學與語文教育。這是他的特點與優勢，也是他的這部論著的別開生面之處。我們看到，王林始終將成人文學與兒童文學聯繫起來進行「新文學的教育之路」的探索與考察。一部中國現代文學史，或者一部中國現代語文教育史，如果缺失了兒童文學，那是不可想像的，「如同教育系統是小學、中學和大學上下連貫的一樣，文學系統也應該是兒童文學與成人文學上下連貫，否則很多文學現象就得不到完整的解釋。」

我一直宣導同時也要求我的學生，學位論文一定要有「問題意識」。問題就是發現，就是創新，就是意義。最好的論著總是提出問題、發現問題、論析問題，自圓其說地解決問題的過程。王林的這部以博士學位論文為基礎的論著，在我看來，正是具有這種「問題意識」學術品格的好書。因而，當王林前不久攜其書稿來舍請序，我就爽快地答應了下來。這部別開生面的跨學科研究書稿，對於中國現代文學、兒童文學、語文教育、小學教育史的研究，都是很有意義的。

是為序。

北京師範大學文學院教授　王泉根

林序

語文教育的歷史與記憶

一九九七年一月十九日，在參訪交流活動中，於西南師範大學認識了王泉根、王林師生。當時王林是碩士生，畢業後任職於北京人民教育出版社。其後又進修博士學位，因為從事語文教科書的編寫與研究工作。是以〈論現代文學與晚清民國語文教育的互動關係〉為論文題目，並於二〇〇四年六月畢業，是大陸首屆兒童文學博士。

在高校兒童文學研究方向中，似乎少有以語文教育為題，王林可說是開語文研究之先例。

其實，在二十世紀末期，為了因應科技發展、加強國際競爭力，由聯合國帶頭掀起教育改革之風，於是乎風起雲湧，國際化、全球化的潮流橫行不息。教育內容發生重大變革，所謂全球觀、跨文化學習、國際化態度、多元包容價值觀皆出籠，其目的在於培育國際化人才，提昇國民競爭力，以成功迎向未來世界。

在教育改革浪潮中，就國語文而言，大陸曾見有教材兒童文學化的主張，並見對民國初期國語讀本的懷念。上海科學技術文獻出版社有上海圖書館藏拂塵《老課本》（商務、世界書局、開明）的刊行，而後印行老課本與懷舊蔚為時尚。

所謂老課本，其實是中國近代（清末民初期）教育改革的成果。

中國近代教育緣於現代化。現代化運動的特色有二：其一，它是根源於科學與技術的；其二，它是全球性的歷史活動。更明確地說，這個現代化運動是人類社會所經歷的巨大形變的現象，它是十七世紀牛頓以後的工業革命。因此現代化是發源於西方的社會。西方社會經由數世紀科學的洗禮，古傳統、權威、價值皆受挑戰，科學成為「了解」世界的基本法門，技術且成為「改變」世界的重要工具，西方之現代化的社會，其特性是以科技為主導。科學與技術具有普遍性，亦無時空性，因此，當非西方社會與西方社會遇合時，非西方社會立刻面臨到科技的全面入超現象，因此科技入超乃導致其傳統的生產方法、社會結構、文化價值之轉變、破壞，而日漸朝向「西方型模」趨進，這種「西方型模」在社會學的意義上說則是「全球性」的。

而中國的巨變是十九世紀中葉西方帝國主義堅船利砲的轟擊而開始的。它的分界點即是一八四〇年的鴉片戰爭，一八四〇年以來中國即開始主動的拋棄傳統的農業社會，並被動的朝向現代化的工業社會。

在現代化的過程中，教育逐漸走進新文化運動中的主軸。一般說起，鴉片戰爭以前（道光十九年，1839）是具有長期歷史的傳統教育；但鴉片戰爭以後（1841）則漸次演變為現代化教育。在一九三七年全面爆發抗日戰爭後，教育則以國家本位的民族主義為主軸。

鴉片戰爭之後，雖有曾國藩、李鴻章等人的倡導與主持洋務，然而成績有限，經不起甲午戰後的考驗。是以可知中國新教育在萌芽時其的進程，非常緩慢，不足應付時勢的需求。而後，在甲午戰爭到辛亥革命十六年間，是教育大變速變的時期。一方面推翻了傳統教育制度；又一方建立起現代化教育制度。其間重要大事有：

一、廢止八股。光緒二十四年（1898）六月二十三日，明確地下達廢八股改試策論的諭旨。

二、停止科舉。光緒三十一年（1905）八月廢止科舉。

三、設立新式學校將各省縣原有書院，一律改建高等、中等與小學，並撤銷原有各府州縣儒學，完全以新式學校代替書院及各府、州、縣儒學。

四、光緒二十四年（1898）創辦京師大學堂，為我國國立新式大學之始。

五、欽定學堂章程。光緒二十八年（1902），清政府頒布了由張百熙所擬的「欽定學堂章程」，是為「壬寅學制」，但由於學制本身不夠完備和清政府對張百熙存有忮心等原因，所以沒有實行。次年十一月。則頒布了由張之洞、張百熙、榮慶合訂的「奏定學堂章程」，以確定教育現代化的新學制；這年是癸卯年，通稱為「癸卯學制」。

六、此時期各種新式學校紛紛設立，成為一種全國性的興學運動。

民國成立後，首先定新的教育宗旨；其次改學制。而所謂的「兒童文學」一詞，周作人早在民國二、三年間即已採用，並以見之於刊物。是以所謂九年之說不無疑問。或謂「兒童文學」一詞自九年起較廣為流行。

至於兒童文學與國小教材接合，則有賴國語的推行，及教育部的政令。一九一九年，國語統一籌備會所提「國語統一進行方法」案，有云：

> 統一國語既然要從小學入手，就應當把小學校所用的各種課本看做傳佈國語的大本營；其中國語一項，尤為重要，如今打算把「國文讀本」改做「國語讀本」，國民學校全用國語不雜文言；高等小學酌加文學，仍以國語為主體。「國語」科以外，別種科目的課本，也該一致改用國編輯。（見69年9月中華民國史事既要編纂委員會編印《中華民國史事紀要（初稿）》）中華民國9年1月12日，頁47）

至一九二〇年，全國教育聯合會擬定「各科課程摘要」，曾經提議「小學國語科讀書教材的內容，應以兒童文學為中心」。而後小學教材已漸漸採故事、兒歌、童話等。

民國十八年八月，教育部公佈「小學課程暫行標準」，其中「國語」科已重申「讀書」的內容應該側重兒童文學，其「目標」第三條有云：

> 欣賞相當的兒童文學，以擴充想像，啟發思想，涵養感情，並增長閱讀兒童圖書的興趣。（見18年11月《教育雜誌》，第21卷第11期，頁129）

而後，國小國語科以兒童文學為中心。

又就教材演變過程中有三次爭論：

一、文白之爭，1919年3月教育部公布全國教育計畫，有「統一國語」條款。文白之爭是守舊與革新之爭。
二、讀經與否之爭，1935年5月《教育雜誌》出版讀經問題。
三、鳥言獸語，1931年2月湖南省主席何鍵主張讀經。

其實民國建國以來，內憂外患不斷，期間雖有政治的介入，卻無礙國語文教材的兒童文學化，是以所謂的老課本，即是建國以後，一九三七年之前的國小國語課本。

老課本是作家（也是語文學者）所編寫的兒童文學化的教材。它是政府無力干涉之空窗期產物，似乎缺乏教育專業（課程、學習……）的認知，但卻有傳統學者的理想。

所謂教材兒童文學化，並非是純然以狹義的兒童文學（指文學性）為教材，而是指教材是以合乎兒童心理、生理與社會等方面的需求者。所謂「兒童文學」者是專屬兒童（指零歲到十八歲）的精神食糧。

申言之，教科書有其自身的規範與需求，它可以有文學性教材，卻不可能全部屬於文學性。但是它卻是專為兒童編寫。

或曰教科書，似乎是教育體系中不可或缺的存在。或許可以說：就某些情形之下，教科書是必要之惡。

教科書是依政府明令公布的課程標準〈綱要〉，選擇適當教材編輯而成書本形式之教材，作為學校教師教學生與學生學習之主要依據，其體列大都分「分年科」、「分學科」、「分單元（課）」。

教科書的性質，可歸納為下列數項：

> 教科書是達成教學目標的工具。
> 教科書是學生獲得知識的主要來源。
> 教科書是課程與教學間的主要聯結。
> 教科書的內容是一種經過精選的知識。
> 教科書的架構設計依其學科知識邏輯順序編排。
> 教科書的編排符合學生發展與學習需要。
> 教科書是文化遺產的精華。
> 教科書是維持社會團結安定的利器。
> 教科書是維持階級利益的工具。
> 教科書是師生對話的橋樑。（詳見2006年1月，五南圖書出版股份有限公司，藍順德著《教科書政策與制度》，頁8-11。）

總之，教科書是國家機器的一部分，基本上它仍是意識型態的產物。我們相信教科書有其功能，當然也有其限制。如何增加其功能，並減少限制，或許只有透過多元、開放與評鑑，才能為教科書找到合適的定位：

教科書是發展出來的。
教科書不是唯一的教材。
教科書不是聖經。
教科書是社會文化的產物。
教科書是商品。
教科書是後經驗財。（詳見2006年1月，五南圖書出版股份有限公司，藍順德著《教科書政策與制度》，頁17-22。）

教材的審查或編寫理當由課程、語文、學習等領域專家組成。
我們理解語文的教學之層次：工具性、文學性與文化性。
又教改的基本理念是：以教師的自主體、以學校為本位。
因此，面對教材，其定位已如上述。如今該思考的是：

課綱的合理與可行性。
了解資訊時代學習的意義。
強化教科書評鑑。

我的結論是：

人能弘道，非道弘人。

王林目前仍從事國小語文教科書的編寫與研究工作，他的博士論文雖不全是以國小語文教材為研究文本，卻有開創與演進的可能性。

因此我鼓勵他出版，並且略抒己見。其目的有二：一者為晚清民國的語文教育留下歷史與記憶；再者期盼他能有推新之作。

臺東大學教授　林文寶

目次

緒論

本書試圖從晚清民國語文教育的角度，討論現代文學在現代語文教育中的運行軌跡，挖掘現代文學從興起到「勝利」的制度性因素。

這樣一個論題的設定，意味著涉及到現代文學研究、晚清民國時期中小學語文教育、近現代出版史等一系列學科領域。顯然，這不是本書所能完成的論題，因此本書只從兩個學科的互動關係入手研究。

先從現代文學角度來看。現代文學何以會發生？不同的論者有不同的解釋，胡適依據的是進化的文學歷史觀，認為「文學者，隨時代而變遷者也，一時代有一時代之文學」[1]，周作人闡述的則是「言志派」與「載道派」兩種文學潮流的此消彼長[2]，這些都是從文學發展的自然趨勢來解釋。但在探尋細部的原因時，後世研究者往往忽略了一點──國語教育運動的影響，而這一點在二、三〇年代的文學史著作中常被提及：朱自清一九二九年在清華大學開設「中國新文學研究」一科，其講義《中國新文學研究綱要》中的第二章第二點即提到「國語運動及其他」[3]；王哲甫在《中國新文學運動史》第二章〈新文學運動之原因〉，也將「國語統一運動」列入「近因」之一[4]；大陸

1 胡適：《五十年來中國之文學》，收入《胡適全集》（合肥市：安徽教育出版社，2003年），卷2。

2 參見周作人：《中國新文學的源流》，收入《周作人自編文集》（石家莊市：河北教育出版社，2002年）。

3 朱自清：《中國新文學研究綱要》，收入《朱自清全集》（南京市：江蘇教育出版社，1996年），卷8。

4 王哲甫：《中國新文學運動史》（北京市：傑成印書局，1933年）。

學者陳子展在《中國近代文學之變遷》一書中，在第九章「十年以來的文學革命運動」曾將「文學革命運動」發生的原因歸結為四點，第四點即是「國語教育的需要」[5]。這一點之所以重要，在於它「言文一致」的訴求和文學革命關於「語言工具的革命」目標相同，因此國語運動成為五四新文學重要的輿論資源。同時，國語運動同中小學語文教育又是緊密聯繫的，作為一種語言改革方案，必須要進入教育體制內，借助語文教育來實現，在這一點上，現代文學和語文教育發生了深刻的聯繫。

現代文學又為什麼能在短期內站穩腳跟呢？胡適自己歸納為四點：反對派太差了、符合文學發展的歷史規律、古白話作品的鋪墊和語體文本身的巨大優勢[6]；後世文學史則多認為是現代文學作品本身的實力，足以「向舊文學示威」；近年來論者又多從「現代性」角度加以分析。總之，研究者多認為是處於時代轉型中的知識階層對新文學的普遍歡迎。但是，我們看到新文學初期並沒有達到「一呼百應」的效果，大部分知識份子（包括許多新式知識份子）都表現得相當冷漠甚至反對。例如，在對待語言文字問題上，五四新文化派都曾有一段相當保守的時期，一九一〇年錢玄同協助其師章太炎創辦《教育今語雜誌》，即強調「我國文字發生最早、組織最優、效用亦最完備，確足以冠他國而無愧色」，「夫文字者，國民之表旗；此而撥棄，是自亡其國也。」[7]在美國留學的胡適也認為，「吾國文字本可運用自如。今之後生小子，動輒毀謗祖國文字，以為木強，不能指揮如意

---

5 陳子展：《中國近代文學之變遷》（上海市：上海古籍出版社，2000年）。

6 胡適口述，唐德剛注譯：《胡適口述自傳》（合肥市：安徽教育出版社，1999年），頁192-193。

7 錢玄同：〈刊行《教育今語雜誌》之緣起〉，《錢玄同文集》(2)（北京市：中國人民大學出版社，1999年），頁313。

（Inflexible），徒見其不通文耳」。[8]已經到了新文化革命前夜，聞一多仍在申論「國於天地，必有與立，文字是也。文字者，文明之所寄，而國粹之所憑」。[9]而新文學運動爆發後不久，文學革命和國語運動兩大運動合流，出現了「國語的文學，文學的國語」的主張，才把白話提升到正式書面語的地位，並通過教育體制內一系列複雜的操作，終於在一九一〇年改小學「國文科」為「國語科」，古文逐漸退出小學語文教育，隨後又通過學制改革和課程標準的制定，規定了中學語文教材中文言白話的比例。於是，現代文學作品開始進入新式教材中，逐步成為學生學習的新「經典」。胡適在設計現代文學的進行程序時，提到「要先造成一些有價值的國語文學，養成一種信仰新文學的國民心理」。而我們看到，現代文學初期的創作語言貧乏、題材狹窄、藝術手法單一，對讀者缺乏吸引力。要靠新文學實績來「養成信仰新文學的國民心理」顯然不夠，還必須依賴教育制度的保證。新文學運動者當然知道教育的威力，因此他們在新文學初期非常注重運用語文教育之力，將相當多的精力用到爭取「未來的閱讀者」身上——魯迅曾多次到中學演講，闡發新文學理念，強調閱讀新文學的重要性；胡適曾兩次發表〈中學國文的教授〉，並積極參加中小學學制改革；錢玄同幫助孔德學校編纂國語教材；周作人也到孔德學校演講，直接推動了中國現代兒童文學的誕生。還有許多作家如周作人、老舍、朱自清、許地山本身就有從事語文教育的經歷。可以說，語文教育的改革是新文學倚靠的重要制度力量，這些改革誠然可以說是時代大環境的影響，但如果沒有人事上的因緣際會、制度上的巧妙設

8 胡適：《藏暉室札記〈胡適日記〉‧1915年6月6日》（上海市：上海商務印書館，1939年），頁660-661。

9 聞一多：〈論振興國學〉（1916），收入《聞一多全集》（2）（武漢市：湖北人民出版社，1993年），頁282。

計，歷史完全可能向另一個方向發展。因此，挖掘歷史必然中的偶然因素，是本書的著力點之一。

其次，從語文教育來看。語文教育曾是整個傳統教育的中心，葉聖陶曾說，「學校裡的一些科目，都是舊式教育所沒有的，惟有國文一科，所做的工作包括閱讀和寫作兩項，正是舊式教育的全部。」[10]晚清新式學堂實行分科制後，語文教育將不可避免地滑到次要地位。社會對實用之學的要求，使語文教育中的「實用主義」也貫穿了整個現代。「文」與「道」有了某種程度的分離，過去屬於「道」的部分，主要靠獨立設置的「修身科」、「讀經科」承擔。但是，「文」與「道」顯然又是不能完全分離的，用什麼樣的文字工具來承載什麼樣的「道」，仍然是一個意識形態問題。因此，語文教育往往成為各種意識形態的角逐場。我們看到，在晚清民初獲取統治權的各種政治力量，都格外「關心」語文教育：一九一二年一月一日，南京臨時政府成立後，一月十九日，教育部就公佈了〈普通教育暫行辦法通令〉，廢止小學讀經科，清政府學部頒行的各種教科書一律作廢；一九一五年袁世凱掌權後的北洋政府，頒佈了〈特定教育綱要〉，規定「中小學校均加讀經一科，按照經書及學校程度分別講讀」[11]，自然，這項規定在袁氏倒臺後也被廢除。新文學運動興起以後，反過來對語文教育的衝擊非常大，王森然說：「我國自樹立文學革命旗幟以來，中學國文教學問題，就成為必須研究討論而亟待解決的一個大問題。」[12]此時，新文學作品開始進入教材，老師開始利用「問題小說」來進行

10 葉聖陶：〈認識國文教學——《國文雜誌》發刊辭〉，《葉聖陶語文教育論集》（北京市：教育科學出版社，1980年），頁87。

11 〈特定教育綱要〉，參見舒新城編：《中國近代教育史資料》（北京市：人民教育出版社，1962年），上冊，頁263。

12 王森然：〈緒論〉，《中學國文教學概要》（上海市：商務印書館，1929年）。

「問題教學」，「從此新文學作品中的優秀作品作為白話文寫作的範本而進入中、小學語文教科書，確立了『典範』的地位與意義，並深刻地影響著國民的後代（進而影響整個民族）的思維、言說與審美方式」[13]。當然，教育界並不是都贊同新文學進入語文教學，直到一九四八年，教育心理學家龔啟昌還認為，「魯迅的文章，無論內容與形式，顯然是不合於作中學生的範本用的」[14]。他倒不一定是反對新文學，而是認為其作品的內容和語言都不太符合學生的學習心理。而這些不同的聲音，又和新文學內部的各種論爭聯結在一起（例如「大眾語」的論爭、民族文藝形式的論爭），使得語文教育的問題更加複雜，語文教育界成為各種力量犬牙交錯、彼此衝突協商的社會歷史場域。

就語文學科自身而言，它的獨立設科是西方教育制度影響的結果。哪些是語文教育應該有的內容，應該用什麼方法來教，這些都和語文學科自身的「規訓」制度有關[15]。一九〇四年的〈奏定學堂章程〉規定，在初等小學設「中國文字」，講授的內容大體相當於應用文字，在高等小學和中學則設「中國文學」一科，講授的內容包括「文義」、「文法」和「中國古今文章流變」。「文學」是一個日語轉譯詞[16]，在這裡意義已經發生了變化，包含了「文學研究」、「文學教

13 錢理群：《返觀與重構：文學史的研究與寫作》（上海市：上海教育出版社，2000年），頁278。

14 龔啟昌：《中學國文教學之檢討》，《教育雜誌》第32卷第9號（1948年）。

15 「規訓」的英文名為 Discipline，具有多重含義，包括學科、學術領域、課程、紀律、嚴格的訓練、規範準則、戒律、約束以至薰陶等，沙姆韋、梅瑟．達維多通過對這一名詞本身的考察，揭示出了一門學科在獨立過程中，所顯示的知識與權力的關係。參見華倫斯坦（I. Wallerstein）等著《學科．知識．權力》（北京市：三聯書店，1999年）。

16 「文學」一詞最早見於《論語》〈先進〉：「文學：子由、子夏。」邢昺疏證：「若文章博學，則有子游、子夏二人也。」此處「文學」包括「文章」「博學」兩義，至於「文章」，先秦大致指色彩紋理錯雜、禮樂制度等，而無後世的「文辭」之義。

育」、「文章教育」、「語法教育」等成分在內。這一內涵界定的多義性，為後世關於語文教育性質的爭論埋下了伏筆，很多爭論到最後都變為對語文學科性質的討論。一九〇七年清政府頒佈〈學部奏定女子小學堂章程〉，開始把上述數種名稱合為「國文」，而後在小學又改為「國語」，中學保留「國文」，到一九四九年被改為「語文」，新政權以改變學科名稱的方式宣佈了與「舊社會」的不同。從語文學科名稱的變化，隱約可以看出「知識——權力」的運行軌跡——語文學科納入哪些知識、排除哪些知識，實際上都是意識形態塑造的結果，而學科本身也以同樣的方式塑造著意識形態。西方各種教育技術的引進，也是語文學科「規訓」方式之一。在廢除傳統語文教學以誦讀和背誦為主的教學模式後，學科知識更加細化。從德國教育家赫爾巴特（Johann Friedrich Herbart, 1776-1841）、美國教育家威廉・赫德・克伯屈（William Heard Kilpatrick, 1871-1965）的「設計教學法」到美國教育家柏克赫斯特（Helen Parkhurst, 1887-1973）的「道爾頓制」（Dalton Plan），從葉聖陶的「閱讀教學模式」、黎錦熙的「講讀教學改革案」到龔啟昌的「精讀教學程式」，國外的、本土的各種教學實驗都曾在語文教學中輪番上演，但沒有一個實驗曾宣佈取得成功，「道爾頓制」的實驗者還明確地宣佈過實驗失敗，但它們都曾「教得」過學生新文學的閱讀方法。還有注音符號的教學、統一語教學、文法教學、作文教學和朱自清晚年力主的誦讀教學（用國語來念讀新文學作品），無一不帶有教學技術的意識形態性——注音符號的教學意味著漢字地位的下降，以及處於清代學術中心的「小學」的衰落；誦讀教學是用傳統教學「因聲求氣」之法，祛除教育界普遍存在的新

而在清末發生「詩界革命」、「文界革命」、「小說界革命」時，各種文章開始頻繁使用「文學」一詞，使它的內涵逐漸轉為「文藝文」。

文學「可看不可讀」的想法，進而提升了新文學的地位。

最後，從語文教科書來看。教科書是伴隨著新式教學出現的新媒介，是知識的載體，也是方便教師和學生教與學的一種工具。在清末民初的教育改革中，它的地位被抬高到「立國之本」的地步，「立國根本，在乎教育。教育根本，實在教科書」[17]。這種斷言大致符合晚清民初學生的閱讀狀況，因為教科書通常是平民子弟唯一的讀物，它的內容往往成為一代人的集體記憶。所以，「站在教育的立場上說，須知這些書的勢力，把二十多年以來青年們對於本國文字與文學的訓練，和關於本國文化學術的常識，都給支配了：這是他們必須而有僅讀的書，簡直是去從前《四書》、《五經》的地位而代之」[18]。這一出版物的讀者量是其他報刊書籍無法相比的，而且它還帶有由教師帶領強制閱讀的性質。從教育社會學的角度講，教科書又是社會控制的仲介，它總是根據一定的價值標準，精心選擇的體現統治階層意志和利益的文本表達，所選擇的知識都具有特定的意義和價值取向。國家或社會的主流價值觀則通過教科書這個物質載體加以具體化，並通過對教科書中價值取向的控制最終達到社會控制的目的。因此，教科書「不『僅僅』是一個教育問題，而且從本質上說也是一個意識形態和政治問題」，因為它往往決定了「誰的知識最有價值」[19]。我們可以看到，民國時期不同利益群體都爭奪教科書的編選權，而編者又帶有不同的文化身分和政治態度，使得語文教科書呈現出不同的意識形態指向。同時，語文教科書是傳播新文學的重要媒介，對它的研究也是對

17 陸費逵：〈中華書局宣言書〉，《陸費逵教育論著選》（北京市：人民教育出版社，2000年），頁93。

18 黎澤渝等編：〈引言〉，《三十年來中等學校國文選本書目提要》，收入《黎錦熙語文教育論著選》（北京市：人民教育出版社，1996年），頁189。

19 阿普爾（M. Apple）著，黃忠敬譯：〈序言〉，《意識形態與課程》（上海市：華東師範大學出版社，2001年），頁8。

新文學接受史的研究。本書沒有停留在學生是怎樣閱讀、理解新文學的層面上，而是仔細考察了新文學作品在學生群體中是怎樣被接受和再闡釋的，新文學作品又是怎樣反過來影響、塑造閱讀主體的。

同時，教科書還是一種出版物。清末民初各書局大都屬於民營性質，民營性質意味著書業中必然會有競爭出現，作為主要利源的教科書，各書局當然會投入主要精力，那麼教科書的趨新求變是各書局在競爭壓力下的內在需要。在民國初期對出版物控制相對較弱的情況下，各書局教科書內容的變化往往先於政府的訓令。因此，就新文學和教科書的發生發展而言，作為產業的意志比任何個人或組織的理論提倡都重要——文學研究會之所以比創造社更有勢力、更有影響，和文學研究會憑恃的是行業老大商務印書館，而創造社憑恃的是小書局泰東書局有很大關係。而進入教材的新文學作品，在經過無數學生的閱讀、被無數教師講解後，逐漸就具有了「經典」的地位，從語文教材中也可以看到這一文學觀念逐步變化的過程。因此，本書相當多的史料來自於晚清民初的語文教材，論述時不但關注它的內容，還關注它的印數和廣告，這些都能傳遞相關的文學資訊。

以上是從新文學、語文教育和語文教科書三個角度，論述新文學與語文教育的關係。為了論述的方便，此處分開來講。實際上很多時候它們是混在一起，不分彼此的。比如二〇年代的「國文科」改「國語科」，是新文學界和語文教育界兩個領域取得的共同勝利；三〇年代的「大眾語」論爭，也是兩個領域面臨的共同困惑。由於論題本身的限定（主要討論兩者的互動關係），有一些內容不能納入論題中。而就新文學和語文教育的互動關係而言，至少有三個方面值得討論：一、語文教育的改革促進了文學革命的發生；二、新的語文教育制度幫助建立了新的文學審美觀和文學秩序；三、語文教學「經典化」了新文學作品，使之成為後世學生閱讀和摹寫的典範。

本書在具體論述時，力求在以下三個方面有所突破和創新：第一，從語文教育的新角度來研究現代文學。近年來，已經有不少研究者關注這一領域。如羅崗的博士論文《現代「文學」在中國的確立──以文學教育為線索的考察》，「將『文學』作為『現代建制』的有機構成部分，進而檢視、分析它的歷史構成與現實構造」[20]；日本研究者藤井省三的《魯迅〈故鄉〉閱讀史》[21]，運用接受美學的方法梳理了〈故鄉〉從一九二一年發表後閱讀、評論的變遷情況，從中分析出主流意識形態的變遷過程；錢理群的〈五四新文化運動與中小學國文教育改革〉[22]一文，也著重探討了五四新文化運動先驅宣導的文學革命，與教育發生了怎樣的關係這一問題。前人的研究成果提供了思考的基礎，本書則在搜集更多清末民國時期語文教材和教學資料的基礎上，重點討論語文教育和現代文學的互動關係；第二，本書始終將成人文學和兒童文學聯繫在一起來論述。文學按消費者界度可以分為成人文學和兒童文學[23]，中國現代兒童文學誕生於五四時期，並曾發生過一場轟轟烈烈的「兒童文學運動」[24]。但長期以來，兒童文學一直被排除在各種「正規」的現代文學史敘述之外，它們提供的殘缺的現代文學景觀似乎並沒有招致更多的懷疑。本書把現代兒童文學作為現代文學天然的一部分，重點討論兒童文學和小學語文教育的關係。如同教育系統是小學、中學和大學上下連貫的一樣，文學系統也

20 羅崗博士論文列印稿：《現代「文學」在中國的確立──以文學教育為線索的考察》（2000年）。

21 藤井省三：《魯迅〈故鄉〉閱讀史》（北京市：新世界出版社，2002年）。

22 錢理群：〈五四新文化運動與中小學國文教育改革〉，《中國現代文學研究叢刊》2003年第3期。

23 王泉根：〈評教育部《學科專業目錄》中有關文學學科設置的不合理性〉，《學術界》2004年第2期。

24 參見王泉根：《中國現代兒童文學的先驅》（上海市：上海文藝出版社，1985年）。

應該是兒童文學和成人文學上下連貫，否則很多文學現象就得不到完整的解釋。第三，運用跨學科的研究方法。本書研究的課題決定了不能採用單一的文學研究方法，而事實上更多的研究也證明，文學很難在文學內部得到完整闡釋。近年來，學術界有不少關於「現代文學研究新的學術增長點」的討論[25]，在我看來，發掘新的學術增長點首先要有新的思考角度和新的研究方法。因此，本文在論述時，盡量避免將作品、作家和某一宏大概念直接對接，而是強調新文學作為一種「新知識」，在語文教育中被「生產」的過程，以及進入語文教材的新文學，在閱讀過程中 「意義增值」 的過程。通過對這一過程的描述，揭示出參與現代文學「經典」建構的各種力量，從而質疑經典本身的「合法性」。由於本書研究範圍的設定，論述時將不可避免地從語文教育中引來話語資源。但是，話語資源的借用仍然是為了闡釋新文學在語文教育中的發展軌跡，而非探討語文教育史本身。因此，本書仍然屬於文學研究論文而非教育學研究論文。

最後對本書涉及的時間段和概念做一個簡單說明：

本書論述的時間段大略是從十九世紀九〇年代到二十世紀四〇年代，因為現代性的語文教育和現代性的文學發生和發展，大致都在這一階段。但在章節論述中，沒有嚴格區分出時間段。比如，第一章主要論述的是語文教育對文學革命發生的影響，大約是至一九一七年止，而中國現代兒童文學則稍晚出現於二十世紀二〇年代，時間顯然要「溢出」；再如第三章論述「經典化」過程時，同第二章在時間上亦多有重合。

對一些概念的界定。在當今文學研究界，「新文學」和「現代文學」幾乎是兩個內涵相同的概念，本文在使用時亦不作嚴格區分，至

25 參見徐志偉：〈「中國現代文學專家學術座談會」綜述〉，《文學評論》2003年第6期。

於白話文學，胡適把歷代反映口語的書面語都稱為白話文學（例如其所著《白話文學史》），本文取用胡適的界定；還有「國語」和「白話」，按黎錦熙的說法，這兩個概念是不一樣的，「『國語』是對『外國語』說的，『白話』是對『文言』說的」[26]，但當年的大多數文章並沒有在嚴格的內涵範圍內使用這兩個詞，本文也相互通用；「白話文」和「語體文」，在文章中亦是相同的概念；「語文」的學科名稱是一九四九年才有，民國時期開始叫「國文」，後來改成「國語」，再往後則是小學稱「國語」、中學稱「國文」，論文一般稱「語文教育」，在特定語境中也可能採用「國語」或「國文」；另外，語文教育是一個很大的概念，本文的使用限定在「語文」的教材和教學方式上。

26 黎錦熙：《國語運動史綱》（上）（上海市：商務印書館，1934年），頁7。

第一章
語文教育變革與現代文學的發生

教育從來都是不同意識形態的角逐場，國文教育更是首當其衝。民國的語文教育是從對清代語文教育的「清算」開始的。一九一二年一月十九日，中華民國教育部成立後第十天，首任教育部長蔡元培就在教育界著名人士陸費逵、蔣維喬、高夢旦等人的配合下，頒佈了〈普通教育暫行辦法〉和〈普通教育暫行課程標準〉兩個教育法令。內容和語文課程相關的有：禁止使用清末學部頒行的教科書，各種教科書須合乎民國宗旨；廢止小學讀經科，等等[1]。不過，這一隨政權變革而帶來的語文教育改革，並不能割斷語文教育在晚清時期的現代性萌芽與初步發展。同現代文學一樣，王德威之「沒有晚清，何來五四」[2]的觀點也適用於語文教育。

第一節　「語文」的單獨設科與「文學」概念的形成

在傳統語文教育中，並無專門的「語文」或「文學」一科。在明清時期，我國傳統語文教育內容與體系已經相對穩定，大致形成了三個層次：一是集中識字階段，以《三字經》、《百家姓》、《千字文》、《千家詩》等為主要內容；二是偏重儒家倫理道德教育階段，以四書

1　璩鑫圭、唐良炎編：《中國近代教育史資料彙編・學制演變》（上海市：上海教育出版社，1991年），頁597。

2　參見王德威：《想像中國的方法》（北京市：三聯書店，1998年）。

五經等為主要內容；三是注重語言文學訓練階段，以《文選》、《古文觀止》等為主要內容，從結構上看，四書五經教育是其中的核心。明清以來，科舉考試專注於此，就說明了這個問題。從形態上看，傳統語文教育是倫理道德教育、文學、歷史、哲學、教育為一體的綜合教育，其功能是文、史、哲的混合，自然見不到現代意義上的文學觀念。

廢八股、停科舉、興新學、辦學堂，曾經是十九世紀末以康有為為首的「戊戌變法」的重要內容之一。「變法」雖然失敗了，但迫於各方面的壓力，清政府不得不在光緒三十一年（1905）下諭「立停科舉以廣學校」，於是，在中國實行了一千三百多年的科舉制度，至此完全廢止。就在這前前後後，各級各類學堂在各地紛紛設立，並且這些學堂開設了一些不同於往日的課程，其中就有類似於今天的「語文」科，只是當時的學科名稱還不叫「語文」。

「語文」的單獨設科產生於清末的學制改革。一九〇二至一九〇四年，以〈欽定學堂章程〉和〈奏定學堂章程〉為標誌，清政府頒佈了「壬寅——癸卯學制」，這個學制規定，在初等小學設「中國文字」一科，「其要義在使識日用常見之字，解日用淺近之文理，以為聽講能領悟，讀書能自解之助，並當使之以俗語敘事，及日用簡短書信，以開他日自己作文之先路，供謀生應世之要需」[3]。在高等小學和中學則設「中國文學」一科。在高小，「其要義在使通四民常用之文理，解四民常用之詞句，以備應世達意之用……並使習通行之官話，期於全國語言統一，民志因之團結」；在中學，因為學生「年已漸長」，所以「作文自不可緩」，為了作文，就要講「中國古今文章流別，文風盛衰之要略，及文章於政事身世關係處」，作文題目要使之

3 舒新城：《中國近代教育史資料》（中）（北京市：人民教育出版社，1962年），頁420。

「既可以成篇，且能適於實用」[4]。在這裡，「中國文字」多接近於應用文，適用於初小，而「中國文學」則開始單獨設科，其內容既包括寫作的內容即「文法」，又包括「中國文學史」。不過它並不是完全屬於文學，而是相對於「外國文學」的一個科目。

清政府於光緒三十三年（1907）又頒佈了〈學部奏定女子小學堂章程〉，其中所列學科，有「國文」一科，「其要旨在使知普通言語日用必須之文字，能行文自達其意，且啟發其智慧，同時規定了在初小和高小教學的不同程度要求[5]。這是我國依據教育法規而採用「國文」學科名稱之始，並一直沿用到新中國成立前夕改稱「語文」為止。

一門學科的設立初期，最能看出「知識──權力」的運行軌跡[6]，關於「語文」學科的知識同樣也是「建構在意識形態或利益的基礎上」[7]。在「中體西用」文化背景下產生的新學制，反映出了主事者思想裡體／用、中／西、學／術、語／文、雅／俗的二元焦慮。例如，在與「語文」學科密切相關的「經學」一科中，〈奏定學堂章程〉明文規定：「無論何等學堂，均以忠孝為本，以中國經史之學為基。」而且讀經的總課時在所有課程中居於首位。而且，在〈奏定學堂章程〉中還增添了〈學務綱要〉一節。〈綱要〉第十三條說，小學堂「以養成國民忠國家尊聖教之心為主，各學科均以漢文講授，一概毋庸另習洋文，以免拋荒中學根柢。必俟中國文義通順、理解明白，

4　舒新城：《中國近代教育史資料》（中）（北京市：人民教育出版社，1962年），頁435、508。

5　舒新城：《中國近代教育史資料》（下）（北京市：人民教育出版社，1962年），頁801。

6　〈學務綱要〉規定，「無論官設公設私設，俱應按照現定各項學堂章程課目切實奉行，不得私改課程，自為風氣。」參見舒新城：《中國近代教育史資料》（上）（北京市：人民教育出版社，1962年），頁200。

7　華勒斯坦等著：《學科・知識・權力》（北京市：三聯書店，1999年），頁13。

考取入中學堂後，始兼習洋文。」不過，對於設在通商口岸附近的高等小學堂，尤其「學生中亦有資敏家寒，將來意在改習農工商實業、不擬入中學堂以上各學堂者，其人係為急於謀生起見，在高等小學時自可於學堂課程時刻之外兼教洋文」[8]。而且在學生「中國文義通順、理解明白」之後，「中學堂以上各學堂必勤習洋文」。其所依據的道理頗為有趣：「今日時勢，不通洋文者於交涉、遊歷、遊學無不窒礙；而粗通洋文者往往以洋文居奇，其猾黠悖謬者則專用采外國書報之大異乎中國禮法、不合乎中國政體者，截頭去尾而翻譯之；更或附會以一己之私意，故為增損，以求自圓其說。」若「中國通洋文者多，則此種荒謬悖誕之翻譯決無所施其伎倆」[9]。

究其根本，「中國文學」科的設立，其目的還是為了保存舊學，〈學務綱要〉規定，「學堂不得廢棄中國文辭，以便讀古來經典」、「必能為各體中國文辭，然後能通解經史古書，傳述聖賢精理。文學既廢，則經籍無人能讀矣。」[10]張之洞加以闡發說：「今日環球萬國學堂，皆最重國文一門。國文者，本國之文字語言、歷史相傳之書籍也。即間有時勢變遷，不盡適用者，亦必存而傳之，斷不肯聽其澌滅。至本國最為精美擅長之學術技能、禮教風尚，則尤為寶愛護持，名曰國粹，專以保存為主。凡此皆所以養其愛國之心思，樂群之情性。東西洋強國之本原，實在於此。」[11]在這裡，「國文」實際上已是「中國國粹」的代名詞。

但是，並不能就此否認這次學制改革的開創意義。「洋文」已經

8 〈新定學務綱要〉，《東方雜誌》第1年3期，頁92。

9 〈新定學務綱要〉，《東方雜誌》第1年3期，頁100-102。

10 舒新城：《中國近代教育史資料》（上）（北京市：人民教育出版社，1962年），頁204。

11 張之洞：〈創立存古學堂折〉（光緒三十三年），《張文襄公全集》（2）（北平市：文華齋，1928年），頁145。

進入正式的學堂課程且不說，〈奏定學堂章程〉裡初小的「中國文字」能「識日用常見之文字」，高小的「中國文學」「其要義在使通四民常用之文理，解四民常用之文字」，都說明了實用性已經被引入了語文教學中。〈學務綱要〉也規定：「其中國文學一科，並宜隨時試課論說文字，及教以淺顯書信、記事文法，以資官私實用。」強調應用是語文科脫離傳統的文史哲混合教學，走向獨立性的開端。從長遠來看，它從課程內容上動搖了四書五經的至尊地位，為以後借「實用」之名引淺易文言或白話入教材提供了體制「縫隙」，自然，也為以後一百多年裡爭論不休的語文學科的性質問題埋下了伏筆。

實用觀點既是晚清梁啟超等人大力呼籲的結果，也反映了知識份子階層對語言文字的複雜心態。一方面，在民族主義思想影響下，語言文字被賦予「立國之本」的重要意義，即如鄧實所說：「一社會之內，必有其一種之語言文字焉，以為其社會之元質，而為其人民精神之所寄，以自立一國。一國既立，則必自尊其國語國文，以自翹異而為標緻。故一國有一國之語言文字，其語文亡者，則其國亡；其語文存者，則其國存。語言文字者，國界種界之鴻溝，而保種之金城湯池也。」[12]這種觀念和傳統的「文以載道」、「因文見道」的觀念融合，「文」幾乎已經等同於「道」了；另一方面，由於外患日深，古老「文字」同衛國保種的當下需要又頗有距離，且過於重文的習慣已被認為阻礙了語文的實用性。桐城派大師吳汝綸也認為，「文者，天地之至精至粹，吾國所獨優。語其實用，則歐美新學尚焉。博物、格致、機械之用，必取資於彼，得其長乃能共競」。[13]「實用」，在晚清的文化語境中，意味著追隨「歐美新學」，於是這「獨優」的本國語

12 鄧實：〈雞鳴風雨樓獨立書．語言文字獨立〉，《政學文編》，收入《癸卯政藝》，卷7，頁173。

13 〈吳汝綸傳〉，《清史稿》（北京市：中華書局，1977年），卷486，頁13444。

言文字因與學習西方有衝突而受到更多新學少年的衝擊。張之洞等人或許早料到了文字（其實就是古典文籍）地位的下滑，於是在各地遍開「存古學堂」。不過，從字面上分析，作為傳統知識份子安身立命基礎的「古」文，現在卻淪落到需要「存」的地步，本身也是讓人感歎的。當然，這些措施仍然無法阻擋國文地位的下降。在新式學堂成立伊始，原來的讀書人家庭，對國文還算重視。例如馮友蘭的父親認為國文是一切學問的基礎，學其他新學之前，必須把國文的底子打好。而且在學堂裡，國文好的人，即使英文、算學都不好，也是這一班的第一人[14]。不過，這種情況卻正在迅速發生逆轉，特別是在上海和廣東等「得風氣之先」的都市中，教會學校就很不重視國文，文學家張資平是這樣回憶的：

> 特別是英文，當時盡都以英文為至聖無上的科目，不分晝夜，都在朗誦英文。華盛頓砍櫻桃樹的故事也普遍了全校。張香濤宰相（指張之洞——作者注）雖在提倡中學為主、西學為輔，但我們一般同學的見解卻完全和他相反，視中學為臭蟲、為蝨子、為蚊蚋、為骷髏、為糞坑裡的爬蟲。

這是張資平一九〇六年在廣東廣益中西學堂上學時的情形，這種對傳統文化的棄絕態度何似五四時期的陳獨秀和錢玄同。不光在青年學子中，就是在士大夫階層，觀念也產生了動搖。古文字學家商承祚的父親商衍鎏是清末探花，國學功底深厚，卻不願兒子走自己的路。一開始就讓商承祚學習德文，但商承祚學不下去。父親只好歎氣說：「外文學不成，那就學中國文學吧！日後小成，還可謀得秘書之職以

14 參見馮友蘭：〈自序〉，《三松堂》（北京市：三聯書店，1984年）。

餬口，大成做個名學者。」當商承祚向父親表明自己想從事古文字研究的願望時，「我父聽後，微微地歎口氣說：『你學這行是找不到飯吃的，只能做個名士，名士也要生活啊！」[15]這些例子都可以看出，單獨設科後的「語文」，在晚清就經歷著被逐漸「邊緣化」的過程。

不過，值得注意的是，在晚清的語文教育變革中，「文學」觀念的逐步明晰。在中國古代與「文」有關的概念，和現代意義上的「文學」概念完全相合的幾乎沒有，現在的「文學」概念是從西方移植進來的。當然，「文學」這個詞古已有之[16]，但內涵意義直到清末維新派知識份子發起了文學改良運動時才逐步明晰起來。一九〇二年，《新民叢報》創刊，梁啟超在《新小說》第一號中稱「小說為文學之最上乘」[17]。梁氏將「小說」放在「文學」系統之內，這說明他開始接受並使用現代意義上的「文學」概念。而且，在《飲冰室詩話》中，「文學」的用法越來越多，概念也越來越清楚，「中國事事落人後，惟文學似差可頡頏西域……有詩如此，中國文學界足以豪矣」[18]，說明此時把詩歌也被放到了文學大類中；「侯官嚴先生之科學，學界稍有識者，皆知推重；而其文學則為哲理所掩，知者蓋寡」[19]，這裡似乎更有將文學和哲理相區別的傾向。

而在〈學務綱要〉中，「文學」一詞顯然別有他義，「其中國文學一科，並宜隨時試課論說文字，及教以淺顯書信、記事、文法以資官

15 商承祚：〈我的大半生〉，《群星璀璨——廣東文化名人實錄》（廣州市：廣東人民出版社，1989年），頁172、175。

16 「文學」最早見於《論語》〈先進〉：「文學：子游、子夏。」到了兩漢，「文」與「學」就分開來講了，把屬於詞章一類的作品統稱為「文」或「文章」，把含有學術意義的作品稱為「學」和「文學」。

17 《新民叢報》第20號（1902年11月14日）。

18 見梁啟超：《飲冰室詩話》（北京市：人民文學出版社，1959年），第8則。

19 見梁啟超：《飲冰室詩話》（北京市：人民文學出版社，1959年），第27則。

私實用」。顯然張之洞等人在此處並沒有採信兩年前梁啟超的「文學」的用法。不過，在一九〇四年京師大學堂頒佈〈大學堂編書處章程〉，擬為中小學堂編纂七種課本，其中就有「文章課本」和「詩學課本」：

> 一、文章課本，溯自秦漢以降，文學繁興。攬其大端，可分兩派：一以理勝，一以詞勝。凡奏議論說之屬，關係於政治學術者，皆理勝者也。凡詞賦記述諸家，爭較於文章派別者，皆辭勝者也。茲所選擇，一以理勝於詞為主，部析類從，以資誦習，冀得擴充學識，洞明源流。凡十家八家之標名，陽湖、桐城之派別，一空故見，無取苟同。
> 二、詩學課本，擬斷代選擇。自漢魏以迄國朝，取其導揚忠孝，激發性情，及寄託諷喻，有政俗人心之關係，撰為定本，以資揚扢。本興觀群怨之宗風，寓敦厚溫柔之德育，亦古人詩教之遺也。[20]

能將「文章課本」、「詩學課本」單獨列出，並與「經學課本」、「史學課本」、「地理課本」、「修身倫理課本」、「諸子課本」並列，預示著對「文學」這一科目獨立性的模糊把握。在大學階段亦如是。一九〇三年頒佈的〈奏定大學堂章程〉，在「文學科大學」裡專設了「中國文學門」，主要課程包括「文學研究法」、「《說文》學」、「音韻學」、「歷代文章派別」、「古人論文要言」、「周秦至今文章名家」、「四庫集部提要」、「西國文學史」等十六種。可以看出，新式大學堂中的「文學」，與傳統語文教育中的「詞章之學」已經拉開了距離，不再

20 張靜廬輯注：《中國近代出版史初編》（北京市：中華書局，1957年），頁208。

以《唐詩別裁集》或《古文辭類纂》為主要傳授內容。

從「語文」單獨設科的歷史可以看出，語文的單獨設科奠定了「文學教育」的基礎，文學性是語文學科從脫胎時期起就固有的特徵，文學也是固有的教學內容。隨著語文教育的變革，文學的內容也必將隨之變動。到新文化運動時期，語文教育對現代文學的納入當是應有之義。

實際上，晚清文化界早就把「教育」和「文學」放在一起考慮。在「文學救國」和「小說界革命」思潮的影響下，晚清提倡新小說的人大多留意於小說與教育的關係，許多人談到歐美日各國均奉小說為教科書，提議中國當效仿此舉[21]。梁啟超在〈變法通議〉中提出：「今宜專用俚語，廣著群書，上之可以借闡聖教，下之可以雜述史事，近之可以激發國恥，遠之可以旁及彝情，乃至宦途醜態，試場惡趣，鴉片頑癖，纏足虐形，皆可窮極異形，振厲末俗。其為補益，豈有量耶！」他看中的是小說文字通俗，作為教科書易於普及。《小說七日報》發刊詞主張：「凡可以開進智德，鼓舞興趣者，以之貢獻我新少年，以之活潑其新知識，又奚不可？」署名為「老棣」的作者甚至把〈學堂宜推廣以小說為教科〉作為文章篇名，認為「國民不欲求進步則已，國民而欲求進步，勢不得不攻研小說；學堂而不求進步則已，學堂而欲求進步，又勢不能不課習小說。總而言之，則覘人群進化程度之遲速，須視崇尚小說風氣進步之遲速。學生少年就傅，使之增其知識，開其心胸，底於速成，則於智慧精神時代，小說誠大關係於人群者也。故曰：學堂宜推廣以小說為教科書」。[22]這一觀念在五四時期

---

21 〈學校教育當以小說為鑰智之利導〉（1907），載陳平原等編：《二十世紀中國小說理論資料（第一卷）》（北京市：北京大學出版社，1989年），頁231。

22 轉引自韓進：《中國兒童文學源流》（長沙市：湖南少年兒童出版社，1999年4月），頁135。

仍有一定影響，蔡元培就認為「小說於教育上尤有密切之關係，往往有寢饋其中而得知識者」[23]。有意味的是，清政府對上述意見都有所吸取，並曾在教育領域認真推廣小說，包括林紓翻譯的小說。一九〇六年清政府的「勸學所」（清末負責教育調查，籌款興學等事務的機構）開辦了宣講所，行文規定「查宣講所之設，所以開通民智，啟遵通俗，收效甚捷。亟應一體速設。惟開辦伊始，或宣講不得其人，或有其人而所講非純正淺顯之書，易滋流弊，現由本部悉心選擇，以供宣講」。宣講所推薦了四十種書，其中有林譯小說三種。[24]

由此可見，文學和教育一開始就結下了不解之緣，文學變動的種子也埋藏在新式教育的土壤中。一八九五年甲午戰爭前，中國共自辦學堂二十五所，在校學生二千人，十九世紀最後五年，新式學堂有了長足發展，一八九五年至一八九九年，全國共興辦學堂約一百五十所，學生總數達到一萬人，到一九一六年，不包括四川、貴州、廣西和未經立案的私立學校，全國已有學校十二萬一千一百一十九所[25]。「語文」的單獨設科，實際上為文學教育提供了學科支持，國文教學中暗含著的文學觀念的變化，也傳遞給了數量日益增長的學生。於是，一切變化都在暗滋生長中。

---

23 蔡元培：〈在北京通俗教育研究會演說詞〉（1916年12月27日），《蔡元培全集》（杭州市：浙江教育出版社，1997年），卷2，頁498。

24 〈林紓與商務印書館〉，《商務印書館九十年》（北京市：商務印書館，1987年），頁537-538。

25 參見章開沅、羅福惠著：《比較中的審視：中國早期現代化研究》（杭州市：浙江人民出版社，1993年）。

第二節 晚清民初語文教材：學生的新興閱讀空間

中國古代除少數官學外，學校所用教材沒有一定的體系，既無學制限制，亦無教法要求，更無審定教材的機構和組織。清末廢科舉、改書院、興學堂、倡實學的教育改革和普通中小學教育的迅速擴展，直接推動了編譯西方教科書的熱潮和民間自編教科書風氣的形成。

新型教科書是學生最普通最基本的讀物，在清末民初的學生閱讀中佔據著重要位置。教科書內容和語言方式的變化，足可影響一代人的思想觀念與表達方式，進而關涉語言風格與時代風貌。特別是在清末民國時期，教科書通常是平民子弟唯一的讀物，很多知識和體驗都來自教科書，「站在教育的立場上說，須知這些書的勢力，把二十多年以來青年們對於本國文字與文學的訓練，和關於本國文化學術的常識，都給支配了：這是他們必須而有僅讀的書，簡直是去從前《四書》、《五經》的地位而代之。」[26]閱讀過某一種教材的學生，常在文學觀念和知識結構上有相當大的趨同性，而這些趨同性又形成一種觀念上的「勢力」，為五四時期新舊文化「話語權」的爭奪埋下了伏筆。

近年來常有討論現代文學和現代出版關係的文章，但研究對象多是晚清民國時期大量興起的報刊，或是探討某出版社和現代文學的關係，缺乏對教科書這一影響巨大的媒介的分析，而教育史對教科書的分析又多側重於教學方法和教學內容的討論。從品種上講，教材不如報刊多，例如，在五四運動前，光白話報刊就有一百四十多種[27]，通

---

26 黎澤渝等編：〈引言〉，《三十年來中等學校國文選本書目提要》，收入《黎錦熙語文教育論著選》（北京市：人民教育出版社，1996年），頁189。

27 可參見潭彼岸：《晚清的白話文運動》（武漢市：湖北人民出版社，1956年）；陳萬雄：《五四新文化的源流》（北京市：三聯書店，1997年），第6章第1節。

俗白話小說更多，據統計，僅一九〇〇年至一九一九年，長篇通俗小說就有五百多種，[28]但是，教材的種類雖大大少於報刊書籍，它的發行量卻是巨大的，例如，商務印書館在民國元年出版的《共和國教科書新國文》，在十五年中共印了二千五百版。從一九〇七年至一九〇九年三年間，從全國新式教育發展狀況我們也可以大致推知教科書的發行量（當然，不是每個學生都有教科書）：[29]

年份	學堂及教育處所	職員數	教員數	學生數
一九〇七	37672	59359	63556	1013571
一九〇八	47532	77432	73703	1284965
一九〇九	58896	95820	89362	1626720

近十萬的教師和上百萬的學生都需要教材，可見是一個非常大的讀者群。美國社會學者班納迪克・安德森（Benedict Anderson）曾認為，最初興起於十八世紀歐洲的報紙和小說為「重現」民族這種想像共同體提供了技術上的重要手段，因為人們從報紙和小說上頭讀到了「同一的時間」、「同質的社會」以及「同類的群體」，而這有助於民族意識的產生[30]。而我們看到，由於教科書具有廣泛的讀者群，而且通過教學具有強制閱讀的性質，學校作為清末民初重要的傳播空間，教科書實際是比報刊或小說作用更大的「想像方式」。因此，從清末到民國，走馬燈似上臺的政府幾乎都通過教育法規或圖書審查制度對教科書進行控制，然後通過教科書這個中介達到對社會控制的目的。

---

28 郭廷禮：《中國近代文學發展史》（濟南市：山東教育出版社，1991年），頁1136。

29 根據〈光緒三十三年分第一次教育統計圖表〉、〈光緒三十四年分第二次教育統計圖表〉、〈宣統元年各省學務統計總表〉統計。

30 班納迪克・安德森著，吳叡人譯：《想像的共同體：民族主義的起源與散佈》（臺北市：時報文化出版公司，1999年），頁28-37。

從教科書（特別是國文教科書）中內容的大致分析，能夠看出社會把哪些「知識」定義成了「合法的知識」，從教科書中可以折射出何種意識形態的建構，反映了社會現實的哪些方面。因此，我們首先要從制度層面考察清末民國時期的教科書審查制度。

清末編輯教科書的官方機構是一九〇六年成立的學部編譯圖書局，編譯圖書局制定的〈編譯章程〉規定：「編纂教科書，宜恪守忠君、尊孔、尚公、尚武、尚室之宗旨；每編一種教科書，須兼編教授書；凡編一書，預先擬定年限鐘點。」由於全國學堂的門類繁多，所需教材種類繁雜，不可能在短期內由官方包辦，因而學部管理教科書的主要方式還是審定民間自編的教科書。一九〇六年四月，學部公佈了〈第一次審定初等小學教科書凡例〉和〈第一次審定高等小學暫用書凡例〉，正式向全國公開審定教科書的標準和要求：一、「凡本部所編教科書未出以前，均採用各家著述先行審定，以備各學堂之用」，其標準以學制為依據，以教育宗旨為指導。二、審定程式為：教科書內容應以〈奏定學堂章程〉規定的初等和高等小學科目為準；要求審定者須提出申請，並注明作者、出版年月、價格、印刷和發行單位；審定過的教材不准再行加價；已審定的教科書准其四至五年內通用。三、學部對教科書的審定發行具有絕對管轄權，准予發行的書籍須標明學部審定字樣，「如未經本部審定而偽託名者，應行查辦」。四、提倡鼓勵改良教科書。頒佈審定書目後，「如有佳本續出，競爭進步，當次第續行審定，隨時發佈」；各學堂在審定書目頒佈前已使用的教科書，如不在書目之內，應送呈學部審定，如以為善本，可繼續使用。[31]通過這些規定，學部將教材的內容審定權掌控在手中。而且，

31　〈學部第一次審定初等小學教科書凡例〉（1906年4月）、〈學部第一次審定高等小學暫用書目凡例〉，收入商務印書館編譯所輯：《大清光緒新法令》（上海市：商務印書館，1909年），頁76-79、頁88-89。

在學部的審定中，政治標準始終居於重要位置。一九〇八年學部在審定何琪編的《初等女子小學國文》時，發現書中取材有「平等」字樣，不僅不予採用，還查禁取締。同年文明書局出版麥鼎華所譯日本人著的《中等倫理學》，因為「學部謂中西學說雜糅其中，且有蔡元培序文，猶多荒謬，下令查禁」[32]。

民國成立後，除了立即禁用前清教科書外，對教科書的審定制度也進行了改革。一九一二年九月十三日，教育部頒佈了〈審定教科用圖書規程〉十四條，主要內容包括：初高等小學校、中學校、師範學校教科用圖書，「任人自行編輯，惟須呈請教育部審定」；所編教科書，「應根據〈小學校令〉、〈中學校令〉、〈師範學校令〉」；「圖書發行人，應於圖書出版前，將印本或稿本呈請教育部審定」；送審樣本，「由教育部將應修正者簽示於該圖書上」，發行人應即照改，並「呈驗核定」；凡經審定合格的教科書，每冊書面「載明某年月日經教育部審定字樣」；各省組織圖書審查會，「就教育部審定圖書內擇定適宜之本，通告各校採用」[33]。

只從規定可以看到，政府似乎對教科書的審查極為嚴格，但實際上在清末民初的政治混亂中，這些規定很難得到嚴格執行。例如，一九〇五年山東學務處的宋恕上書，訴商務出版的歷史教科書「皆直書我太祖廟諱，肆無忌憚，乃至此極，按之律例，實屬大不敬之尤。方今孫文逆黨到處煽亂，此種大不敬之教科書實亦暗助其勢力」，因此應從嚴禁購[34]。商務的「此等」教科書還可以出版流通，也從反面說

---

32 《教科書之發刊概況》（1868-1918年），收入周邦道編：《第一次中國教育年鑑》（上海市：開明書店，1934年），戊編。

33 《教育雜誌》第4卷第7號（1912年10月）。

34 宋恕：〈請通飭禁購三種歷史教科書稟〉（1905年11月），《宋恕集》（北京市：中華書局，1993年），上冊，頁390。

明，政府對教科書的控制並非想像的那樣嚴格。更重要的是，清末民初均確定了教科書由民間編寫的制度。由於教科書是各書局的最大利源，迫使各出版社要在教科書上展開競爭，其中內容的競爭是很重要的方面。追求利潤的產業意志的推動，使各書局很難完全遵從政府對內容的限制——求新求變是市場的要求，特別是對民營書業而言。據研究者分析，在光緒三十年左右，出版重心已經轉移到了民營出版業，一九〇六年六月上海書業商會出版之《圖書月報》第一期，光是加入書業商會的書局就已經有二十二家，在同年學部第一次審訂初等小學教科書暫用書目時，共審定一百二冊，其中由民營出版業發行的占八十五冊[35]。民間出版機構本身就代表民間文化力量的崛起，它更多地受利潤的驅使，進而會想方設法突破政府的各種限制。因此，民營出版本身就對專制文化構成了巨大的威脅，它以一種隱性力量顛覆著傳統文化霸權，這一點在清末民初的國文教材中能清晰地看到。

從教科書內容上講，清末的小學國文教科書，已經開始照顧到學生的接受能力。梁啟超在《變法通議》〈論幼學〉中比較了中國和西方在小學教育上的不同：西方是「其為道也，先識字，次辨訓，次造句，次成文，不躐等也。識字之始，必從眼前名物指點，不好難也。……中國則不然，未嘗識字，而即授之以經。未嘗辨訓，未嘗造句，而即強之為文。」[36]因此，梁啟超建議將兒童的應讀之書分為七類：識字書、文法書、歌訣書、問答書、說部書、門徑書、名物書。維新派的教育主張，再加上當時興起的白話文運動，對中國最早出現的小學語文教科書影響很大，如我國第一套自行編輯的《蒙學課本》（以前多是轉譯日本教材），在「編輯大意」裡就說；

35 張靜廬輯注：《中國現代出版史料》（北京市：中華書局，1959年），丁編，下冊，頁384。

36 陳學恂編：《中國近代教育文選》（北京市：人民教育出版社，1983年），頁148。

泰西教育之學，其旨萬端，而以德育、智育、體育為三大綱。……是編故事六十課，屬德育者三十，屬智育者十五，屬體育者十五……物名實字三十課，物名但取通俗……，淺說瑣說三十課，或敷陳淺理，或摹寫景物，既為多識之助，亦備學問之式，……便函十課，簡短易學，無粉飾累贅之談。[37]

再往後，編者還注意到了兒童的興趣。一九〇二年由無錫三等公學堂編輯使用的《蒙學讀本》，共有七編，文字簡潔有趣，編者俞復介紹說：「前三編，就眼前淺理引起兒童閱讀之興趣，間及地理、歷史、物理各科之大端，附入啟事便函，逐課配置圖畫，為今初等小學國文教科之具體。」可以看出，編者把如何引起「兒童之閱讀興趣」放到了重要考慮的位置，除了「眼前淺理」和「配置圖畫」外，還「間雜歌謠，便小兒口誦」，以使學生「陶冶其性靈，和暢其血氣」[38]。例如教材第三編第二課：

祝我國，鞏金湯，長歐美，雄東洋，陸軍海軍熾而昌，全球翻滾龍旗光。帝國主義新膨脹，毋庸老大徒悲傷！印度滅，波蘭亡，請看我帝國，睡獅奮吼劇烈場。

這是配合晚清教育界「學堂樂歌」運動的勃興而選入的，在內容上不僅能「發起精神，激揚思想」（沈心工語），又能「使合兒童諷誦之程度」（梁啟超語），在教學上還能達到「使兒童起文學之嗜好，發

37 張隆華主編：《中國語文教育史綱》（長沙市：湖南師範大學出版社，1991年），頁153、154。

38 無錫三等公學堂編輯，京師大學堂審定：〈編輯例言〉，《蒙學課本》（杭州市：文明書局，1901年）。

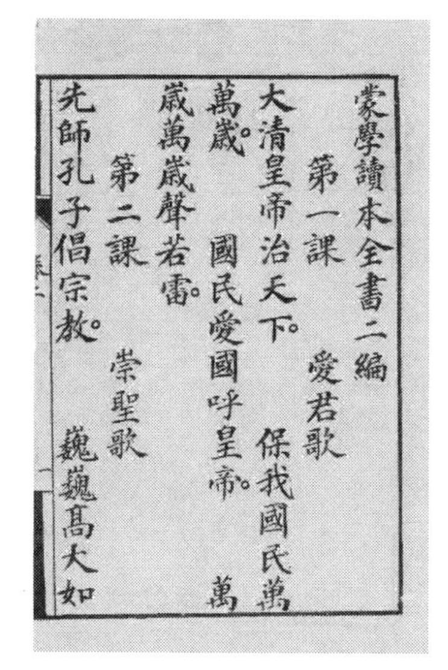
蒙學讀本全書二編
第一課　愛君歌
大清皇帝治天下。保我國民萬
萬歲。國民愛國呼皇帝。萬
歲萬歲聲若雷。
第二課　崇聖歌
先師孔子倡宗教。巍巍高大如

圖一　《蒙學讀本》書影

忠孝之至性」的作用。對比《三字經》、《神童詩》等傳統兒童讀物，可以看出同傳統語文教育中的韻文教學差別極大。更難能可貴的是，本套教材中還有童話形式的萌芽，例如第二編第三十四課〈蟻國〉：

> 桂樹之下，有蟻國焉。蟻有黑黃兩族，一日爭食一蠅，兩族之蟻，列陣而戰，蟻王統率之。俄而黑蟻戰敗，死者數百。黃蟻之族，奮蠅而歸。

借蟻國之爭來激勵血氣，編者的意圖十分明顯。在兒童故事方面，也比傳統的神童故事要更貼近兒童生活，如一九一〇年出版的《初等小學國文讀本》第二冊第四十四課、第六十四課：

> 小鳥，汝朝出而暮歸，我至學堂，汝已飛去；我放學歸，汝猶未歸。我在學堂讀書，汝何處去乎？

> 晨起，天寒，兒告母曰：「水缸中有玻璃，我取得一片，可以製眼鏡。」母曰：「此冰也，天寒，水凍為冰，得暖氣，則冰化為水矣。」

這些課文都由教材編者自編自創，我們可以看到，作者是以一種欣賞的眼光來看待童真世界，這正是傳統兒童觀缺少的部分。對於稍長的課文，編者則以連載的形式來表現，如《初等小學國文讀本》第三冊第五十一至五十四課〈核桃〉：

> 小兒食桃，投桃於地，桃核躍起，謂小兒曰：我有種子，久居殼中，黑暗無光，心甚悶，願借汝之手，埋我於土中，我得地之助，可出殼而見天日。
>
> 小兒埋桃核於土中，種子漸得生氣。有一莖及二小葉，上出於地面。以受陽光。又有一根入地，以吸水氣。從此莖葉漸長，昔日之核，遂成樹矣。
>
> 桃樹謂小兒曰：受爾之恩，使我出黑暗之中，重見天日。我今告爾，我枝上有小芽，此芽漸長，即成為花，此花復能結果。花之色，如爾之面，果之大，如爾之拳，果甜如蜜，供爾之食。爾投核之時，知我有如是之報爾乎？

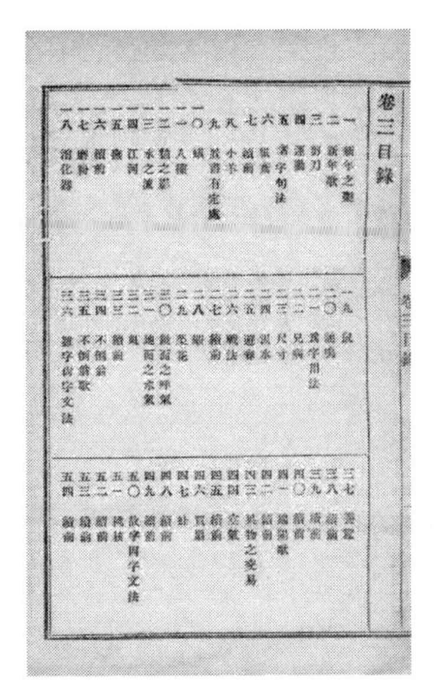
卷三目錄

圖二　《初等小學國文讀本》第三冊目錄書影

可以想見，對上千年來一直誦讀「四書五經」的中國兒童來說，這樣的課文對學生有足夠的吸引力。如果說上述教材的讀者還有限的話，商務印書館一九〇三年出版的《最新國文教科書》在教育界「盛行十餘年，行銷至數百萬冊」[39]，它的變化無疑是更有代表意義的。這套教科書是張元濟入主商務印書館後編輯的第一套教材，「市場佔有率」極高，「此書既出，其他書局之兒童讀

39　蔣維喬：〈編輯小學教科書之回憶〉，《商務印書館九十年》（北京市：商務印書館，1987年），頁61。

本，即漸漸不復流行」[40]。從編輯大意中可以看出，編者處處表現出對兒童的「尊重」：

- 本編選用四百五十九字，凡生僻之字，及兒童不常見聞者，概不采入。
- 本編雖純用文言，而語意必極淺明，且皆兒童之所習知者。
- 本編所述花草景物，預算就學時期，順序排列，使兒童易於隨時實驗。
- 本編德育之事，注重家庭倫理，使兒童易於實行。
- 本編智育之事，只言眼前事物，不涉機巧變詐。以啟兒童之天性。
- 本編多及學堂事，使兒童知讀書之要。
- 本編多及遊戲事，使兒童易有興會。
- 兒童最喜圖畫，本編插圖至九十七幅，並附彩圖三幅，使教授時易於講解，且多趣味。
- 本編用初號大字印刷，俾兒童不費目力。
- 潔白有光之紙，易傷兒童目力，本編用紙只求結實耐用，不事外觀之美。

從選字到用紙，事無巨細地考慮到了兒童的接受能力和身心健康，雖不能言之為「兒童本位」，但從教育這個角度可以窺見，晚清的「兒童觀」並非如從前所想像的那樣保守與僵化。這套從「天地日

40 蔣維喬：〈編輯小學教科書之回憶〉，《商務印書館九十年》（北京市：商務印書館，1987年），頁56。

月　山水土木」開始的語文教材，兒童文學的內容有不少，如第二冊第九課〈采菱歌〉:「青菱小，紅菱老，不問紅與青，只覺菱兒好。好哥哥，去采菱，菱塘淺，坐小盆。哥哥采盈盆，弟弟妹妹共歡欣。」清淺的文字同白話已經差別不大，歡愉的氛圍也足以感染兒童。商務印書館作為林紓翻譯作品的主要出版商，林譯的「拉封丹寓言」和「伊索寓言」也開始出現《最新國文教科書》第五冊中：

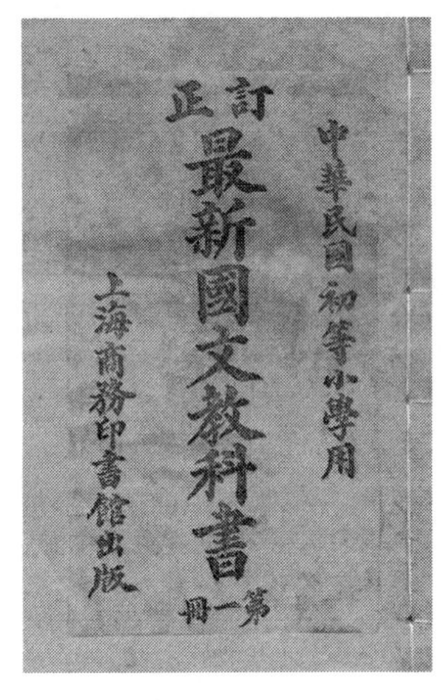

圖三　《最新國文教科書》書影

> 牡鹿就飲於池，自顧其影，見兩角杈枒，意甚得也。既而俯視其足，歎曰：吾有美麗雄偉之角，而足小若是，殊不足以稱之。伊方鬱悶，有虎驟至，鹿大驚，奔走絕速，虎不能及。迨入深林，角梗於樹枝，幾為虎所獲。幸而得免，鹿乃自悔曰：吾重吾角，吾角幾殺我；吾輕吾足，吾足實生我，故天下之物，惟實用者，斯可貴。

> 有獅臥於叢莽，山鼠逸過，觸其蹄。獅怒將撲殺鼠，鼠曰：苟舍我，吾必有以報公。獅笑釋之。已而獵者得獅，繫以巨繩。獅狂吼，鼠習其聲，知為前獅也。齧繩斷之，獅逸。鼠追呼曰:「吾向者幾膏公牙，公以為所縱者鼠耳，豈意鼠亦有以報公耶。請公勿更輕鼠矣。」

在我看來，教育史論者強調的隨著民國政權的建立，國文教材也發生了翻天覆地變化的判斷並不準確，很多時候只是把大清龍旗改為青天白日旗，把立憲改為共和，在知識內容上變化並不大。南京臨時政府頒佈的〈普通教育暫行辦法〉也只是規定「清學部頒行之教科書，一律禁用」，即僅把清廷官方的教科書禁止了，民間出版的教科書稍加修改後照用不誤，而在晚清，學部的教科書所占的比例已經相當小。相比起來，清末的國文教科書給學生傳遞了更多新思想和新觀念，對學生知識系統的更新比「壬寅——癸卯學制」頒行前更大。小學國文教材中的課文多為編者編寫，沒有小說、散文、戲劇、詩歌等現代文體觀念，運用最多的文體是說明文，內容無所不包，如國內外政治、經濟、科學、生理衛生、自然知識、修身養性等。例如，由高鳳謙、張元濟、蔣維喬合編的《高等小學國文教科書》第一冊，共六十篇課文（有的一個課文題目分為兩課），分別是〈預備立憲〉、〈君主立憲〉、〈慶祝立憲歌〉、〈堯舜禹〉、〈子產〉、〈運動之益〉、〈洞庭兩山〉、〈金焦北固〉、〈聲光〉、〈目〉、〈耳〉、〈聾啞學堂〉、〈職業〉、〈深耕〉、〈寶〉、〈昆蟲之農工業〉、〈儉德〉、〈物品〉、〈楊氏〉、〈男女〉、〈賢母〉、〈五行〉、〈田文〉、〈鐵路〉、〈司替芬孫〉、〈博愛〉、〈彈鳥〉、〈熱之功用〉、〈電熱〉、〈文武〉、〈馬援〉、〈灌夫〉、〈義學〉、〈真學問〉、〈晏安之害〉、〈歐陽修〉、〈巴律西〉、〈尚勇〉、〈合群之利〉、〈演說〉、〈踐約〉、〈惜時〉、〈公園〉、〈濟南三勝〉、〈衡山〉、〈自然之音樂〉、〈義伶〉、〈救生船〉、〈水患〉、〈亞剌伯之馬〉、〈鴕鳥〉、〈雜說〉。僅從課文題目上就可以判斷，學生通過教科書形成的知識結構迥異於他們的父輩。造火車的司替芬孫、巴律西和中國的聖人堯舜禹放在一起，對自然不同解釋的〈五行〉和〈電熱〉放在一起，「博愛」的觀念雖然是古已有之，但內涵已經大異古代聖賢，「以種族言之，則當肌黃髮黑之人，皆當聯以情誼；以國界言之，則凡四境以內之人，皆當視為同胞」。閱讀此套教材的小學生，在新文化運動爆發之時正是大學中的中堅力量（如果能升入大學的話），從教材這一影響力巨大的媒介來分析新文化的前奏，更能理解五四新文學為什麼最先受到青年學生的歡迎。

隨著知識結構的更新，新名詞在國文教材中出現也不可避免。張之洞雖然在〈學務綱要〉中再三強調：「戒襲用外國無謂名詞，以存國風、端士風」。[41]不過要輸入新思想，哪能不要新名詞。晚清士大夫階層雖有「抵制東瀛文體」的廣泛行動，但似乎仍然阻止不了新名詞進入教材。具有諷刺意味的是，根據〈學務綱要〉編寫的教材，卻大量出現了〈學務綱要〉中禁止使用的「社會」「代表」、「運動」、「機關」等日本名詞或日本轉譯詞。這些名詞隨著識字教學，慢慢滲入學生頭腦中，久而久之，原來意義不明確的詞義逐漸明確，原來使用不頻繁的字逐漸使用頻繁，學生可以毫不困難地用新名詞來思維了。語言是思想的現實，「新思想之輸入即新言語輸入之意味也」（王國維語），國文教材中的語言轉變為新文學運動奠定了良好的基礎。民國建立後，在中華書局和商務印書館競爭加劇的情況下，國文教材中知識的更新又加大了。例如中華書局的《新制初等小學國文教科書》中，就出現了清末教材中沒有的「進化」、「政體」、「隧道」、「賦稅」、「軍政」、「國會」、「地方自治」等新名詞和新觀念，商務印書館發行量巨大的《共和國教科書新國文》，也出現了「司法」、「行政」、「錢業」（即銀行業）、「電話」、「巴拿馬運河」、等新名詞和新觀念。教材語言也更加淺顯，幾近於白話了。

小學國文教材之所以能發生這麼大的變化，是在教育實用主義的觀念下，教育家將「中國文字」分為「應用文」和「美術文」。高鳳

---

41 參見舒新城編：〈學務綱要〉，《中國近代教育史資料》（上）（北京市：人民教育出版社，1961年），頁205。

謙認為，「文字有二：曰應用之文字，曰美術之文字。應用之文字，所以代記憶、代語言、苟名為人者，無不當習知之，猶饑之需食，寒之需衣，不可一人不學，不能一日或缺也。美術之文字，則以典雅高古為貴，實為一科專門學，不特非人人所必學，即號為學者亦可以不學」[42]。以美術文範圍的縮小來換取美術文的保存，看似後退，實則蓄勢。因此，在小學語文教材普遍由編者自行編寫時，中學語文課本卻幾乎全是古代名文，如劉師培編的《中國文學教科書》(1905)、林紓編的《中學國文讀本》(1908)、吳曾祺編的《中學國文教科書》(1908)，黎錦熙曾評價這時期的教科書說，「清末（二十世紀開始時）興學，坊間始依欽定課程編印國文教科書；中學以上，所選大率為『應用的古文』(胡適氏用以稱桐城派者)，其高者亦不出姚氏《古文辭類纂》等書之旨趣與範圍。」[43]就是在民國初年的中學國文教科書，在選文上仍然沒有太大變化，如許國英編的《共和國教科書國文讀本》(1913)和謝無量編的《新制國文讀本評注》(1917)，孫俍工曾說，五四運動以前的中學語文教材，「單以中學而論，據我自己所經歷的，大都不外以下四種文章：(一)《古文辭類纂》、(二)《昭明文選》、(三)《經史百家雜鈔》、(四)唐宋各家的詩。」[44]

不過，孫俍工的話當做兩面觀，因為他主張以白話文教學代替文言文教學，對清末民初中學國文教材中表現出來的文學觀念的變遷體察不深。實際上，上面提到的幾套教科書均突破了傳統的「文選」方式，編排方式或編排觀念都很不同於以往的教材。例如，劉師培編的《中國文學教科書》十分重視「六書之文」的「小學」，他認為，「六

---

42 高鳳謙：〈論偏重文字之害〉，《東方雜誌》第5卷第7期(1908年8月)。

43 黎錦熙、王恩華：《中等學校國文選本書目提要》(北平市：北平師範大學文學院，1937年)。

44 孫俍工：〈文藝在中等教育中的位置與道爾頓制〉，《教育雜誌》第14卷第12號。

書之學，固周代普通之教科矣」、「觀乎爾雅，則文義斐然。豈有小學不明而能出言有章者哉。」因此，「編輯國文教科書，首明小學，以為析字之基。庶古代六書之教，普及於國民，此則區區保存國學之意也」[45]。劉師培之意仍是「保存國學」，但方式卻很特別，他在本套教材中先明「小學」之大綱，次分析字類，討論句法、章法、篇法、及至總論古今問題，而後編列選文，這種編法打破了歷來純粹是選文薈萃的文學讀本的成規。而吳曾祺編的《中學國文教科書》則質疑「文以載道」的說法，他在教材的〈編輯大意〉中這樣表達：

> 昔人有言，動曰文以載道。而沿其說者，則云非有關係者不作，理固至正而不可易。然道亦何常之有，精粗大小皆道也。譬如書一事，則必有事理；記一物，則必有物理。理之所在，道之所在也。豈言心言性言三綱五常以外，皆無所謂道乎？即以關係而言，人之一身，其足以免於饑寒者，最為有關係，何以菽粟稻粱以為飽，而不聞其廢八珍；布帛絲絮以為溫，而不聞其棄五采。則似關係之說，亦不免失之太拘。

可以看出，吳曾祺在這裡試圖重新定義「道」的內涵，在具體選文的時候，編者按文學史時期逆推，首選清朝，次選金元明，再選五代宋至周秦漢魏，沿流溯源，由近及遠。他不選藻美的辭賦，而選應用之文字，不拘於文以載道說，而注重經世文字。林紓編的《中學國文讀本》八冊，一九〇八年由商務印書館出版。這套書「凡例」中說明，選文「次序由清文上溯到秦漢文，自下而上，生人不錄，文中節目處加連圈，有頂批」，由清文開始追溯的編法，固然有由淺入深的教育

---

45 劉師培：〈編輯例言〉，《中國文學教科書》（上海市：上海國學保存會，1905年）。

方法的影響，但其中也暗含了桐城派的文學主張：「唐之作者林立，而韓柳傳，宋之作者林立，而歐曾傳，正以此四家者，意境義法，皆足資以導後生而進於古。」這種編法有「因時而變」的文學觀念在內，但「生人不錄」的觀點也清晰地表明了林紓的文學態度。

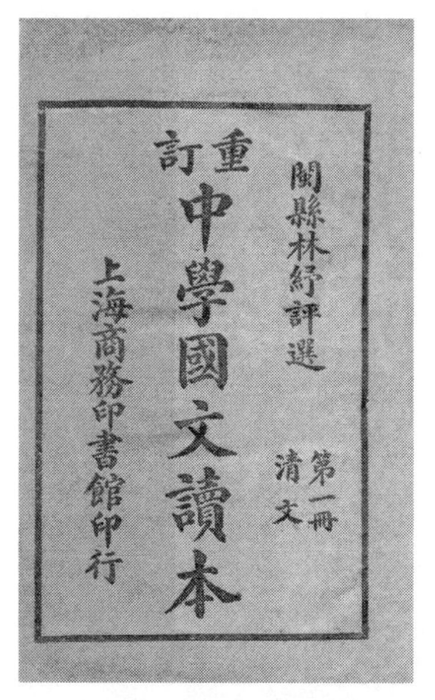

圖四　《重訂中學國文讀本》書影

「由近至遠」的編選觀影響了民國初期的中學國文教材，逐漸也成為教育部的規定——「國文首宜授以近世文，漸及於近古文」[46]。編者和行政規定都暗含了一個文學觀念，即近世文比古文要簡單（實際情況並非完全如此），這樣的觀念也是隱藏在教材體例中傳遞給學生的。從教材呈現上看，近世文的分量也越來越重，如一九一三年商務印書館出版的《共和國教科書國文讀本》的「編輯大意」中說，「中學國文程度高於小學，故宜授以適當之作文法理，且使略知本國古今文章規範，以期共保國粹，但昔賢選本多不適教科之用。矧值共和建設，一切文學應用時異勢殊，非復篡改塗抹所能供給，茲編特創新例，斟酌分量。既不泥於時代之世降，亦不囿於門類之分科，雖同為選錄名家之文，而要以中學教科適用為準則，且不背於部定法程。由近世文以進於近古及遠古，惟生存人之文不錄。」中華書局一九一四年出版《新制國文教本》，「編輯大意」也說：「部定中學國文

46 舒新城編：〈教育部公佈中學校令施行細則〉（1912年），《中國近代教育史資料》（中）（北京市：人民教育出版社，1962年），頁527。

教旨宜先授近世文漸及於古文。茲選分為四冊。第一冊錄近世文至宋之文。第二冊錄近世文至唐之文。第三冊錄近世文至漢之文。第四冊錄宋唐至三代之文。皆由後世漸及於古文，期與部令相符。亦使學者收循序漸進之益。」從選文可以看出，中學國文教材仍是桐城派諸家的天下，不過這時變化已經在京師大學堂裡出現了，章太炎的弟子開始入主京師大學堂，林紓、姚永樸、姚永概等桐城派人物相繼被逐出北大。但是，章門弟子對中小學國文的關注顯然不如林紓，因此，直到文學革命前，中學國文教材仍是「以經為文，以子史為文」（這或許也是文學革命後錢玄同等人非常重視初等教育教材的原因之一）。直到一九一六年文學革命前夕，林紓還一口氣為高小學生編選了六本《淺深遞進國文讀本》，同時寫了一篇「夫子自道」式的序言：

> 紓為教員二十有二年矣。自小學至於高等，及分科大學，皆效力焉。或五年，或九年，統計生徒可一千七百餘人。文學分科中，頗有成就之人，惟小學最難啟悟。童子攤書，仰視教員講解，雖竭盡精力與語之，彼視教習，若老優之粉墨登場。以為觀劇也。迨叩以書中之一義，則茫然一無所解，故紓之課徒，列為三等，以極笨拙者為第一等，列前；中材為第二等；聰穎為第三等。日挈笨拙者，一一為之講解，至十餘問，咸不之厭。聰穎之士，恒引以為怪。紓曰：凡文宗主試，憑文取士，則佳者應選矣。無如余職則教習也。教員之任，不能黜笨拙之學生而不教，專教其聰明者。果爾，則笨拙之父母，托其子弟於我，將何望邪？須知吾曲曲指示此笨拙之人。中材者入耳既熟，亦足領悟，聰穎者，尤能由甲悟乙。是教一人，而三種人均獲益矣。時余但選古文之淺近者為課本，尚未成是書也，既而自念如是教法，殊費心力，不如編為淺深遞進之法，使讀者

有階級可循，或易為力，因以此法，商之吾友張菊生高夢旦，咸以為然。竭九月之功，始脫稿。夫以學究，僭擬周秦漢唐之作，不無狂謬，然以啟導童蒙之苦心，不獲已而出於僭。識者其或諒我乎。

林紓似乎也看到了對童子當採「淺深遞進之法」，而且也意識到「小學國文，苦無恰好之作」。不過在實際操作時，他雖然在例言中批判了自擬課文的做法，仍然堅持從《戰國策》、《莊子》、《孔子》、《列女傳》、《史記》、《漢書》中選材，但為了降低難度，他在每篇文章前先寫一「擬作」，「擬作」是用比較淺顯的文言文去「翻譯」原先深奧的文言文，並聲明是為了讓學生「悟出行文變換之法」，不過最根本的目的還在於用「桐城筆法」灌輸兒童。

曹聚仁先生曾說：「一部近代中國文學史，從側面看去，又正是一部新聞事業發展史。」[47]這句話表明了出版界和文學界的緊密聯繫。作為出版業中重要品種的語文教材，似乎更受到三個學科領域力量的牽制——教育界、文學界和出版界。製作一套能行銷市場的教材，編者必須平衡這三者的互動關係，一方面教材首先要符合教育行政部門的相關規定和審查要求，還要充分反映文學觀念的變革，另一方面從出版競爭角度考慮，它必須「出新」，這個「新」可以是編排方式的「新」，也可以是選文的「新」。如果單從文學角度看，也可以覺察到國文教育給文學革新帶來的變化。這些變化有可能發生在微小的字、詞、句的學習上。例如，清末民初的小學國文教材，在識字上各書局都能達成一致，即要從筆劃最少，結構最簡單的字開始學。商務印書館的《最新國文教科書》，選字的原則是「限於通常日用者，

47 曹聚仁：《文壇五十年》（上海市：東方出版中心，1997年），頁8、83。

不取生僻字」，它的第一課是「天地日月」，第二課是「山水土木」；中華書局的《新制初等小學國文教科書》，在選字上「力求深淺合宜，一義有數字者，先見最淺之字；一字有數音者，先見本音；一字一音而有數義者，先見常見之字」，其第一課是「人手」兩字，第二課是「刀尺」兩字。此種編排，暗含了對傳統文學觀念的顛覆。因為晚清學者歷來最強調的訓詁學，強調閱讀要先打好「小學」的底子。而教材編者卻從兒童的學習規律上，強調要從最簡單的字開始學，這使得文學與文字的聯繫少了，因為古文中最富於表現力的字往往不是最簡單的字，特別不是文言文中最常用的字[48]。再如，清末民初的教材雖然用的都是淺近文言，但在課文中已經出現了大量的歐化詞彙（因為要向學生介紹新知識，這些新詞繞不開），它們已經讓「純潔」的文言變得不那麼「雅馴」了。這些歐化詞彙可以分為物質性的名詞和思想性的名詞，前者如「火車」、「輪船」、「火柴」，後者如「科學」、「民主」、「邏輯」、「理性」等，新詞是新觀念的中介，學生通過教材習得了各種新觀念。

另一方面，教材是強制性閱讀的出版品，而商務印書館和中華書局又佔據了絕大部分的教材市場，學生的閱讀更加集中，相似的知識結構使得學生容易形成某種社群[49]，他們具有了把社會意識和民族主義情緒符號化的能力，並最終成為一種新的文化勢力，據研究者統計，一九〇二年至一九一一年十年間，學潮最少發生了五百次，遍及二十個省，涉及各級各類學堂，無可懷疑「反映了學生普遍持續的不

48 張之純在他編的《中國文學史》〈緒論〉裡說：「文學與文字，一而二也，吾國舊時學說，往往混合言之，無所區別」，「近世教育家截然分為兩事也」（上海市：商務印書館，1915年）。

49 「社群是一個擁有某種共同的價值、規範和目標的實體，……社群不僅僅是指一群人，它是一個整體……社群有許多個基本的向度，如地理的、文化的和種族的。」參見俞可平：《社群主義》（北京市：中國社會科學出版社，1998年），頁55。

安與躁動」[50]，這充分反映出學生社群的崛起之力。而現代文學的發生，和這一興起的新興閱讀階層有關，學校形成了一個閱讀場域，而教科書就是這個閱讀空間的消費品。學生階層比市民階層更有影響力，可以說改變了學生的閱讀風尚，也就改變了未來的閱讀風尚。

第三節　言文一致：語文教育界對文學革命的「贊助」

陳子展先生在《中國近代文學之變遷》一書中，在第九章「十年以來的文學革命運動」曾將「文學革命運動」發生的原因歸結為四點：一、文學發展上自然的趨勢；二、外來文學的刺激；三、思想革命的影響；四、國語教育的需要。

對於前三點，研究界頗多認同並多有闡發，而獨於第四點「國語教育的需要」，一直少有論者言及。就是陳子展先生本人，對此點的論述亦不及前三點詳備，只是把國語運動的過程簡單地回顧了一下，然後說：「文學革命運動到了這個時期因國語教育的需要，取得政治上的保障，取得教育界的贊助，取得輿論界的提倡，基礎已經不可動搖，進行更為順利了。」[51]近來已有學者注意到了陳子展的這一見解，認為「這一點是現今研究文學史的人關注相對要少的，其實又是新文學運動之所以能在較短時間內站穩腳跟的重要原因」[52]。陳子展先生作為近現代文學的親歷者和研究者，指出了「教育界」對文學革命的「贊助」，使我們感覺到了「國語教育」同「文學革命運動」確

50 桑兵：《晚清學堂學生與社會變遷》（上海市：學林出版社，1995年），頁5。

51 陳子展：《中國近代文學之變遷》（上海市：上海古籍出版社，2000年），頁102。

52 溫儒敏：〈從學科史考察早期幾種獨立形態的新文學史〉，《中國文化研究》2003年第1期。

有不可分割的聯繫。但是，這種聯繫是什麼呢？「國語教育的需要」何以成為「文學革命」的內在原因呢？這一切都還需要做更細緻、更深入的探討。

「言文一致」的呼聲起源於民間，是知識份子意識到了國家現代化和知識普及化的重要性後，在語言領域和教育領域的普遍籲求。不過，需要注意的是，「教育」一詞在他們的文章中常包括兩層含義，一層是學校教育，一層是民眾教育，即裘廷梁把白話的長處歸結為「便幼學」、「便貧民」[53]。民眾教育即是「開啟民智」，本文暫且不論。但學校教育的重要性也是晚清的文字改革運動者一開始就注意到了的，而只要涉及到語言文字教育，當然就會歸入到語文教育中。在《官話合聲字母》的序言中，王照提出了言文一致、教育普及的主張，「今歐美各國，教育大盛，政藝日興，以及日本號令之一，改變之速，固各有由，而初等教育言文為一容易普及其至要之原，余今奉告當道者，富強治理，在各精其業、各擴其識、各知其分之齊氓，不在少數英俊也。」[54]王照這段話值得注意的是，他是從教育角度來考慮言文一致的重要性，另外他「奉告當道者」實際上是希望這場運動是自上而下的政府行為，希望國語教育由「民間」向「體制」內過渡。這一思路有其正當性，因為如果不借助政府頒行的各種法規，推行官話字母也罷，推行切音字母也罷，幾乎是不可能的。於是，在晚清的語言工具變革中，便出現了以下現象：從一八九二年《中國第一快切音新字》（盧戇章）問世到一九一〇年的《切音字教科書》（鄭東湖）發佈，不到十年內約有十幾種拼音方案和推行辦法出臺。每個發明者都認為自己的方法是解決「言文一致」問題的「靈丹妙藥」，都

53 裘廷梁：〈論白話為維新之本〉，見郭紹虞主編：《中國歷代文論選》（上海市：上海古籍出版社，1980年），冊4，頁169。

54 王照：〈官話合聲字母原序〉，收入《小航文存》（1931年刻本）。

希望由政府出面推行。他們或上呈學部，或私下通過「議員」發表諮詢案，或直接上達朝廷。而這時朝廷也知道「言文一致」的重要性，但無法判斷哪種方法更好，於是各種改革呈文和政府下達的實施方案也互相交叉，如〈呈學部大臣張百熙為推廣官話字母文〉（1902）、〈上直隸總督袁世凱書〉（1903）、〈奏請於簡易識字學塾內附設簡字一科並變通地方自治選民資格折〉（1909）、〈質問學部分年籌辦國語教育說帖〉、〈陳請資政院頒行官話簡字說帖〉（1910）、〈學部中央教育會議議決統一國語辦法案〉（1911）。既然無法判斷哪種改革方案更好，那麼最後就演變為比賽誰的方案最受強勢人物的重視。晚清的語文改革，以王照的「官話字母」和勞乃宣的「合聲簡字」影響較大，前者受到直隸總督袁世凱的支持，後者因慈禧太后召見勞氏而更有力。

不管什麼改革方案，都集中反映了語文工具改革的要求，闡明了語言工具改革是智民強國必由之路的觀點，顯然，改革者思考的出發點仍然是普及教育。勞乃宣〈上直隸總督袁世凱書〉中說：「竊思國之強不強，視民之智不智，民之智不智，視教育之廣不廣。……我中國自文言分離以來，口音日雜一日，而讀書識字之人愈少一日，此今日所萬不容不補救者矣。各省府州縣大中小各學堂縱能遍立，學生之數不能占戶口千分之一，則以上等之人服上等之科，雖掄才有資，而於億萬眾下等之人風馬牛不相及也。質而言之，無高深之教育無以待賢豪，無淺顯之教育無以化庸眾，二者缺一不可。方今名儒碩彥，坐論於朝，不患無上等教少數人之教育，所患者，無教多數人之教育耳。所謂教少數人之教育，漢文西文也。何謂教多數人之教育，以語言代文字以字母記語言是也。」[55]而裘廷梁在〈論白話為維新之本〉一文中，首次提出了用「白話文」來達成「言文一致」的目的，他在

55 轉引自韓立群：《中國語文革命》（北京市：中央編譯出版社，2003年），頁28-29。

歷數了「文言之害」後，得出一個鮮明的結論：「愚天下之具，莫文言若；智天下之具，莫白話若。……吾今為一言以蔽之曰：文言興而後實學廢，白話行而後實學興；實學不興，是謂無民。」[56]陳榮袞於一九〇〇年發表的〈論報章亦改用淺說〉，也認為，「大抵今日變法，以開通民智為先，開民智莫如改革文言」。胡適後來曾注意到：「當時也有一班有遠見的人，眼見國家危亡，必須喚起那最大多數的民眾共同擔負這個救國的責任。他們知道民眾不能不教育，而中國的古文字是不配做教育民眾的利器的。」[57]

在晚清的語文變革運動中，「言文一致」產生的運動有兩個——白話文運動和拼音化運動，這兩者的發展有著深刻的聯繫，它們的思考出發點都是普及教育。拼音運動使中國知識界第一次把眼光投向當代的活語言，重新調整了語言和文字、口語與書寫的位置，把長期以來傳統的對文字的崇拜和迷信，轉向對當代語言的重視和關注。他們或者強調「文字者，語言之所出也」，或者提倡拼音文字和「切音新字」。譚嗣同說：

> 文字即語言、聲音，今中國語言、聲音變既數千年，而猶誦寫二千年以上之文字，合者由是離，易者由是難，顯者由是晦，淺者由是深……而讀書識字者所以戛戛而落落焉。求文字還合於語言、聲音、求改象形字體為諧聲，易高文典冊為通俗。[58]

---

56 裘廷梁：〈論白話為維新之本〉，《中國官音白話報》（《無錫白話報》）第19、20期（1898年8月）。

57 胡適：〈導言〉，《中國新文學大系建設理論集》（上海市：良友圖書印刷公司，1935年）。

58 譚嗣同：〈管音表自序〉，《譚嗣同全集》增訂本（北京市：中華書局，1981年）。

勞乃宣則認為，「文字趨而愈簡，自然之勢也……今日而圖自強，非簡易其文字不為功矣」[59]，他在一九一〇年創立了簡字研究會。王照則在《官話合聲字母》序裡說：

> 世界各國之文字，皆本國人人通曉，乃其言文一致，拼音簡便……吾國古人造字，以便其民，所命之音必與當時語言無異，此一定之理也。而語言代有變遷，文亦隨之，故孔子之文較之夏殷之文，則改變句法，增添新字，顯然大異，可知就當時俗言肖聲而出，著之於簡，欲婦孺聞而即曉，凡也已焉乎等助詞為夏殷之書所無者，實不啻今日之白話文增入呀麼哪咧等字，孔子不避其鄙俚，固聖人之心專以便民為務無文之見存也。後世文人欲借文以飾智驚愚，於是以摩古為高，文字不隨語言，二者日趨日遠，文字既不足當語言之符契，其口音即遷流愈速，百里或歲不相通，千里或世不相通，異者不可復同，而同國漸如異域，妨害多端，誤盡蒼生，無人覺悟矣。[60]

改革者們對語言文字的新看法，也反過來改變了口語與白話文的地位。梁啟超曾說：「古者婦女謠諑，編為詞章，士夫答問，著為詞令，後皆以為極美之文字，而不知當時之語言也。」[61]從歷史中挖掘口語的重要性，是為白話文尋找正當性理由。

「言文一致」的要求使晚清掀起了廣泛的白話文運動，而與此同時，國語教育中的「國語統一」問題也凸現出來，這一領域更需要借

59 勞乃宣：〈簡字全譜序〉，《桐鄉勞先生遺稿》（臺北縣：藝文印書館，1964年），卷2。

60 王照：〈官話合聲字母原序〉，《小航文存》（1931年刻本）。

61 梁啟超：〈序〉，《沈氏音書》。

助政治力量特別是教育力量。〈學務綱要〉即要求「各學堂皆學官音」，其論據是「各國言語，各國皆歸一致。故同國之人，其情易洽」，而目前「中國民間各操土音，致一省之上彼此不能通語，辦事動多扞格。茲擬以官音統一天下之語言，故自師範以及高等小學均於中國文內附入官話一門」[62]。到清朝立憲時期，「國語教育」已經正式列入學部分年籌辦的清單當中。一九一〇年資政院成立，江謙在〈質問學部分年籌辦國語教育說帖〉中分年安排如下：「宣統二年，編訂官話課本，編輯各種辭典，行各省學司所有省城師範學堂及中小學堂兼學官話；宣統三年，頒佈官話課本，京師設立官話傳習所，行各省設立官話傳習所；宣統四年，行各省推廣官話傳習所；宣統五年，行各省學司所有府直隸州廳初級師範學堂及中小學堂兼學官話；宣統八年，行各省學司所有廳州縣中小學堂兼學官話，是年檢定教員章程內，加入考問官話一條。初級師範學堂中學堂高等小學堂各項考試，均加官話一科。」其中國語教材也放到考慮之列，「英之小學讀本用倫敦語，法之小學讀本用巴黎語，日之小學讀本用東京語。……學部既謀全國之統一，編訂此項課本時，是否標準京音。」[63]一九一一年清政府學部的「中央教育會議」通過了王邵廉的〈統一國語辦法案〉，為統一國語提出了非常具體的措施：由學部在京師設立國語調查總會，負責在調查基礎上「訂定語詞語法程式，及假定音標」，編纂國語課本及語典方言對照表，審定音聲話之標準等；由學部設立國語傳習所，各省會也設國語傳習所培訓國語人才，並規定：「凡各學堂之職教員不能官話者，應一律輪替入所學習，以畢業為限，各學堂學

---

62 〈新定學務綱要〉，《東方雜誌》第1年3期，頁84。

63 江謙：〈質問學部分年籌辦國語教育說帖〉，《清末文字改革文集》（北京市：文字改革出版社，1958年），頁117。

生，除酌添專授國語時刻外，其餘各科，亦須逐漸改用官話講授。」[64] 不過在同年，清政府即遭覆滅，該提案無法貫徹實施，但晚清許多參與的學者仍然活躍，許多具體的實施辦法仍然具有很大的影響。

一九一二年，民國建元，作為新政權建設的一部分，第二年教育部召開了「讀音統一會」，開始構建民族共同語的框架。經過會上的一番爭論，在「章門弟子」如胡以魯、周樹人、朱希祖、馬裕藻及許壽裳等人的聯合提議下，最後選定了章太炎所擬的「紐文」、「韻文」，略作改動後成為「注音字母」。[65]同時，會議以投票表決方式決定了六千五百多個漢字的標準讀音，並通過了七條「國音推行辦法」，其中有「請教育部將初等小學『國文』一科改作『國語』，或另添國語一門」的建議[66]。不過，在民初的政治動盪中，這些建議雖獲通過，但都沒有得到認真執行。

與「國語運動」聯繫最緊密的語文教育界，對言文不一致給教學帶來的不便早就不滿，借助「國語運動」的開展，對此也多有批判。近代倡導白話文教學的陳子褒指出，傳統語文教學有使人雖能熟讀四書五經而無一字能解的弊病，提倡訓蒙要以解字為本，解字要以口頭語言為基礎，「若因他已曉之話，教以已曉之話之字，童子必大有樂趣。且所解之字，觸目即是，開口即有，分外易記，此於數年前實驗而得者也」[67]。民國建立之初，時任教育總長的蔡元培非常贊成「國語統一」的主張。他在〈全國臨時教育會議開會詞〉中提出：新教育發展所面臨的一個大問題，就是國語統一問題。他說：「現在有人提

---

64 轉引自韓立群：《中國語文革命》（北京市：中央編譯出版社，2003年），頁29。

65 許壽裳：《章炳麟》（北京市：勝利出版公司，1946年），頁95。

66 黎錦熙：《國語運動史綱》（上）（上海市：商務印書館，1934年），頁57。

67 〈論訓蒙宜先解字〉，轉引自鄭國民：《從文言文教學到白話文教學》（北京市：北京師範大學出版社，2000年），頁12。

議：初等小學宜教國語，不宜教國文。既要教國語，非先統一國語不可。」[68]政府的態度無疑也鼓勵了民間人士在此問題上發表更激烈的意見。一九一二年三月，庾冰在〈言文教授論〉中提出了「教授語言」的重要性，而「教授語言」不可迴避的就是語文教學中的言文一致問題，庾冰提出在作文的教學中「當先教授白話體，而後教授文言體」[69]。一九一二年八月，潘樹聲發表〈論教授國文當以語言為標準〉一文，從兒童學習心理的角度提出語文教學中要「順乎語言之自然」：

> 吾人欲教兒童，當知兒童之本能，就本能而擴充之，此教育之原理也。人生而有口舌，自其牙牙學語，以至就傅，其語言已無蹇澀不通者矣。道其語言於文字，當必有迎刃而解之樂；捨語言而教文字，徒苦兒童耳。向者塾師之不知教授，與國文典之未嘗發明，人所同病也。然今年齒稍長者，幼皆受塾師教育，而亦未嘗不能文。則何以故？曷回憶兒時學文之狀況乎：在塾師講授時，聆其語氣，察其離合抑揚之故，積久經驗，乃始有悟。今學校教師用塾師之長，而去其短，積以數年，必有成效。[70]

民間的討論影響了政府的決策，因此教育部在規定小學和中學國文課的任務時，提出「國文要旨在於學習普通的語言文字」。不過，從語文界的討論可以看出，他們對言文不一致的解決方案更傾向於使

68 蔡元培：〈全國臨時教育會議開會詞〉，參見《蔡元培教育論著選》（北京市：人民教育出版社，1991年），頁17。

69 庾冰：〈言文教授論〉，《教育雜誌》第4卷第3期。

70 潘樹聲：〈論教授國文當以語言為標準〉，《教育雜誌》第4卷第8期。

用白話文教學，不主張「國語運動」中出現的否定漢字系統而另外創制的「切音新字」、「注音符號」。因為中國漢字雖然難認難寫，但卻是在方言繁雜的中國最有效的溝通工具，如果繞過漢字之難，以拼音文字直接作為大眾口語的聲音記錄，雖然是更直接徹底，但卻容易造成文化上的「斷裂」與「分裂」，不同方言區的人互相看不懂對方文字的情況。因此，庾冰認為「欲普及教育，當先統一國語」。但是，統一國語是非常困難的事情。

在語言的現代化上，「國語教育運動」普遍有一種「語音中心主義」的傾向，這種語音中心主義建立在傳統／現代的背景之上，它扭轉了將語言（口語）等同於俗，文字（文言）等同於雅的傳統觀念，並且在進化論的理論背景下，建立了一種新的價值結構：漢字是野蠻落後的，拼音文字是現代進步的。譚嗣同在其〈仁學〉中，認為漢字阻礙了自由交流，「又其不易合一之故，語言文字，萬有不齊；越國即不相通，愚賤尤難遍曉。更苦中國之象形字，尤為之梗也。故盡改象形為諧聲，各用土語，互譯其意，朝授而夕解，彼作而此述，則地球之學可合而為一」[71]。圍繞巴黎《新世紀》，吳稚暉等人提出了廢除漢字、採用世界語的激進主張，這一思路還延續到後來的拉丁化改革運動。和「國語運動」中的激進派不同，教育界似乎更「穩重」一些，潘樹聲反對將教育不普及歸結為漢字太難，認為「文字無論中外皆難也」，批評拼音文字提倡者是「盲從西說」，「吾國事事效顰，乃並數千年相傳之文字，有統一全國之功，無流動不居之弊（吾國自近世上溯至唐虞三代，無不可通之文；西文源出希臘拉丁，今非習其專科，不能讀矣。即此可知標音文字當採與否），國人不急圖教授改良，使日以光大，而反立說摧壞之」[72]。胡適認為漢字拉丁化運動失

71 譚嗣同：〈仁學〉，《譚嗣同全集》增訂本（北京市：中華書局，1981年），下冊。

72 潘樹聲：〈論教授國文當以語言為標準〉，《教育雜誌》第4卷第8期。

敗的原因是沒有產生偉大的文學，現在看來，沒有得到教育界的足夠「贊助」也應該是原因之一。教育界的態度使得「言文一致」的要求沒有走拼音化道路，而回到白話文上來。

在白話文領域，教育界的「贊助」可謂多矣。除了在輿論上協同鼓吹外，最重要的就是編寫白話文教材。作為晚清白話文運動的重要一環，白話文教材影響重大。近年來，對清末民初白話文運動的研究不少[73]，但是，作為白話文重要一支的白話教科書，卻少有人提及。事實上，由於教科書傳佈的廣泛，其實際效能並不亞於白話報刊和白話小說。早在一九〇三年，施崇恩在主持上海彪蒙書室編印教科書時期，就出版了《繪圖習字實在易》，包括白話解說和文言解說兩部分，把字分為實字和虛字兩大類。編者施崇恩又把之、乎、者、也等虛字，集攏在一起，編成《繪圖速通虛字法》一書，他在緣起中說：「我現在且列出幾種名目，將一切虛字，集攏在一處，每一類先用白話做幾句解說，隨即舉例作為練習，把虛字嵌在俗語裡面，要小孩子練習得熟，練習熟了，遇者文言中的虛字，也自然而然能領會了。我做這種書的主義，想把十年八載、三年五載難通的虛字，在一年半載，便得盡通。」[74]一九〇五年，彪蒙書室又編《繪圖蒙學識字實在易》，分六章，每章都冠以白話解說，如第一章〈造字的源流〉：

> 上古時代，沒有文字，凡百事件，都用草繩打結做記認。就是易經裡所說的結繩而治。後來黃帝的史官，有一個叫倉頡氏，始造文字，後人稱他的字為古文，又叫蝌蚪書。蝌蚪就是蝦蟆

73 如陳萬雄在《五四新文化的源流》中統計，五四運動前有大量的白話報刊被創辦，白話小說被創作出版，共有一四〇份白話報刊，一五〇〇種白話小說。參見陳萬雄：《五四新文化的源流》（北京市：三聯書店，1997年1月），第6章。

74 轉引自鄭逸梅：《書報舊話》（上海市：學林出版社，1983年），頁82。

> 子。那時倉頡雖造出字來，還未有筆墨，但用漆寫在竹片上，竹是硬的，漆是膩的，字畫不能勻稱，往往頭粗尾細，寫成蝦蟆子的樣子，就叫蝌蚪書。

這樣的白話文現在讀來都十分順暢。施氏還出版了中國第一部最通俗的白話字典《繪圖白話字彙》，以及《繪圖中國白話史》、《繪圖幼學白話句解》。彪蒙書室的書行銷二十餘版，各地小學都有採用，可見它的影響之大。但這種變法觸犯了清政府，被認為利用白話譯經書，是傳播維新思想，因此被學部下令禁止。

隨著清末國語運動的開展，國語教科書慢慢也取得了學部的認可。一九一〇年商務印書館在《教育雜誌》的廣告頁刊登了由林萬里等人編輯的《國語教科書》的廣告，「我國文言，各有歧出。近來學堂中，多設有官話一科，為統一語言之計。本書取材於學部審定之各種教科書，演為通行官話，以供初等小學之用，且以收各科聯絡之效，洵一舉兩得也。」學部對此書做了批語，「編輯大意，以國語為統一民眾之基，又注意於語法，並準全國南北之音而折衷之。全編大致由淺入深，雖異文言，卻非俚語」[75]。民國建立以後，國語

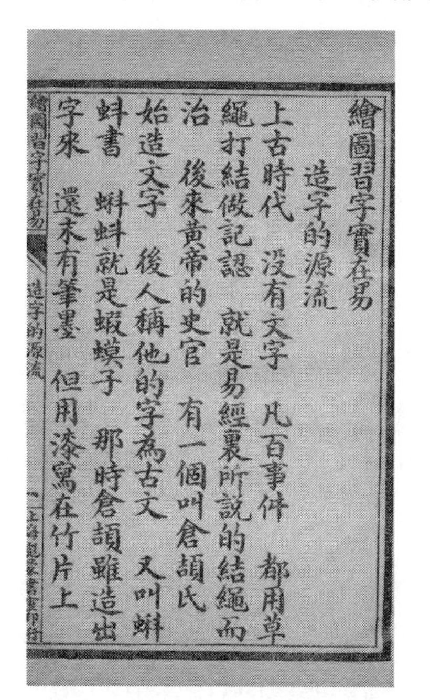
繪圖習字實在易
造字的源流
上古時代　沒有文字　凡百事件　都用草繩打結做記認　就是易經裏所說的結繩而治　後來黃帝的史官　有一個叫倉頡氏始造文字　後人稱他的字為古文　又叫蝌蚪書　蝌蚪就是蝦蟆子　那時倉頡雖造出字來　還未有筆墨　但用漆寫在竹片上

圖五　《繪圖習字實在易》書影

75 轉引自鄭國民：《從文言文教學到白話文教學》（北京市：北京師範大學出版社，2000年），頁88。

教科書的編制反而比清末沉寂一些，究其原因，一方面是政局的動盪，使人無心顧及國語教育運動；另一方面是「國語教育運動」自身的裹足不前，黎錦熙批評說，「民元二間，比清末倒退了一步：清末朝野已提倡國語統一，而民元設會，只敢定名為『國音統一』」[76]。

一九一六年，袁世凱的皇帝夢破滅，給當時的知識界莫大的震動和反思的契機，他們把袁世凱稱帝的原因歸結為「大多數國民以不通文義之故，於國家政治絕無所知」，致使一二人操縱民意。於是教育部裡的幾個人開始重新醞釀「國語運動」的高潮：

> 那時正當洪憲皇帝袁世凱駕崩於新華宮，帝制推翻，共和回復之後，教育部裡有幾個人們，深有感於這樣的民智實在太趕不上這樣的國體，於是想憑藉最高教育行政機關的權力，在教育上謀幾項重要的改革，想來想去，大家覺得最緊迫而又最普遍的根本問題還是文字問題，便相約個人做文章，來極力鼓吹文字的改革，主張「言文一致」和「國語統一」；在行政方面，便是請教育長官毅然下令改國文科為國語科。[77]

為了解決共同語統一問題，教育界八十六人組成的中華民國「國語研究會」宣佈成立，該研究會的宗旨就是「研究本國語言，選定標準，以備教育界之採用」。至此，一個統一的國語運動逐漸形成了，其目標就是推行標準語，統一民族的語言，配合白話文運動。國語運動與白話文運動成為五四時期中國語文變革最重要的兩個部分，但它們卻有所區別：前者重在口語，後者重在書面語；前者主要由是語言

76 黎錦熙：《國語運動史綱》（上海市：商務印書館，1934年），上卷。

77 黎錦熙：《國語運動史綱》（上海市：商務印書館，1934年），上卷，頁66。

學界和文化教育界共同推行的，直接促發了「國語」學科的產生，後者則主要由文學界發起，進而影響到國文教育。但由於「言文一致」是他們共同的主張，因此，晚清延續至民國的「國語運動」又給了新文化運動很大的支持。

隨著「國語運動」的「回暖」，國文改國語的呼聲重新高漲，一些南方的小學，如江蘇省立第一師範附小已經自編白話教材進行教學，據當時的參與者吳研因回憶，「民國成立後的一九一五年左右，由俞子夷發起我們在江蘇蘇州的省立第一師範附屬小學才私自實行了真正白話文自編教材，油印了教學初級小學的低年級生」[78]。隨後，中華書局出版了《新式國文教科書》，每冊國文後均附有四篇白話課文，這些課文，低年級大都是一些語言材料，還談不上文學，到中高年級後，附的白話文就越來越長，也越來越有文藝性了，例如第五冊除了連載〈阿刺伯馬〉外，還有〈保護妹妹〉一文：

> 士雄同妹妹在空場上玩耍，忽然來了一匹溜韁的馬，好像要踢人。妹妹嚇得哭起來，眼淚流滿面。士雄說，不要怕，不要哭，就慌忙把手裡的傘撐開來，對著馬亂舞。馬看見了一嚇，就快快地跑開去了。妹妹又大笑起來。

這樣一種把白話文附在文言課文後的做法，雖然很不徹底，但在當時卻產生了很大的影響。教育部在審定《最新國文教科書》的批詞中說：「查該書最新穎處，在每冊後各附四課。其附課係用官話演成，間有於本冊各課相對者。將來學校添設國語，此可為先導，開通

---

78 吳研因：〈以自編教材為主的舊小學語文的回顧與批判〉，引自陳學恂主編：《中國近代教育史教學參考資料》（北京市：人民教育出版社，1987年），中冊，頁447。

風俗，於教育前途殊有裨益。至各冊所用文句，其次序大約均於口語相同，令教員易於講授，兒童易於領悟。在最近教科書中洵推善本。」[79]政府的評價對白話教科書的編寫無疑是一個有力的推動。白話教科書也借助教育之力，改變著學生的文言閱讀習慣，為更大規模的五四白話文運動埋下了種子。

一九一六年，也是遠在美國的胡適集中思考「文學改良」的一年，翻閱胡適在一九一六年的日記，幾乎一半都記敘著和梅光迪、任鴻雋和楊杏佛等人爭論的書信往來。關於這點，胡適本人多有敘述[80]，後來的研究者也頗有研究，但我覺得有一點為多數研究者所忽略，即語文教學問題是胡適對文學改良問題思考的起點，而且國內的「國語運動」也影響了他的思考方向。一九一五年八月二十六日，胡適在康乃爾大學所寫的〈如何可使吾國文言易於教授〉即是直接對語文教學的思考。此文是有感於當時「極力詆毀漢文，主張採用字母」的討論而發，認為「今之文言，終不可廢置，以其為各省交通之媒介物也，以其為僅有之教育之具也」，漢文不易普及，原因不在漢文，而在教學之法不當：

> 漢文乃是半死之文字，不當以活文字之法教之。活文字者，日用語言之文字，如英法文是也，如吾國之白話是也。死文字者，如希臘、拉丁，非日用之語言，已陳死矣。半死文字者，以其中尚有日用之分子也。[81]

79 《中華教育界》第5卷第1期。

80 參見胡適口述，唐德剛注譯：《胡適口述自傳》（合肥市：安徽教育出版社，1999年）；〈逼上梁山〉，《中國新文學大系》（建設理論集）（上海市：良友圖書公司，1935年）。

81 見胡適：《胡適留學日記》（1915年8月26日）（臺北市：遠流出版公司，1986年），頁174。

可以看出，胡適文學觀念中的二分法和西方參照體系已在此時萌芽，只是不像後來那麼絕對而已。如何能使漢字傳聲達意，胡適的設想是教授國文時一定要注意文法，而且要輔之以西方的標點符號，以求文法明顯易解，另外還有幾條救弊之法，如「當鼓勵說文學（字源學）」，「當以字之古體與今體同列教科書中」，「中學以上，皆當習字源學」[82]。胡適在教科書中如此強調字源學，是想讓學生「有興趣記憶字義，則其記憶也，不勞而易能，庶幾稍復吾國文字既失一長云爾」。這一設想無疑是從傳統中來，但他後來卻幾乎不提，而西方文法的益處，他卻特加提倡，大有以新方法來取代舊「小學」研究之意：

> 吾國文本有文法，而古來從未以文法教授國文。今《馬氏文通》出世已近廿載，而文法之學不治如故。夫文法乃教文字語言之捷徑。今當提倡文法學，使普及國中；又當列「文法」為必須之學科，自小學至於大學，皆當治之。[83]

胡適此時的思考還沒有想到對整個語言工具徹底改革，而是希望通過良好的語文教學方法「修補」古文大廈的漏洞。這篇文章在留美中國學生會上宣讀後，胡適似乎沒有更多思考這一問題。直到一九一六年一月二十四日，胡適讀到了章太炎一九〇八年發表的〈駁中國用萬國新語說〉，針對章太炎駁斥吳稚暉「其視萬國新語之以二十八字母含孕諸聲音，繁簡相去，至懸遠也」的說法，胡適認為，「太炎先生此論，可謂無的放矢矣。萬國新語之長處，正在其聲簡易通」，不

82 胡適：《胡適留學日記》，收入《胡適全集》（合肥市：安徽教育出版社，2003年），卷28，頁244-247。

83 胡適：《胡適留學日記》，收入《胡適全集》（合肥市：安徽教育出版社，2003年），卷28，頁177。

過，他對章太炎文章中漢字教授的方法倒是頗為贊同[84]；緊接著又在一月三十一日抄寫了民國二年頒佈的「注音字母」，然後就將思考重點轉向了文學，也希望「朋友們留意中國文學的發展」，結果因為做詩送梅光迪去哈佛「這件意外的小事」引起了一場大的爭論[85]，而胡適關於文學改良的部分觀點已經形成了：

> 今欲救此文勝之弊，宜從三事入手：第一，須言之有物；第二，須講文法；第三，當用「文之文字」（覲莊書來用此語，謂Prose diction也。）時不可避之。三者皆以質救文勝之敝也。[86]

而此時，在萬里之外的北京，「國語研究會」內部，關於「國文科」改「國語科」的爭論也相持不下，按黎錦熙的說法，「當時做文章鼓吹的人，有陳懋治、陸基、董瑞椿、吳興讓、朱文熊、彭清鵬、汪懋祖、黎錦熙等。而反對最烈的卻還不是閩侯林紓先生，乃是吳縣胡玉縉先生」[87]，一九一六年九月至一九一七年四月間，新舊兩派往返辯駁的文章有十來篇之多。改革派更多關注的是，國語是語文教育改革乃至政治改革之「利器」，如同黎錦熙所言：

> 我國教育宗旨中，所謂實用主義、美感教育者，於此蓋兩失之。其弊之尤甚者，大多數國民，以不同文義之故，於國家政

84 胡適：《胡適留學日記》，收入《胡適全集》（合肥市：安徽教育出版社，2003年），頁300。

85 胡適口述，唐德剛注譯：《胡適口述自傳》（合肥市：安徽教育出版社，1999年），頁163。

86 胡適：《胡適留學日記》，收入《胡適全集》（合肥市：安徽教育出版社，2003年），頁317。

87 黎錦熙：《國語運動史綱》（上海市：商務印書館，1934年版），上卷，頁67。

> 治，絕無所知。一二人操縱之，雖有亡國敗家之禍，弗能喻也。猶幸是非利害，人類尚有直覺之本能，真正民意，終難湮沒。然共和回復之後，不圖其本，一任大多數之國民，聾盲如故，則「民意」二字，又將為少數人所僭奪，真正之共和政治，亦終不可得而見。此其機括，悉在義務教育之四年，悉在此四年所學之本國文字能應用與否而已。[88]

而胡玉縉雖不反對在初級教育中增授國語，但反對以國語代國文，認為教授國文與教育不能普及沒有關係。「各國教育之盛於百年間者，由於強迫」，所以當前亟務在於「多設學校，改良校風，慎選老師，一切設備務求完具」[89]。就教育的強迫性而言，這個觀點是正確的。但是，胡玉縉卻過分強調了漢語的特殊性，以為西方字母文字，言文可以合一，而「我國文字主乎形義，故言文萬不能合一」[90]，進而又認為國語是「杜撰官話」、「集成官話」[91]。胡玉縉認為國語不能代替國文，除了「拼音字可一致，形義字萬不能一致」之外，還有一個更深的認識背景，他舉「吳楚閩粵人」言語雖不一致，而無所謂「吳楚閩粵文字」為例，說明漢語書寫語言跨時空的穩定也正是中國「秦漢以來統一已久」的原因，「故《中庸》曰書同文不曰言同文」[92]。這種看法初看有一定道理，但細究卻經不起推敲。因為所謂「國語」云者，其目的在於造就一種全民族使用的共同語，一旦建立合法性，它就具有強制作用，就能把方言限制在合理的範圍內。

---

88 黎錦熙：〈論教育之根本問題〉，參見《黎錦熙語文教育論著選》（北京市：人民教育出版社，1996年），頁2-3。

89 胡玉縉：〈正告今之教育家〉，《北京日報》，1917年3月28日。

90 胡玉縉：〈今之所謂教育家之供詞〉，《北京日報》，1917年3月28日。

91 胡玉縉：〈正告今之教育家〉，《北京日報》，1917年2月5日。

92 胡玉縉：〈正告今之教育家〉，《北京日報》，1917年1月31日。

在雙方爭論不休之時，胡適的〈文學改良私議〉（後改為〈文學改良芻議〉）已經寫就，刊發在一九一七年一月一日《新青年》第二卷第五號上，一場轟轟烈烈的文學革命拉開了序幕。不能說文學革命起源於國語教育改革，但兩者之間的聯繫不可分割，因為兩者都涉及到語言工具的變革，這是文學界和教育界共同關注的問題。例如，〈文學改良芻議〉既吹響了文學革命的號角，也宣告了語文教育現代化的開始，因為文章的核心是文學工具革命論。作者提出文學革命「須從八事入手」的所謂「八事」，均屬於文體範疇，根據作者自己的歸納，其中「不用典」、「務去濫調套語」、「不講對仗」、「不避俗字俗語」、「須講求文法結構」五項可歸為「形式上之革命」，其實質是反對「言文分離」而實行「言文一致」。而「言文一致」也正是國語教育界思考的出發點，從晚清的白話文運動、拼音化運動到國語統一運動時期，「言文一致」一直是兩大口號中的一個[93]。而這兩者的統一，歸根結底是教育的平民化、普及化要求，如同胡適所說：「向來教育是少數『讀書人』的特別權利，於大多數人是無關係的，故文字的艱深不成問題。近來教育成為全國人的公共權利，人人知道普及教育是不可少的，故漸漸的有人知道文言在教育上實在不適用，於是文言白話就成為問題了。後來有人覺得單用白話做教科書是不中用的，因為世間決沒有人情願學一種除了教科書以外便沒有用處的文字，這些人主張：古文不但不配做工具，並且不配做文學的利器；若要提倡國語教育，先須提倡國語的文學。」[94]如果把這段話結合陳子展先生在〈中國近代文學之變遷〉中的論述，就更能看出國語教育運動同文

93 黎錦熙言：「三十多年以來，國語運動的口號不外兩句話：『國語統一』『言文一致』。」見黎錦熙：《國語運動史綱》（上）（上海市：商務印書館，1934年），頁10。

94 胡適：〈新思潮的意義〉，《胡適全集》（合肥市：安徽教育出版社，2003年），卷1，頁691。

學革命之間的深層聯繫。

第四節　小學語文教育改革與現代兒童文學的誕生

長期以來，兒童文學被排除在「主流敘述」之外，中國現代文學史通常只可稱為中國現代成人文學史。這種缺失不能說是故意「遺忘」，而通常是文學敘述者的「集體無意識」，這種「集體無意識」往往比有意的「遺忘」更無奈。但是，兒童文學天然屬於現代文學的一部分，誕生於五四時期的現代兒童文學，不僅有豐富的創作，也有深刻的理論探索，缺乏兒童文學研究的現代文學史是不完整的。因此，本文將把兒童文學納入論述當中。而且，如果從現代兒童文學的發生看，它和小學語文教育改革聯繫緊密。

關於中國兒童文學產生的原因，兒童文學界已經有很深入的研究，例如，有從思想層面分析「人的發現——兒童的發現——兒童文學的發現」的歷史邏輯[95]；有從文學本體層面梳理的「晚清兒童文學被大量譯介」的發生學意義[96]；有從政治層面考察的「中國兒童文學與現代化進程」的緊密聯繫[97]。這些研究都從外部和內部兩個方面闡釋了中國兒童文學產生的原因，即如陳獨秀所言，「『兒童文學』應該是『兒童問題』之一」[98]。不過，在清末民初興起的「兒童教育問題」，也同屬於「兒童問題」的一部分，特別是同兒童閱讀緊密聯繫

95 參見王泉根：《現代兒童文學主潮》（重慶市：重慶出版社，2000年），第1章。

96 參見胡從經：《晚清兒童文學鉤沉》（上海市：少年兒童出版社，1982年）。

97 參見朱自強：《中國兒童文學與現代化進程》（杭州市：浙江少年兒童出版社，2002年）。

98 轉引自王泉根：《現代兒童文學的先驅》（上海市：上海文藝出版社，1987年），頁7。

的小學語文教育，更是中國兒童文學產生的重要原因。此節所舉的材料，大多來源於教材中的兒童文學作品，它們的風格和發展，同以往兒童文學史中分析的作品很不相同。

「兒童文學的發現」取決於「兒童的發現」[99]。不過，中國「兒童的發現」並非從五四時期才開始，在晚清的大量文獻中都能找到相關的論述。仔細分析起來，晚清時期「兒童的發現」，是西方兒童學的輸入和中國積弱的現狀對兒童期待的結果。一八九六年嚴復翻譯的《天演論》把進化論引入中國，正是在「世道必進，後勝於今」的歷史進化觀指導下，晚清知識界把目光投注到了兒童的身上。譚嗣同在〈仁學〉一文中抨擊了「父為子綱」的倫理觀念，大聲疾呼：「子為天之子，父亦為天之子，父非人所得而襲取也，平等也。」[100]一九〇一年，梁啟超在《清議報》上連載〈盧梭學案〉，把盧梭的〈民約論〉詳細地介紹進來，認為天賦人權，人生而平等，就是父子間也無權剝奪，「彼兒子亦人也，生而有自由權，而此權，當軀自左右之，非為人父所能強奪也」[101]。一九〇二年劉師培根據〈民約論〉的精神，把中國歷代思想家們的言論輯成《中國民約精義》一書[102]，鼓吹人權平等思想。不過作為「西學」一部分的西方兒童學被介紹進中國的目的，主要還是為了讓兒童擔負起救國的重任，「中國之少年，賴爾立身保種解倒懸。」[103]、「國將亡矣，不聞有一人能興之也，吾謂此責任盡在吾童子。……二十世紀之世界為吾童子之世界。」[104]可

99 參見王泉根：《現代兒童文學主潮》（重慶市：重慶出版社，2000年），第1章。

100 引自中國近代資料叢刊《戊戌變法》（上海市：神州國光社，1953年），冊1。

101 梁啟超：〈盧梭學案〉，《清議報》第98、99期。

102 轉引自方衛平：《中國現代兒童文學理論批評史》（南京市：江蘇少兒出版社，1993年）。

103 〈少年歌〉，《最新婦孺唱歌書》（1904年）。

104 〈論《童子世界》〉，《童子世界》（1903年）。

見，兒童的被發現並不是出於兒童身心特殊性的「被發現」，而是出於國家需要的「被發現」，從中摻雜著「重振帝國雄風」的想像。不過，這一「發現」的直接影響就是對兒童教育的關注。一八九八年梁啟超的《變法通議》〈論幼學〉、一八九七年林紓的〈閩中新樂府〉，以及嚴復的〈論世變之亟〉、康有為的〈萬木草堂《幼學》編輯體例〉、黃遵憲的〈日本國志〉等文章都從兒童角度出發論及兒童教育。一九〇一年林獬等人創辦的《杭州白話報》刊文呼籲，「少年乃國之寶，兒童教育休草草」，一九〇二年該報還刊登署名為黃海鋒郎的〈兒童教育〉一文，強調「兒童天真爛漫，總要順他自然的性，總能夠養成活潑的天機」[105]。

兒童的重要性被發現，並不意味著現代兒童文學立即就能產生。實際上，在晚清的翻譯熱潮中，兒童文學並不鮮見：林紓翻譯的一百七十多種小說中，與兒童文學相關的作品就有十三種，如《黑奴籲天錄》(《湯姆叔叔的小屋》，1901)、《英國詩人吟邊燕語》(蘭姆兄弟《莎士比亞故事集》，1904)、《魯濱遜漂流記》(1905)、《海外軒渠錄》(《格列佛遊記》，1906)；魯迅翻譯的儒勒・凡爾納的科幻小說《月界旅行》(1903)和《地底旅行》(1906)；周桂笙《新盦諧譯初編》(包括《一千零一夜》、《青蛙王子》、《公主》等譯自《伊索寓言》、《格林童話》、《豪夫童話》的外國民間童話，1903)。不過，這些兒童文學是混雜在成人文學中被譯介，而且有著明確的政治目的和教育目的：林紓在翻譯法國作家沛那「鼓蕩童子之心」的愛國題材小說《愛國二童子傳》時說：「……存名實之衣冠禮樂，節義文章，其道均不足以強國。強國者何恃？曰：恃學，恃學生，恃學生之有志於

105 黃海鋒郎：〈兒童教育〉，原載《杭州白話報》，引自王泉根編選：《中國現代兒童文學文論選》(南寧市：廣西人民出版社，1989年)，頁5。

國，尤恃學生人人之精實業。」[106]他在譯作中已經認識到，「學生基也，國家墉也，學生先之為基，基已重固，墉何由頹？所願人人各有國家二字載之腦中，則中興尚或有冀。」[107]換句話說，他翻譯愛國兒童形象的作品是為了「國家的中興」，是時代的需要。魯迅在〈《月界旅行》辨言〉中強調的是科學小說「能於不知不覺間獲得一斑之智識、破遺傳之迷信，改良思想，補助文明」的作用。[108]在《新盦諧譯》的〈自序〉中，周桂笙申述了他藉翻譯作橋樑輸入西方文明以拯救祖國於貧弱的意願：「朝廷既下變法之詔，國民尤切自強之望，而有志之士眷懷時局，深考其故，以為非求輸入文明之術，斷難變化固執之性，於是而翻西文、譯東籍尚矣，日新月異，層出不窮，要皆覺世牖民之作，堪備開智啟慧之助，洋洋乎盛矣哉！不可謂非翻譯者之與有其功也。」[109]在「譯書交通公會」宣言中，周氏還這樣闡述他翻譯的目的：「……吾國開化雖早閉塞已久，當今之世，苟非取人之長，何足補我之短！……欲利用其長，非廣譯其書不為功！」不難看出，和晚清大多數翻譯家一樣，翻譯外國兒童文學作品的目的仍是為了救國。可見，中國社會的特殊性決定了翻譯外國兒童文學作品的獨特視角：即兒童的重要性表現為對國家前途的憂思，翻譯作品中的兒童形象自然是「拯國家於瓜分之厄」，負民族紓難之重任的「未來的拯救者」。翻譯家的辛勤勞動並沒有意識到兒童有文學的心理需求，或者說有自己獨特的審美觀，而是定位於激勵兒童「血氣」，是「為國家」而不是「為兒童」的翻譯。

106 （法）沛那：〈達旨〉，《愛國二童子傳》，收入胡從經著：《晚清兒童文學鉤沉》（上海市：少年兒童出版社，1982年），頁168。

107 （法）沛那：〈達旨〉，《愛國二童子傳》，收入胡從經著：《晚清兒童文學鉤沉》（上海市：少年兒童出版社，1982年），頁168。

108 《魯迅全集》（北京市：人民文學出版社，1981年），卷10，頁151。

109 轉引自胡從經：《晚清兒童文學鉤沉》（上海市：少年兒童出版社，1982年）。

不過，外國兒童文學作品（有的也不能算嚴格意義上為兒童創作的作品，如《魯濱遜漂流記》和《格列佛遊記》等，只是被兒童喜愛而逐步被認定為兒童文學作品）被翻譯時，雖然帶有很強的政治目的，但兒童閱讀時卻有自己的興趣關注點。郭沫若回憶小時候讀林譯小說時的感受說，「Lamb的《*Tales from Shakespeare*》，林琴南譯為《英國詩人吟邊燕語》，也使我感受著無上的興趣。它無形之間給了我很大的影響。後來我雖然也讀過《*Tempest*》、《*Hamlet*》、《*Romeo and Juliet*》等薩氏的原作，但總覺得沒有小時候所讀的那種童話式的譯述來得更親切了。」[110]不過，這些兒童文學作品卻很少被選入晚清的語文教材中。究其原因，有篇幅太長的緣故，更關鍵的還在於清末民初語文教育中的實用主義傾向。而本土兒童文學就誕生於對實用主義教育的反抗中。

晚清民初內憂外患的嚴峻形勢，讓知識份子階層認識到教育需要培養經世致用的人才，而不是空談「內聖外王」的學究，所以〈奏定學堂章程〉中的教育宗旨認為「尚公、尚武、尚實」是「中國民質之所最缺，而亟宜箴砭以圖振起者」。這裡的「尚實」就是學以致用，「人人有可農可工可商之才，斯下益民生，上裨國計」[111]。這種尚實的教育宗旨到了民國時期，就演變成為實利主義教育。一九一二年蔡元培在出任教育總長時就曾說，中國的最大問題是「人民失業至多而國甚貧」，因此，他把「實利主義」列為教育宗旨之一，「實利主義之教育，以人民生計為普通教育之中堅。其主張最力者，至以普通學

110 郭沫若：〈我的童年〉，收入《郭沫若選集》（成都市：四川人民出版社，1982年），卷1。

111 舒新城：《中國近代教育史資料》（上）（北京市：人民教育出版社，1987年），頁197。

術，悉寓於樹藝、烹飪、裁縫及金、木、土工之中」。[112]緊隨其後，黃炎培也提倡「實用主義」教育。一九一三年，黃炎培發表〈學校教育採用實用主義之商榷〉一文，主張今後教育應以「實用」為指歸：「所謂德育者宜歸於實踐；所謂體育者，求便於運用；而所謂智育者，其初步一遵小學校令之規定，授以生活上所必需之普通知識技能而已。」[113]在「實利主義」思想的指引下，蔡元培還各門學科進行了具體的規定，對於語文學科來說，「國語國文之形式，其依準文法者屬於實利，而依準美詞學者，屬於美感。其內容則軍國民主義當占百分之十，實利主義當占其四十，德育當占其二十，美育當占其二十五，而世界觀則占其五」[114]。如果把美育算成文學教育的話，那麼文學在語文教育中所占比例之低是顯而易見的。黃炎培對語文教育更是提出了以下主張：「國文：讀本材料，全取應用的。作文力戒以論人論事命題，多令作記事記物記言等體（記物，置實物於前為題，或令寫實景。），尤多作書函（正式書函，便啟，通告書均備。）或擬電報（書函兼授各種稱謂及郵政章程。電報兼授電碼翻譯法、電報價目表等。舊時《宦鄉要則》，今之《官商快覽》，以及坊間印售之日記冊，附載各種，實包有無數適於應用之好材料。）習寫各種契據式。書法注重行書。」[115]在杜威來華講學後，實用主義教育的內涵發生了一些變化，但在教學實踐中卻達到高潮。

---

112 蔡元培：〈對於教育方針之意見〉，收入高平叔編：《蔡元培全集》（北京市：中華書局，1984年），卷2，頁131。

113 黃炎培：〈學校教育採用實用主義之商榷〉，《教育雜誌》第5卷第7號（1913年10月）。

114 蔡元培：〈對於教育方針之意見〉，收入高平叔編：《蔡元培全集》（北京市：中華書局，1984年），卷2。

115 黃炎培：〈學校教育採用實用主義之商榷〉，《教育雜誌》第5卷第7號（1913年10月）。

注重教育的實用性，是對傳統語文教育「虛空而無實質內容」的反撥，而科舉考試正是形成這一現象的根源，「吾國之舊教育以養成科名仕宦之材為目的。科名仕宦，必經考試，考試必有詩文，欲作詩文，必不可不識古字，讀古書，記古代瑣事。於是先之以《千字文》、《神童詩》、《龍文鞭影》、《幼學須知》等書；進之以四書、五經；又次則學為八股文，五言八韻詩；其他若自然現象，社會狀況，雖為兒童所亟欲了解者，均不得闌入教科，以其於應試無關也。」[116] 按此方式培養出來的人，雖能寫出洋洋千言的八股文，卻常常無法寫出尋常的記事文和通順家信，「現在學校中的生徒，往往有讀書數年，能做『今夫』『且夫』，或『天下者天下人之天下也』的濫調文章，而不能寫通暢之家信，看普通之報紙雜誌文章者。」因此，劉半農決定在北京大學預科進行應用文教授的實驗時，其目的是「只求在短時間內使學生人人能看通人應看之書，及其職業上所必看之書；人人能作通人應作之文，及其職業上所必作之文」[117]。可以看出，「實利主義」既是教育界對「教育強國」的需要，又是平民對謀生的要求，本身是無可厚非的。但是，在這種上下一致的籲求中，語文學科的文學性卻幾乎被擱置，教材中大量的都是單純的識字課、或者是關於自然、地理、氣候、國家關係的內容，而且幾乎都是介紹說明性的文字。例如，商務印書館在晚清發行量最大的《最新國文教科書》，這套書的第一冊沒有課文標題，幾乎都是生字和詞語，略有句子的排列，也很難說它是文章，例如第二十九課：「一年四季　曰春曰夏曰秋曰冬　一月孟春　二月仲春　三月季春」。這種編排很難談上趣味性，但符合老百姓對上學念書就是「認字」的一般想法。從第二冊

---

116 蔡元培：〈新教育與舊教育之歧點〉，引自高平叔編：《蔡元培教育文選》（北京市：人民教育出版社，1980年）。

117 劉半農：〈應用文之教授〉，《新青年》第4卷第1期（1918年1月）。

開始，課文有了標題，但除了像〈孔融〉、〈司馬溫公〉、〈守株待兔〉等歷史故事和成語故事有情節外，其他多限於事物的一般介紹，如〈筆〉與〈荷〉：

> 筆類不一，中國以毛為之，外國或以鋼、或以鉛，其用最廣。今學堂，有粉筆，用於黑版，有石筆，用於石版，取其便也。

> 引泉成池，種荷其中。先後開花，或紅或白。荷梗直立，高二三尺。葉上承水，流動如珠。根橫泥中，其名曰藕。藕有節，中有孔，斷之有絲。[118]

隨著年級的增加，說明性文字亦更多，介紹的知識也愈複雜。高小第四冊的課文分別是：〈孔子〉、〈希臘三哲〉、〈辨志〉、〈外交〉、〈戰爭與和平〉、〈藺相如〉、〈文字〉、〈活版〉、〈鯨〉、〈捕鯨〉、〈秦始皇〉、〈漢高祖〉、〈漢武帝〉、〈鄭和〉、〈通商〉、〈物價〉、〈日光七色〉、〈奈端〉、〈海市蜃樓〉、〈龍門〉、〈黃山〉、〈登高之病〉、〈班超〉、〈勇少年〉、〈廣瀨武夫〉、〈體育〉、〈人滿〉、〈立業〉、〈善動善遊〉、〈勤惰〉、〈童子恤狗〉、〈火之功用〉、〈火柴〉、〈侯失勒維廉〉、〈格白的〉、〈自力〉、〈說劍〉、〈珊瑚島〉、〈兩極界〉、〈獅〉、〈馴獅〉、〈西門豹〉、〈相術〉、〈論葬〉，可以看出，大部分課文都是介紹各種知識。編者在介紹知識的同時，往往還加上自己的一番議論，如第一課〈孔子〉：

> 世界最大之宗教三，曰佛曰回曰耶。佛教盛行於日本，回教盛

118 原文無標點，為作者所加。

> 行於土耳其，耶教盛行於歐美。我國人民，雖難奉三教，但人人尊崇孔子。即至鄉僻之婦孺，無有不知孔子者。孔子蓋我國之大聖人也。
>
> 孔子之行教也，以仁義道德為本，治國平天下為用。其宗旨與各教不同，宗教家以未來禍福範圍一世之人心，故有輪迴之說，有天堂地獄之說。而孔子則不語怪、不語神，此其異一也。宗教家排斥外道，耶言一神，佛言不二法門，至回教且以兵力誅滅異己。而孔子則問禮老聃，問官郯子，未嘗以異端狄夷而拒絕之，此其異又一也。
>
> 我國至漢代以來，歷代帝王無不尊祀孔子。內而京師，外而孔府縣，皆建立孔廟。其曲阜之陵廟，則置吏守護，歷久不廢。今者朝廷復升孔子為大祀，各學堂中亦以歲時展謁。其所以若是者，非藉禮拜祈禱，以求福利。實以孔子之聖，足為萬世師表故耳。凡我青年之士，苟人人服膺孔子之言行，身體而力行之，則孔道其大光矣。[119]

編者在編這套書時，在「編輯大意」中，曾反覆申明考慮了兒童的接受能力，「夫聚七八歲未經受教之兒童，腦力薄弱，思想簡單，忽授以與言語毫不相涉之文字，其困苦萬狀，殆不可以筆墨盡。」因此，在編寫的時候處處照顧到兒童的學習興趣，「本編雖純用文言，而語意必極淺明，且皆兒童之所習知者」。的確，課文在文字上淺白得多，但內容上卻很少考慮到兒童對文學需要，而灌輸以大量的實用知識。而兒童面對類似討論三大宗教的課文，即使文字再淺顯，恐怕也很難提起閱讀興趣。民國建立以後，只是去掉了類似〈大清帝國

---

119 原文無標點，為作者所加。

贊〉這樣與新思想和新政體不吻合的課文，整個編寫思想並沒有改變。例如，中華書局的「開門」之作——《新制中華國文教科書》，在編輯大意中言明「本書材料亦力求切於實用，其分類如下」：

甲、修身　選用古人事實可以取擇及日常事件合於道德者，與修身科聯絡而不重複。

乙、歷史　選用代表各時代之人物及國民必知之大事。尤注重近世史。

丙、地理　自街市鄉村推及本國之都會、山川、要塞並及世界地理之大略，地面自然之現象。

丁、理科　以天然物及自然現象直接關於人之生活者為主，並及簡單器械與生理衛生之大略。

戊、實業　如農工商之大要，吾國之特產，經濟之勢力，世界實業之趨勢等，務養成兒童實業知識，以立謀生之基礎，並使具樂用國貨之觀念。

己、人事　如居家處事之道，及袪迷信、矯弊俗等事，皆述其當然之理。

庚、遊戲　舉兒童在家庭在學校之普通遊戲，述以明淺之文，以鼓兒童之興趣。

辛、國民知識　舉凡關於法律、政治、經濟、軍事、國防等要義，俱一一述其概要，以養成國民之常識。

壬、世界知識　凡世界有名之事實、著名之勝跡，亦略述其概，以擴學生之世界觀念。

癸、國恥　凡喪師、辱國、割地、賠款之事，撮要臚舉，以勵臥薪嚐膽之志，振雪恥圖強之心。

洋洋十大類，各方面知識都考慮到了，惟獨文學被擱置一邊，這一現象非常有意味：一方面可以看出，新式教育非常強調知識的實用性，顯得有些矯枉過正；另一方面，教科書編者根本沒有意識到兒童有文學上的需要，也沒有關於「兒童文學」這一文學樣式的概念，自然也就談不上有意識的創作。因此，有了「兒童的發現」並必然導致「兒童文學的發現」，這中間關鍵問題還是「兒童」作為「什麼」被發現，當兒童作為「救亡保種」的人群被「發現」時，很難產生現代意義上的兒童文學，所以歸根結柢還是「兒童觀」的問題，有了相應的兒童觀，才有兒童文學觀[120]。而本土兒童文學的興起，在晚清民初首先來自於對實用主義語文教育的不滿。

一九〇九年，孫毓修編輯中國第一套兒童文學叢書《童話》，在闡述編輯意圖時，首先指出的就是坊間教科書與兒童興趣的不合，「吾國舊俗，以為世故人事，非兒童所急，當俟諸成人之後，學堂聽課，專主識字。自新教育興，此弊稍稍衰歇，而盛作教科書，以應學校之需。顧教科書之體，宜作莊語，諧語則不典；宜作文言，俚語則不雅。典與雅，非兒童之所喜也。」這裡的「莊語」並非單指語言，還指教科書的內容過於莊重，而兒童的興趣在於「愛聽故事，自天然而然」，歐美人「推本」兒童心理所作「兒童小說」，「感人之速，行世之遠，反倍於教科書」，因此「乃刺取舊事，與歐美諸國之所流行者，成童話若干篇」，「意欲假此以為群學之先導，後生之良友」[121]。可見，孫毓修已經認識到了兒童心理同兒童文學的關係，而教科書自

120 關於「兒童觀」的詳細論述，參見王泉根：《兒童文學的審美指令》（武漢市：湖北少年兒童出版社，1991年），頁79-97。

121 孫毓修選錄：〈《童話》序〉，原載《教育雜誌》第1卷第2期（1909年2月），頁159-160，轉引自王泉根評選：《中國現代兒童文學文論選》（南寧市：廣西人民出版社，1989年），頁17-18。

身的這一缺陷又是很不容易彌補的，因此孫毓修把「童話」列為校外讀物。在介紹《童話》的廣告中，這樣說到，「然則欲教育進步，民德高尚，不能不有待於校外讀物矣。孫氏此書，為我國校外讀物之嚆矢」[122]。事實證明孫氏的這一做法成功了，他編輯的《童話》叢書共七十七冊，受到兒童的普遍歡迎。趙景深說孫毓修編輯的《童話》「差不多好幾萬小孩讀過」[123]，其中第一集第一編《無貓國》發行達幾十萬冊。冰心曾回憶說，「在我十歲左右，我的舅舅從上海買到的幾本小書，如《無貓國》、《大拇指》等，其中我尤其喜歡《大拇指》」。張天翼在〈我的幼年時代〉中也提到第一次在學校體育比賽中拿到的獎品就是《無貓國》和《大拇指》，這兩本書影響了他日後走上童話創作的道路。在稍後創辦的綜合性月刊《少年雜誌》中，孫毓修也在「緣起」中談到創刊的目的是「為教育之輔助」，內容以配合「小學校所教各科課程為標準」。這樣的宣告當然也可以看成是出版商的行銷廣告，但由其受歡迎的程度也可以看出，《童話》和《少年雜誌》的確起到了「補教科之不足」的作用。

同樣，周作人對兒童文學的關注也是從教育開始的，他的童話研究和兒歌研究雖然是以人類學、民俗學為理論背景，但出發點和結論卻是落腳到教育上。周作人〈童話略論〉中開篇即說，「兒童教育與童話之關係，近已少有人論及，顧不揣其本而齊其末，鮮有不誤者」，在經過一番論述後，他在「結論」部分說，「上來所述，已略明童話之性質，及應用與兒童教育之要點，今總括之，則治教育童話，

122 〈清末的三種兒童少年書刊〉，原載《教育雜誌》創刊號（1909年1月），轉引自王泉根評選：《中國現代兒童文學文論選》（南寧市：廣西人民出版社，1989年），頁716。

123 參見趙景深：〈孫毓修童話的來源〉。趙景深、周作人關於童話的討論，見王泉根評選：《中國現代兒童文學文論選》（南寧市：廣西人民出版社，1989年）。

一當證諸民俗學，否則不成為童話，二當證諸兒童學，否則不合於教育，且欲治教育童話者，不可不自純粹童話入手，次所以於起源及解釋不可不三致意，以求其初步不誤者也」[124]。在〈兒歌之研究〉的篇末，周作人也闡明自己的寫作目的，「今人多言幼稚教育，但徒有空言，而無實際，幼稚教育之資料，亦尚缺然，坊間所為兒歌童話，有荒謬不可用。故略論兒歌之性質，為研究教育者之一助焉」[125]。事實上，〈童話略論〉（1913）和〈童話研究〉（1913）的發表，雖說是《中華教育界》雜誌退稿和乃兄魯迅推薦的結果，但刊登在北洋政府教育部主辦的《教育部編纂處月刊》上，本身就說明教育界對兒童文學的逐漸重視。直到一九二〇年十月，周作人在孔德學校演講〈兒童的文學〉時，仍是從小學語文教育上立論：

> 今天所講的兒童的文學，換一句話便是「小學校裡的文學」。美國的斯喀特爾（H. E. Scudder）、麥克林托克（P. L. Maclintock）諸人都有這樣名稱的書，說明文學在小學教育上的價值，他們以為兒童應該讀文學的作品，不可單讀那些商人杜撰的讀本。讀了讀本，雖然說是識字了，卻不能讀書，因為沒有讀書的趣味。

所謂「商人杜撰的讀本」，正是指各種語文教科書，以往關於周作人與兒童文學的研究對此點頗有忽視，因此常常誤解周作人下面的話，「以前的人對於兒童多不能正當理解，不是將他當作縮小的成

---

124 周作人：〈兒童文學小論〉，《周作人自編文集》（石家莊市：河北教育出版社，2002年），頁4-11。

125 周作人：〈兒童文學小論〉，《周作人自編文集》（石家莊市：河北教育出版社，2002年），頁36。

人，拿『聖經賢傳』盡量的灌下去，便將他看作不完全的小人，說小孩懂得甚麼，一筆抹殺，不去理他。」認為這是周作人對封建兒童教育的批判。實際上，周作人此處批評的重點其實不是業已式微的封建兒童教育，而恰好是把「兒童」作為救國力量的新式教育。因為周作人接下來還說，「教育家」們在「詩歌裡鼓吹合群，在故事裡提倡愛國，專為將來設想，不顧現在兒童生活的需要的辦法」，「以前所說多偏重『兒童的』，但關於『文學的』這一層，也不可將它看輕；因為兒童所需要的是文學，並不是商人杜撰的各種文章，所以選用的時候還應當注重文學的價值。」[126]出於對教育中的實用主義和枯燥無味的語文教科書的厭惡，周作人以後又曾多次撰文批判：在〈兒童的書〉裡，周作人先引用了美國斯喀德在〈學校裡的兒童文學〉中的一段話，然後說，「凡被強迫念那書賈所編的教科書的兒童，大都免不掉這個不幸，但外國究竟要比中國較好，因為他們還有給兒童的書，中國則一點沒有，即使兒童要讀也找不到」、「向來中國教育重在所謂經濟，後來又中了實用主義的毒，對兒童講一句話，眨一眨眼，都非含有意義不可，到了現在這種勢力依然存在，有許多人還把兒童故事當作法句譬喻看待」[127]。在〈婦女運動與常識〉和〈阿麗思漫遊奇境記〉兩篇文章中，他又說：

> 平常說起常識，總以為就是所謂實用主義的教育家所提倡的那些東西，如寫契據或看假洋錢之類，若是關於女子的那一定是

126 周作人：〈兒童的文學〉，《兒童文學小論》，收入《周作人自編文集》（石家莊市：河北教育出版社，2002年），頁37-45。

127 周作人：〈兒童的書〉，《兒童文學小論》，收入《周作人自編文集》（石家莊市：河北教育出版社，2002年），頁57。

做蛋糕和繡眼鏡袋了。我的意思卻是截不相同的。[128]

我們不要誤會，這只有頑固塾師及道學家才如此，其實那些不懂感情教育的價值而專講實用的教育家所種的惡因也並不小……[129]

周作人在文中提到的「實用主義的教育家所提倡的那些東西」，在清末民初的新式語文教材中屢見不鮮，如一九二〇年商務印書館《新教育教科書國語讀本》第六冊，就是通過〈銀元說話〉來講述金融知識，包括識別假錢。而一九一一年商務印書館出版的《女子國文教科書》中，更有許多女紅的介紹。在第八冊最後所附白話「演說稿」中，甚至還有這樣「有趣」的內容：

……但是我還有幾句話要告訴諸生，我們中國從前的女子雖然沒有進學校，天天在家裡幫著娘做針線，弄飯菜，卻不失女孩子的本分。不過沒有進學校，智識總覺有限，現在的女學生知識自然比他們好點，卻是有一種毛病，自己看得太高，什麼針線飯菜等事情都不肯去幹，諸生要曉得家裡的事情是要女子做的，就是東洋西洋，無論哪一個頂文明的國，他們教女子的方法都是要能夠料理家事的。

這裡雖是易懂的白話文，但充滿訓誡的語氣，很難為兒童所接

128 周作人：〈婦女運動與常識〉，參見高瑞泉編選：《理性與人道——周作人文選》（上海市：上海遠東出版社，1994年）。

129 周作人：〈阿麗思漫遊奇境記〉，參見王泉根評選：《中國現代兒童文學文論選》（南寧市：廣西人民出版社，1989年）。

受，而且是如此直接的性別角色的「塑造」，也可視為思想上的實用主義。同樣，鄭振鐸在創辦《兒童世界》時，也在序言中表達了對實用主義教育的不滿：

> 以前的兒童教育是注入式的教育，只要把種種的死知識、死教訓裝入他頭腦裡，就以為滿足了。現在我們雖知道以前的不對，雖也想盡力去啟發兒童的興趣，然而小學校裡的教育，仍舊不能十分吸引兒童的興趣，而且這種教育，仍舊是被動的，不是自動的，刻板莊嚴的教科書，就是兒童的唯一的讀物。教師教一課，他們就讀一課。兒童自動的讀物，實在極少。
> 我們出版這個《兒童世界》，宗旨就在於彌補這個缺憾。[130]

在反撥實用主義教育的過程中，兒童觀發生了從群體轉向個體，從兒童的社會學意義轉向兒童對文學的需求上。有了上述的理論鋪墊，中國現代兒童文學的誕生就呼之欲出了，而這一任務是由葉聖陶來完成的。

葉聖陶早期的兒童文學創作除了受外國童話特別是安徒生童話的影響外，與語文教學改革也有很大關係。葉聖陶很早就開始把外國兒童文學引入教學中，用故事激發學生的興趣，這在他早年的教學日記中有具體記載：

> 一九一二年六月十日記　第二課修身，講「獨立性質」，為述魯濱遜絕島漂流事，諸生聆之笑口咸開。聞所未聞，趣味彌

130 鄭振鐸：〈《兒童世界》宣言〉，原載於《時事新報》〈學燈〉（1921年12月28日），參見王泉根評選：《中國現代兒童文學文論選》（南寧市：廣西人民出版社，1989年），頁65。

> 永，固普通之心理，而於兒童尤為加甚，……
>
> 一九一四年一月八日記　晨課修身，為述野事一則，小兒女同遇沉舟之難，而兒則救女而沒己。其事見於某小說家之著作，情趣斐然，可生愛意慈心。[131]

一九一七年葉聖陶應中學同學吳賓如邀請，到甪直任吳縣縣立第五高等小學任國文教員，同事中還有同學王伯祥。他們志同道合，認為改革社會必須從培養孩子做起，於是在「五高」試驗教學改革，自己編寫教材，改進教學方法，全面培養孩子們的品德和智力。在此期間，葉聖陶注意到了學生對兒童文學的需要，他通過自己在國文課上的教學實踐，認為「兒童心裡無不有一種濃厚的感情燃燒似地傾露。他們對於文藝、文藝的靈魂——感情——極熱望地要求，情願相與融合混合為一體」。他此時看重的是兒童文藝（或兒童文學）的感情薰陶功能，「兒童所酷嗜的文藝品中苟含有更進步的思想，更妙美的情緒，他們於不知不覺之間受其薰染，已植立了超過他們父母的根基」，因此，葉聖陶呼籲，「為最可寶愛的後來者著想，為將來的世界著想，趕緊創作適於兒童的文藝品」[132]，「又願當世的教育家不要給兒童設障礙物，願你們為他們的引導者，於教授方面選材方面力求改革，導他們向藝術之路」[133]。一九二一年冬，葉聖陶和朱自清任教於浙江第一師範學校。此時，商務印書館創刊《兒童世界》，由鄭振鐸任主編。在鄭的鼓勵下，葉聖陶在這一年的十一月十五日寫了第一篇

---

131 引自商金林著：《葉聖陶傳論》（合肥市：安徽教育出版社，1995年），頁87。

132 葉聖陶：〈文藝談〉（七），發表於《晨報副刊》（1921年3月12日），參見王泉根評選：《中國現代兒童文學文論選》（南寧市：廣西人民出版社，1989年），頁49-50。

133 葉聖陶：〈文藝談〉（十），發表於《晨報副刊》（1921年4月4日），引自韋商編：《葉聖陶和兒童文學》（上海市：少年兒童出版社，1990年）。

童話〈小白船〉，到一九二二年六月七日寫〈稻草人〉止，在七個月裡共寫了二十三篇童話，陸續在《兒童世界》週刊上發表。可見，葉聖陶創作兒童文學最內核的原因，還是因為「我是個小學教員，對這種適宜兒童閱讀的文學形式當然會注意，於是有了自己來試一試的想頭」[134]。而二十世紀二〇年代〈稻草人〉的出版，標誌著中國現代兒童文學的誕生。

現代兒童文學的誕生同國語教育運動也有不可分割的聯繫。國語運動在追求「言文一致」的目標時，小學生是其中最重的「砝碼」，因為改革者可以兒童的接受心理為由，要求政府推行注音符號，或推行白話文，但是，由於涉及到國家教育體制的變革，再加上各種政治力量的角力和人事糾葛，一時很難得到改變。因此，大量適合兒童閱讀的作品還是存在於課外的各種刊物中。

晚清引進的外國兒童文學大都是用文言翻譯，這絲毫不奇怪，因為譯者的本意就不是「為兒童」而翻譯的，不過偶爾也能發現白話文，而且比教材中的白話文更為自然舒展。一九〇三年一月出版的《湖南教育雜誌》，刊登了法國作家都德的兒童小說名篇〈最後一課〉，採用的就是白話，如第一段：

> 今天早晨，我要上學讀書去，但時候已很遲了，我先生一定要罵我何以不早來，遲延到這時候，所以心裡很怕的。況且昨天漢麥先生說過，今天他要試驗我們所學疏狀字的文法。現在差不多我一個字都不記得了。我想到這個處所，格外的心怕。我想還是翹課去玩一天，免得受先生罵，豈不好嗎。你看今天的天氣，如此的清明溫暖。那邊竹籬上兩個小鳥兒啾啾的叫。野

134 葉聖陶：〈我和兒童文學〉（代序），選自韋商編：《葉聖陶與兒童文學》（上海市：少年兒童出版社，1990年），頁1。

> 外的草地上，普魯士的兵士，正在用心的操演。我看了幾乎把我所學的疏狀字的文法，都丟在腦後了。幸虧我膽子還小，怕了我先生罵我，怕了我的父母打我，不敢真的翹課，不如趕急跑上學去，還好一點呢。

簡潔明暢的白話文和現在的譯文也相差無幾，譯者在「解題」時說，此作「言雖鄙俚，含有精意」，又在「譯者後記」中說，「是篇佳處，在設想之奇，出語之妙」。譯者從原作的特點來考慮譯文的語言，所以用生動的白話文來傳達原文之妙。有趣的是，《中華小說界》第二卷第五期也刊登過文言翻譯的〈最後一課〉，當時署名為〈小子志之〉，但譯者的目的是用此文喚起兒童的愛國心：「回首故國，荊棘銅駝，瓜分之危，為奴之慘，近在眉睫，社會腐敗，已達極度，欲施針砭，著手無從，尚有一線之希望者，惟吾輩少年同胞之興起耳」。可見由於翻譯的目的不同，同一原作選擇的譯文的語言方式也會截然不同。

語言方式的選擇不僅僅是工具的選擇，更是內在精神世界的選擇。從根本上講，兒童文學這一適應兒童閱讀心理的文學形式，是排斥文言系統的。用文言來創作或翻譯的兒童文學，都常有「不逮」之處，無法深入兒童審美世界。周作人最早發現了文言與兒童心理是不相容的，他曾通過對安徒生童話〈火絨篋〉兩種譯本的比較，來說明文言文是不能充分體現兒童文學的特點：

> 又如〈火絨篋〉也是Brandes所佩服的——
>
> 一個兵順著大路走來——一，二！一，二！他背上有個背包，腰邊有把腰刀；他從前出征，現在要回家去了。他在路上，遇

見一國老巫；她很是醜惡，她的下唇一直掛到胸前。她說，「兵阿，晚上好！你有真好刀，真大背包！你真是個好兵！你現在可來拿錢，隨你要多少。」

再看〈十之九〉中，這一節的譯文——

一退伍之兵。在大道上經過。步法整齊。背負行李。腰掛短刀。戰事已息。資遣歸笈。於道側邂逅一老巫。面目可怖。未易形容。下唇既厚且長。直拖至頦下。見兵至。乃諛之曰。汝真英武。汝之金何其利。汝之行李何其重。吾授汝一訣。可以立地化為富豪。取攜甚便。……

誤譯與否，是別一問題，姑且不論；但Brandes所最佩服，最合兒童心理的「一二一二」，卻不見了。把小兒的言語，變了大家的古文，Andersen的特色就「不幸」因此完全抹殺。[135]

看似囉嗦的「一二一二」，卻是文言文和白話文的區別，也是兒童文學與成人文學的區別，就如同民間童話中重複的「三段式」，不能嫌其重複而合併成一段。當年古文家們批評白話文的「不經濟」，有時恰好是兒童文學所需要的重複，它反而符合兒童的閱讀心理。現代兒童文學的誕生與現代漢語的建立有很大關係，因為兒童文學要表現的是兒童的心靈世界，而文言系統卻是和兒童的心靈世界相隔絕的。晚清民初持續推動的國語教育運動，為處於萌芽期的兒童文學使用白話文做了很好的鋪墊。中國第一套兒童讀物《童話》叢書，在宣

135 周作人：〈安得森的十之九〉，原載《新青年》第5卷第3期（1918年9月）。

傳廣告中即宣佈「純用白話最便閱者」，表明了對文言形式的捨棄。該套書的第一本《無貓國》雖是改編自國外的《泰西五十軼事》，採用的卻是邊敘邊議的白話形式。書的開頭是：「從前有一座古寺，傍在大河北岸，那河的南岸，有個高臺，問起此臺的名字，卻也奇怪，人人都稱它做鼠臺。我今先把鼠臺的故事說明，作為引子，再講那無貓國的奇聞。」茅盾在幫助孫毓修改編後續的《童話》時，採用的同樣是白話，例如〈海斯交運〉的結尾：

> 海斯這段故事，編書人講完了。編書人卻有幾分感觸，不曉得看官們有否，姑且說來與諸位一聽：第一，編書人不怪海斯愚笨，只怪他貪心不足，見異思遷。第二，天下的事，終沒有十全十美的。只要自己有見識的，有耐心，無事不可做到。這兩層意思，不知看官們以為怎樣？

不過，這段白話沒有忠實於原文，為譯者所加，而且刻意模仿舊說書人的腔調，也讓人頗覺不適應。到了二十世紀二〇年代，隨著國語運動的推進，兒童文學的語言也洗去了陳腐的方巾氣，顯得更加雅潔，葉聖陶創作的第一篇童話〈小白船〉是這樣開頭的：

> 一條小溪是各種可愛東西的家。小紅花站在那兒，只顧微笑，有時還跳起好看的舞來。綠色的草上綴著露珠，好像仙人的衣服，耀得人眼花。水面上鋪著青色的萍葉，矗起一朵朵黃色的萍花，好像熱帶地方的睡蓮——可以說是小人國裡的睡蓮。小魚兒成群地來來往往，細得像繡花針，只有兩顆大眼珠閃閃發光。青蛙老瞪著眼睛，不知守在那兒幹什麼，也許在等待他的好朋友。

茅盾、葉聖陶兩人同為文學大師，也是語言大師，但在兒童文學作品的語言上卻有如此大的差距，恐怕最主要的原因還在於經過了五四運動後，兒童文學界對白話文認識的逐漸深入。國語教育運動不僅培養了欣賞兒童文學的讀者，而且還培養了能用優美白話文創作兒童文學的作者。因此，作為清末民初語文改革一部分的國語教育運動，對中國現代兒童文學的誕生起到了推動作用。

第二章
現代文學在語文教育中的初步確立

新文學革命的特點是先有理論的倡導，後有創作實踐。以一種新的書面語言創作的文學，去和有上千年豐厚積累的「舊」文學相比，顯得非常孱弱。因此，新文學要取得勝利，就不能光靠文學實績的比拼，它更需要教育界的繼續「贊助」，借助強大的教育之力在國民中、尤其是在學生中「養成信仰新文學的國民心理」（胡適語），為新文學爭取更大的「地盤」。因此，起於民間知識份子吶喊的新文學運動，最終依靠自身的「制度化」，取得了對文言文的最終勝利。現代文學在語文教育中的確立過程，就是現代文學不斷擴大戰果、取得「正宗」文學地位的過程。

第一節　雙潮合流：國語的文學與文學的國語

一九一七年胡適的〈文學改良芻議〉發表，提出「白話文學」為「中國文學之正宗」的主張。隨後有陳獨秀的〈文學革命論〉、劉半農的〈我之文學改良觀〉等文章跟進。現代文學這時還限於理論上的倡導，除了和林紓等人有一些論戰外，新文學在社會上似乎並沒有引起很大的注意，以至錢玄同和劉半農不得不演出一場「雙簧戲」，來博得知識界的關注[1]。在創作上，由於「言文一致」的倡導已經深入

1　以前的現代文學研究常常從一九一七年迅速滑到一九一九年五四運動前，對這兩年內的關注相對較少。我以為這兩年是新文學由觀念提出到創作實踐至為關鍵的兩年，而國語教育運動在其中起了相當大的作用。

人心，都認識到要用白話文來表情達意，但具體寫作時又往往不知怎樣才是「規範」的表達。

另一方面，國語教育運動中也存在不知向哪個方向前行的問題。國語運動者都在撰文「請教育長官毅然下令改國文科為國語科」[2]，但究竟何為國語，誰也說不清楚。一九一七年一月國語研究會召開第一次大會，選舉蔡元培為會長，公佈了〈中華民國國語研究會暫定章程〉，並附「徵求會員書」，其中說道：

> 同一領土之語言皆國語也。然有無量數之國語較之統一之國語孰便，則必曰統一為便；鄙俗不堪書寫之語言，較之明白近文，字字可寫之語言孰便，則必曰近文可寫者為便。然則語言之必須統一，統一則必須近文，斷然無疑矣。[3]

這份文件值得注意的是，裡面提到了「國語」需要「近文」。也就是說，必須以某種書寫語言作為基礎，否則根本無從「統一」。這與晚清白話文運動的思路已經有了根本不同，晚清白話文目的是讓「販夫走卒」也能看懂文章，一般來說多是採用盡可能接近口語的白話語體，因此清末民初紛紛創辦的白話報刊多限於本地，越過省界便不能閱讀。此時提出國語「近文」的要求，是要用書寫語言規範口頭語言。不過問題在於，「國語」的範本從何而來？應當如何用漢字去書寫已確定的「國音」？這些都是問題，因為近代以來的社會轉型，口語表達已經發生了很大的變化，而當時正式的書寫語言都是文言，儘管已經是淺明易懂的文言，但仍然是舊文言的「淺化」，同口頭語

2　黎錦熙：《國語運動史綱》（上海市：商務印書館，1934年），上卷，頁66。

3　〈中華民國國語研究會暫定章程〉，見《新青年》第3卷第1號（1917年3月）。

無關。因此，就是國語研究會的會員寫文章鼓吹國語教育，用的仍是「之乎者也」的古文，這是頗具諷刺意味的。

兩個運動似乎都陷入了無法突破的困境中，這時誰也沒有意識到這兩個運動有聯合的可能。究其根本原因，在於民間和官方之分。文學革命是民間知識份子的搖旗吶喊，是和禁錮思想的舊文化唱反調，在民初相對寬鬆的輿論環境下，不存在要誰批准的問題；而國語研究會則屬於官方，它一直是從屬於教育部下的一個機構，總是希望「憑藉最高教育行政機關的權力」來推行某種業已定好的方案。

實際上，這兩個運動完全存在聯合的可能，一方面國語運動和文學革命都有「言文一致」的要求，另一方面國語的推行需要新文學提供範本，而文學革命若能取得制度化的保障，推進起來當更有「勢力」。此時還在美國的胡適，發表〈文學改良芻議〉後，雖有不少支持的聲音，但攻擊反對聲似乎更多。當他知道國內「國語研究會」的存在後，非常高興，「知國中明達之士皆知文言之當廢而白話之不可免，此真足令海外羈人喜極欲為發起諸公起舞者也」[4]。胡適不但找到了精神上另一個領域的支持者，還隱約意識到了這兩個運動聯合的可能性，於是他寄了一張白話寫的明信片，要求加入國語研究會。白話明信片對已經在試驗白話詩的胡適來說，似乎是天經地義的事，但在國語研究會內部卻引起軒然大波，因為這是他們收到的第一封白話信，對平常雖提倡白話、自己卻用文言寫作的國語研究會會員們，「自從有了這一個明信片的暗示，我們才覺得提倡言文一致非『以身作則』不可。於是在京會員中，五六十歲的老頭兒和二三十歲的青年，才立志用功練習作白話文，從唐宋禪宗和宋明儒家的語錄、明清各大家的白話長篇小說，以及近年來各種通俗講演稿和白話文告之中

4　〈胡適致陳獨秀〉，《新青年》第3卷第4號（1917年6月）。

搜求」[5]。這看起來是書寫方式的轉變，但實際上卻意味著國語運動者思想的重大轉變，因為它從本質上和以前的國語運動區別開來。以前的國語運動，不管是切音運動、簡字運動還是白話文運動，其目的是使人們能儘快地掌握一種語言工具，而作為提倡者的知識階層，本身是不屑於用這些工具的，文言仍是他們保持社會精英地位的象徵，用胡適的話說，就是「把社會分成兩個階級，一種是愚婦頑童稚子，其他一種是智識階級，如文人學士，紳士官吏。作白話文是為他們——愚夫愚婦，頑童稚子——可以看而作，至於智識階級者，仍舊去作古文」[6]。而現在國語運動者肯俯身下來研習白話文，本身就說明了他們態度的轉變。有趣的是，他們摹仿的文本正是幾年後胡適在《白話文學史》中提到的那些古代白話作品。

在國語運動會內部，關於「國語」怎樣才能「近文」的研究也在進行中，錢玄同認為應從「應用之文」開始。一九一七年七月的《新青年》三卷五號，發表了錢玄同給陳獨秀的「通信」，後來收入《中國新文學大系（建設理論集）時，被加上〈論應用文亟宜改良〉的標題，錢玄同這封信共有「改革之大綱十三事」，涉及行文應用普通常用字、規範字義、制「語典」、簡化稱謂、禁用典、注音字母、標點符號、印刷字體、改用橫排等等問題，包括了應用文的方方面面。但其中最重要的是第一條：「以國語為之。」[7]在此文中，錢玄同還提出「凡兩等小學教科書，及通俗書報、雜誌、新聞紙，均旁注『注音字母』，仿日本文旁注『假名』之例。」[8]這是《新青年》同人第一次專

5 黎錦熙：《國語運動史綱》（上）（上海市：商務印書館，1934年），頁68-69。

6 胡適：〈新文學運動之意義〉，收入姜義華主編：《胡適學術文集》（北京市：中華書局，1991年），頁170。

7 〈錢玄同致獨秀〉，《新青年》第3卷第5號（1917年7月）。

8 〈錢玄同致獨秀〉，《新青年》第3卷第5號（1917年7月）。

門討論文學以外的書寫語言的改革問題，可以看作是「文學革命」的拓展，這也表明國語運動和文學革命至少有了合流的基礎——本來新文學就離不開文學工具和文學精神、文學思潮兩個層次。不過，新文學自身的缺陷也被國語運動者看得很清楚，例如，《新青年》同人仍是用文言在提倡白話，而「講到文藝的創作，只有胡適的白話詩和白話詞，然而還是因襲舊詩的五七言和詞牌」[9]。錢玄同的文章受到了陳獨秀的鼓勵，於是他馬上就要求《新青年》也要「以身作則」來推行白話文：

> 我們既然絕對主張用白話體做文章，則自己在《新青年》裡面做的，便應該漸漸的改用白話。我從這次通信起，以後或撰文，或通信，一概用白話，就和適之先生做《嘗試集》一樣的意思。……
>
> 有人說，現在「標準國語」還沒有定出來，你們用不三不四半文半俗的白話作文章似乎不很大好。我說：朋友！你這話講錯了。試問「標準國語」，請誰來定？難道我們便沒有這個責任嗎？……則這個「標準國語」，一定是要有我們提倡白話的人實地研究「嘗試」，才能制定。我們正好借這《新青年》雜誌來做白話文章的試驗場。[10]

錢玄同這裡提出的用白話文的寫作來推行「標準國語」的想法，和胡適後來在〈建設的文學革命論〉中提出的看法很相似，不同之處是錢玄同這時所指的文章還是指「通信」等應用文，而胡適卻是要把

9　黎錦熙：《國語運動史綱》（上海市：商務印書館，1934年），頁68-69。

10　〈錢玄同致獨秀〉，《新青年》第3卷第6號（1917年8月）。

白話文提到「文學」層面，即用白話來創作「美術文」。

從一九一八年起，《新青年》基本上全用白話，較高的發行量也說明它得到了社會特別是青年的認可。此時，胡適已經回到國內，被當時國語研究會會長蔡元培介紹到國語統一會。胡適發現，這時候國語研究會的諸君正在為一個問題苦惱，「這苦惱便是中國缺少一個標準白話。他們希望能有個在學校教學和文學寫作都可適用的標準白話——他們叫它做『標準國語』[11]。」而胡適在回國前，集中思考的就是「國語」與「文學」的關係問題，他借鏡的是文藝復興時期義大利和法國的國語文學，在一九一七年六月十九日閱讀完Edith Sichel的《再生時代》（*Renaissance*）一書後，他聯想到國內的文學革命，在日記中記道，「『俗語』之入文學，自但丁始」、「法國國語文學之發生，其歷史頗同義大利文學」，但是，「吾國之俗語文學，其發生久矣。自宋代之語錄，元代之小說，至於今日，且千年矣。而白話猶未成為國語。豈不以其無人為之明白主張，無人為國語辯護，故雖有有價值的著述，不能敵頑固之古文家之潛勢力，終不能使白話成為國語也？」[12]這些思考再加上回國後親歷其境，使胡適意識到國語運動和文學革命兩個運動存在著很大的一致性，於是他向這些國語運動的「老學者們」進言說：

> 要有「標準國語」，必須先有用這種語言所寫的第一流文學。所謂字典標準是不可能存在的。沒有人會去先查國語字典，然後才去動筆寫作——去寫故事、小說、催眠曲或情歌。標準原是一些不朽的小說所訂立的；現在和將來也還要這些偉大作品

11 胡適口述，唐德剛譯注：《胡適口述自傳》（合肥市：安徽教育出版社，1999年），頁188。

12 胡適：《胡適全集》（合肥市：安徽教育出版社，2003年），卷28，頁573-574。

來加以肯定。

……我們不可能先有「標準」然後才有「國語」；相反的是先有「國語（白話）文學」，其後才會產生「標準國語」的。[13]

可以看出，胡適實際上是承繼了錢玄同的觀點，而且明確了「國語文學」是產生「標準國語」的前提。隨後，胡適在一九一八年春季發表〈建設的文學革命論〉一文，副標題就是「國語的文學——文學的國語」，進一步闡明了自己的看法：「我們所提倡的文學革命，只要替中國創造一種國語的文學。有了國語的文學，方才可有文學的國語。有了文學的國語，我們的國語才可算得上真正的國語。」他認為「國語不是單靠幾位言語學的專門家就能造得成的；也不是單先靠幾本國語教科書和幾部國音字典就能造得成的。若要造國語，先須造國語的文學」，「所以國語教科書和國語字典，雖是很要緊，決不是造國語的利器。真正有功效有勢力的國語教科書，便是國語的文學」，「國語的小說、詩文、戲本通行之日，便是中國國語成立之時」。因此，新文學的作者大可不必為缺乏國語的標準發愁：

所以我認為我們提倡新文學的人，盡可不必問今日中國有無標準國語。我們盡可努力做白話的文學。我們可盡量採用《水滸》、《西遊記》、《儒林外史》、《紅樓夢》的白話；有不合今日用的，便不用他；有不夠用的，便用今日的白話來補助；有不得不用文言的，便用文言來補助。這樣做去，決不愁語言文字不夠用，也決不愁沒有標準白話。中國將來的新文學用的白話，就是將來中國的標準國語，造中國將來白話文學的人，就

13 胡適口述，唐德剛譯注：《胡適口述自傳》（合肥市：安徽教育出版社，1999年），頁188-189。

是制定標準國語的人[14]

胡適在文中還詳細探討了白話文學創作的工具和方法。工具就是多讀模範的白話文學和作各種體裁的白話文，既然白話是文學的利器，有志於創造新文學的人，就都該發誓不用文言作文。方法包括收集材料和結構、描寫等，他特別指出要趕緊多「翻譯西洋的文學名著做我們的模範」，然後才談得到創造新文學。

胡適的見解為國語的創立找到了唯一正確的道路，也解決了新文學的創作工具問題，使得文學革命和國語運動兩大運動頗有「柳暗花明」之感。如現在通行的現代漢語教材都陳述說，現代漢語是「以典範的現代白話文著作為語法規範」，即證明了胡適當年提出「國語的文學，文學的國語」的正確性，它從根本上解決了標準國語來源的困惑，使其從少數學者的狹小圈子一下子擴大到所有人民大眾。胡適後來說：「我們當時抬出『國語的文學，文學的國語』的作戰口號，做到了兩件事：一是把當日那半死不活的國語運動救活了；一是把『白話文學』正名為『國語文學』，也減少了一般人對『俗語』、『俚語』的厭惡輕視的成見。」[15]在胡適提出「國語的文學，文學的國語」的觀點後，也得到了新文學陣營同人的支持，錢玄同曾說，「原來這國語既然不是天生的，要靠人力來製造，那就該旁搜博取，揀適用的盡量採用。文學裡用得多了，這幾句話便成了一句有價值有勢力的國語了」[16]。

---

14 胡適：〈建設的文學革命論〉，收入《胡適全集》（合肥市：安徽教育出版社，2003年），卷3，頁57。

15 胡適編：〈導言〉，《中國新文學大系》（建設理論集）（上海市：良友圖書印刷公司，1935年）。

16 〈錢玄同致鉅猷〉，《新青年》第6卷第1號（1919年1月）。

胡適的這一提法也加快了新文學創作的步伐。在次年發生的五四運動中，借助政治運動，新文學取得了長足進步，各種語言風格的新文學作品開始出現。試想如果沒有胡適倡導解放文學創作的「語言工具」，恐怕很難出現像茅盾描述的新文學「好比是尼羅河的大氾濫」的出版和創作景象，同《國故》派等人的論戰也就不會這麼快取得勝利。當年章士釗曾這樣描述文學革命的發展態勢：「今之賢豪長者，圖開文運，披沙揀金，百無所擇，而惟白話文學是揭。如飲狂泉，舉國若一。」[17]恰好從反面說明了語言工具的解放，給創作帶來的巨大推動。國民政府要員廖仲愷在致胡適的信中，也強調了這一變革的意義，「我輩對於先生鼓吹的白話文學，於文章界興一革命，使思想能借文字之媒介，傳於各級社會，以為所造福德，較孔孟大且十倍」[18]。由此可見，胡適的主張對當時創作生產力的解放有很大影響，使白話文一改清末民初以來的二流地位，一躍而成為「國語」。

〈建設的文學革命論〉加快了國語運動的步伐，也標誌著文學革命和國語運動的合流。黎錦熙認為「這是要大書特書的一件大事」，因為「『國語運動』和『文學革命』兩大潮流，在主張上既有『言文一致』的『白話文學』作了一個有力的媒介，而聯合運動的大纛『國語的文學，文學的國語』已打出來了……於是兩大潮流合而為一，於是轟騰澎湃之勢愈不可遏」[19]。從晚清進行國語運動以來，國音字母和國音字典已經確定，但如何確定國語的書寫標準卻是一大問題。殊不知國語的標準就在作品之中，「未要政府破費一文」就能推行——當然政府的代價便是民眾將同時接受寄寓於白話文學中的新思想，而

17　章士釗：《評新文化運動》，《中國新文學大系》（文學論爭集）（上海市：良友圖書印刷公司，1935年），頁198-199。

18　胡適：《胡適來往書信選》（上）（北京市：中華書局，1979年），頁64。

19　黎錦熙：《國語運動史綱》（上海市：商務印書館，1934年），頁71。

這些新思想將對政府的權威形成挑戰。確定了以新文學來推行國語標準的原則後，用新文學來進行國語教育當然也是順理成章的事了，正如唐德剛在《胡適雜憶》中所說，「他在距今六十年我國的『文字改革』運動和『推行國語』以及『拉丁化』運動中的影響是至深且鉅的，因為語文改革運動在近代中國原來也就是白話文運動的附庸。」[20]事實也是如此，整個教育系統推行國語，正是白話文運動在迅速發展的情況下，才有較大的突破。胡適的理論設計，更是以他最拿手的白話文作為突破口，改變了過去推行「官話」、「國語」從音標、注音符號方面入手的蝸牛式改革。

近來有學者指出，《新青年》同人當年的理論口號有天生的「缺陷」，因為「他們只是從現代化的歷史敘事中直觀地看待文學語言，把文學語言的功能僅只歸結為現實實用性，並用快刀斬亂麻的方式迅速地建立白話的語言形式，粗暴地革除了文言文的一切合理性，結果只能使白話文喪失了對語言的豐富性的追求，進而導致了新文學語言形式的簡單化、粗淺化，缺乏深度追求」[21]，這樣的觀點有一定的道理，但如果還原歷史語境，可以發現當時的白話文遭到文言文和拼音運動的雙重「壓迫」，推行白話文學仍然是普及國語的最好途徑。因為當時錢玄同等人已經希望通過「廢滅漢字」，改用「世界語」來達到國語統一的目的，一九一八年四月十五日，錢玄同在致陳獨秀的信中說：「中國文字，論其字形，則非拼音而為象形文字之末流，不便於識，不便於寫；論其字義，則意義含糊，文法極不精密；論其在今日學問上之應用，則新理新事新物之名詞，一無所有；論其過去之歷史，則千分之九百九十九為記載孔門學說及道教妖言之記號。此種文

20 唐德剛：《胡適雜憶》（臺北市：傳記文學出版社，1987年），頁127。

21 參見仲立新：〈試論五四文學革命中的語言現代性問題〉，《文藝理論研究》2000年第4期。

字，斷斷不能適用於二十世紀之新時代」，因此建議採用「文法簡賅，發音整齊，語根精良之人為的ESPERANTO（即世界語）」[22]。錢玄同的主張招來包括《新青年》同人的眾多反對聲，當錢玄同發信向胡適尋求支持時，胡適卻宣佈保持「中立」，並在同一天的《新青年》上表明自己的觀點，「我以為中國將來應有拼音的文字。但是文言中單音太多，決不能變成拼音文字。所以必須先用白話文字來代文言的文字；然後把白話的文字變成拼音的文字」[23]。可見，胡適實際上是反對這種激進的做法，這一點錢玄同也承認，「適之先生對於ESPERANTO，也是不甚贊成的（此非意必之言，適之先生自己曾經向我說過），所以不願大家爭辯此事」[24]。胡適在〈建設的文學革命〉中的主張，實際上避開了漢字本身的改革問題，避免了國語運動重蹈當年「切音文字」等方案的覆轍，而努力把白話文往文學上引導，雖然這樣喪失了文言文的部分美感，但卻保留了漢字書寫的傳統，並為新文學的逐步完善打下了基礎。從這個意義上講，這是必要的喪失。

兩大運動的合流對語文教育的影響更為深遠，它使得自民間開始的新文學革命進入體制化軌道（這其實也埋下了新文學陣營內部最終決裂的因素），語文教材可以更大膽地通過新文學作品來推行國語，而不用像以前只教授注音符號。作為新文學「擎旗健兒」的胡適，對代表制度之力的語文教育也投入了更多關注。

---

22 〈錢玄同致陳獨秀〉，《新青年》第4卷第4號（1918年4月）。

23 胡適：〈〈中國今後之文字問題〉的跋語〉，《新青年》第4卷第4號（1918年4月）。

24 〈錢玄同致孫國璋、陳獨秀信跋〉，《新青年》第5卷第2號（1918年8月）。

第二節　「國文」改「國語」：國語文學的制度確認

一九二〇年，北洋政府教育部訓令小學「國文科」改成「國語科」，不但是教育史上的一件大事——它使得數千百萬的兒童開始接受與白話密不可分的國語教育，而且在現代文學史上也是值得大書特書的——它讓新文學的成果通過權力體制加以確認，並通過這一改革極大地傳播了新文學作品。不過，黎錦熙在分析這一成功的因素時，僅僅將其歸結為「國語統一籌備會」諸君的努力。在我看來，這一「勝利」是文學界、教育界和語言學界在新文化運動整體氛圍的影響下，合力取得的成功。

胡適在思考與寫作〈建設的文學革命論〉的同時，就開始認識到新文學要長久立足，必須依存於一個認可白話文的社會環境，否則，「現今大總統和國務總理的通電都是駢文體做的；就是豆腐店裡寫一封拜年信，也必須用『桃符獻瑞，梅萼呈祥，遙知福履綏和，定卜籌祺迪吉』……等等刻板文字。我們若教學生『一律做白話文字』，他們畢業之後，不但不配當『府院』的秘書，還不配當豆腐店的掌櫃呢」[25]。胡適是回答一位名叫盛兆熊的教師的來信時寫下這段話的，盛兆熊寫信向胡適請教白話文改革的步驟，因為他覺得現在白話文學「經這先生和獨秀、玄同、半農許多先生竭力提倡，國中稍有世界觀念的人，大約有一大半贊成了。那麼，如今就要想實行改革的法子了」[26]。顯然，盛兆熊對新文學的影響估計過高，但他在信中陳述的

25　胡適：〈論文學改革進行的程序〉，參見姜義華編：《胡適學術文集．新文學運動》（北京市：中華書局，1993年），頁55。

26　〈盛兆熊致胡適信〉，參見姜義華編：《胡適學術文集．新文學運動》（北京市：中華書局，1993年），頁56-57。

語文教育中的保守現象卻是實際存在的。語文教育可以說是營造白話文環境的最重要一環，而當時的語文教育卻是落後於新文學發展的。這使得新文化陣營必須要全盤考慮新文學的推進策略，因為〈建設的文學革命論〉發表後，引來了保守者更大的反對，如果不尋求更強有力的支持，新文學很難往下發展。在具體的推行策略上，胡適面臨兩種選擇，一種是通過新文學的創作，在社會上逐步擴大影響；另一種是運用政府的力量強力推進。胡適在理性上認可的是前者，認為不能用「專制的手段來實行文學改良」。但是，要在民眾中養成「信仰新文學」的心理，哪裡是一朝一夕的工夫，而且以當時新文學的創作成績，實在很難堵住反對者的嘴。因此，胡適在潛意識中，還是希望借助教育行政之力推行新文學，否則新文學極有可能被反對力量扼殺，林紓在一九一九年二月發表的〈荊生〉、〈妖夢〉不就寄希望於「偉丈夫」嗎？因此，關於語文教育改革的程序，胡適是這樣構想的，「進行的方法，在一律用國語編纂中小學校的教科書。現在所謂『國文』定為古文，須在高等小學第三年以上始開始教授。『古文』的位置，與『第一種外國語』同等」。接著，胡適又在文章中強調，「編纂國語教科書，並不是把現有的教科書翻成國語就可完事的」，因為這樣就達不到在學生中通過語言工具革命進行思想革命的目的，所以，「如先生信中所舉的『留侯論』，『賈誼論』，『昆陽之戰』之類，是決不可用的」，但這樣讓學生看什麼呢？胡適也意識到新文學並沒有太多作品可以貢獻於語文教育，於是他認為「救急的方法只有鼓勵中小學校的學生看小說」，「讀一千篇古文，不如看一部《三國志演義》」[27]。可以看出，如何借助教育的權力來鞏固新文學的地位，胡適有明晰的設

27　胡適：〈論文學改革進行的程式〉，參見姜義華編：《胡適學術文集‧新文學運動》（北京市：中華書局，1993年），頁56。

計：要養成信仰新文學的心理，還是用教育的手段最有效。在寫完〈論文學改革進行的程式〉幾個月後，在回答黃覺僧的信中，胡適的想法更加明晰：

> ……
>
> （二）現在的一切教科書，自國民學校到大學，都該用國語編成。
>
> （三）國民學校全習國語，不用「古文」。（「古文」，指說不出聽不懂的死文字）
>
> （四）高等小學除國語讀本之外，另加一兩點鐘的「古文」。
>
> （五）中學堂「古文」與「國語」平等。但除「古文」一科外，別的教科書都用國語的。
>
> （六）大學中，「古文的文學」成為專科，與歐美大學的「拉丁文學」「希臘文學」占同等地位。
>
> （七）古文文學的研究，是專門學者的事業。但須認定「古文文學」不過是中國文學的一個小部分，不是文學正宗，也不該阻礙國語文學的發展。[28]

從胡適的設計中可以看出，從大學到小學，古文的「陣地」逐步縮小，其主要目的是為「國語文學的發展」清道。胡適的見解得到「同道」錢玄同的支持，不過，錢玄同認為胡適的設計只是「過渡時代暫行之辦法」，他的最終的目的還是滅漢字，倡世界語，「期以三五年工夫，專讀新編的『白話國文教科書』，而國文可以通順。凡講述尋常之事物，則用此新體國文；若言及較深之新理，則全用外國文字教授；從中學起，除『國文』及『本國史地』外，其餘科目，悉讀西

28 胡適：〈答黃覺僧君〈折衷的文學革命論〉〉，參見姜義華編：《胡適學術文集・新文學運動》，頁72。

文原書。如此，則舊文字勢力，既用種種方法力求滅殺，而其毒焰或可大減；——既廢文言而用白話，則在普通教育範圍之內，斷不可讀什麼『古文』」[29]。在錢玄同的論述中，普通教育改用國語（即此文中的白話國文和新體國文），並非從學生接受便利的角度出發，而是為了清除古文中的「毒素」，因此，語文教育本身也成了「滅殺」「舊文字勢力」的工具。

錢玄同不光是理論上倡導，還身躬其行，著手國語教科書的編寫。他認為，「改良小學校國文教科書，實在是『當務之急』。改古文為今語，一方面固然靠著若干新文學製造許多『國語的文學』；一方面也靠小學校改用『國語教科書』」[30]。在一九一八年，錢玄同已經著手編寫國語教材了，「去年（1918）蔡孑民在北京辦了一個孔德學校（Comto）學校。先把那國民學校第一年級改用國語教授，由我們幾個人編了一本《國語讀本第一冊》；據教的人說比用坊間出版的國文教科書，學生要容易領會得多了」。[31]錢玄同所說的這本實驗教材，目前已經遍尋不得。但在一九一八年春，蔡元培曾召集孔德學校全體評議員和部分教員舉行教育研究會，專門討論修改教科書的問題。他主持會議，並親自作會議記錄。參加者有張崧年、徐悲鴻、馬幼漁、錢玄同、胡適、沈兼士等人，從會議記錄來看，雖然大家對小學教科書用白話仍有爭論，但最後大體達成一致，「至小學教科書，當以言近旨遠、詞約趣豐為貴，……小學國文既以此八字為準，當由文學家全用國語編之」[32]。錢玄同在編寫教材的過程中，一方面堅定了廢除漢

29 〈錢玄同致陳獨秀〉，《新青年》第4卷第4號（1918年4月）。

30 〈錢玄同致公展〉，《新青年》第6卷第6號（1919年11月）。

31 〈錢玄同致公展〉，《新青年》第6卷第6號（1919年11月）。

32 〈教育研究會討論修訂教科書問題的記錄〉（1918年春），參見《蔡元培教育論著選》（北京市：人民教育出版社，1991年），頁146-151。關於這次修訂國語教科書，有另外不同的史料記載，據王曉明〈北京高師——國語運動的發祥地〉一文介紹：

字的想法，「近日與朋友數人編小學教科書，更覺中國文字之彧雜汗漫，斷難適用」[33]，一方面錢玄同又覺得在語文教材中可用來代替古文的新文學作品實在太少，「至於白話文學，自從《新青年》提倡以來，還沒有見到多大的效果，這自然是實情」[34]。面對各地的來信，特別是教育界來信詢問用何種作品教學生，錢玄同一方面希望大家「不要自餒灰心」，一方面極力推薦已經取得的新文學成果，「《新青年》裡的幾篇較好的白話論文、新體詩和魯迅君的小說，這都算是同人做白話文學的成績品。『模範』二字斷不敢說，不過很願供大家做討論批評的材料罷了」[35]。謙虛之中略帶窘迫，不過新文學在當時就是此等現實。即便是新文學作品不足敷語文教材之需，錢玄同也反對用古白話文做暫時的替用材料，「若就較近於今日之白話而論，惟有明清以來之小說，小說中較有價值者，不過《紅樓夢》、《儒林外史》兩部書。然要在這兩部書中選他幾十節，卻不容易。《水滸》、《元曲》，與現在的現實不相近，若宋儒語錄，在現在看來，和蘇東坡的策論一樣的難懂。這兩種，我以為都不當入選。」[36]陳獨秀也在《新青年》中提出：「白話文學之推行，有三要件。首要比較統一之國

一九一八年，北京高師校長陳寶泉在校內麗澤樓主持召開了全國第一次國語教科書編輯會議。與會者公推高師國文系教授錢玄同擔任編輯主任，黎錦熙稱這次會議是「第一次破天荒」的編輯會議，是中國創編「國語教科書」的開始，後經全國高等師範校長會議決定，各校分別附設國語訓練科，訓練國語師資。接著，錢玄同加入有國文系教授黎錦熙發起組織的「中華民國國語會」，向教育部提出試行注音音符教育的建議。教育部很快批准實行，經費有會員捐助。教科書由錢玄同、馬裕藻、陳大齊、沈尹默合編，插圖由徐悲鴻繪製。內容為白話文，每一個字都加了注音，這是小學語文教學的革新（見《北京師範大學學報》2002年第5期），這套教材是否和錢玄同說的為孔德學校編訂的教材為同一種，尚無更多史料證實。

33 〈錢玄同致朱我農、胡適信跋〉，《新青年》第5卷第2號（1918年8月）。

34 〈錢玄同致時敏〉，《新青年》第6卷第1號（1919年2月）。

35 〈錢玄同致公展〉，《新青年》第6卷第6號（1919年11月）。

36 〈錢玄同致公展〉，《新青年》第6卷第6號（1919年11月）。

語。其次則須創造國語文典。再其次國之聞人多以國語著書立說。茲事非易，未可一蹴而就者」，[37]當讀者來信問及「至學校課本宜如何編纂，自修書籍宜如何釐定」時，陳獨秀也表明，「鄙意欲創造新文學，『國語研究』當與『文學研究』並重」[38]。這些觀點都促進了新文學的創作。

黎錦熙也很關注小學國文改國語的問題，但出發點卻是語文教育本身，不同於胡適、錢玄同是用白話文學去搶佔教育「陣地」。黎錦熙把整個教育甚至語文教育的「沉冥之象」，歸結為教材的落後，「我國教育，久無效果，原因雖多，而總原因實為教材之不適宜。……而其中又以國文一科為最，尤以初等小學所授之國文為最」，因為「初等小學之國文一科，上之既無優美之趣，不足樹文學之根柢：下之又違應用之旨，無救於國民之聾盲」，造成這種情況的原因何在呢？還是由於「語」「文」不統一，「原我國語文既歧，文體又雜，欲以四年之力，令十齡上下之兒童，通其大概，措諸實用，誠恐責望太奢」，因此，改革的辦法還是要「謀根本上之更張。更張之道，在改用相接近者，以為教材而已。革去舊名，當稱『國語』」[39]。可見，此時黎錦熙還是停留在「言文一致」階段，就是在教育部已經改「國文」為「國語」後，他仍然不願把這件事和新文化運動聯繫在一起，惟恐因為政治變化失去了業已取得的國語運動成果，「近來還有一班人，把改用語體文看作一切新文化運動的前驅，以為語體文通行以後，如所謂過激主義，共產主義都從此佈滿國中；將來的『洪水猛獸』便從此發軔了。這是把新文化運動和小學改用語體文兩件事混為一談。……

---

37 《新青年》第3卷第2號，「通信」欄編者附記。

38 《新青年》第3卷第3號，「通信」欄編者附記。

39 黎錦熙：〈論教育之根本問題〉，《黎錦熙語文教育論著選》（北京市：人民教育出版社，1996年），頁2。

我們要認為一種『救濟兒童的天職』。這種改革，是根據全世界公認的教育原理而來的，不管什麼新文化與舊文化！」[40]如果分析到胡適、錢玄同言論背後的文化目的，不能不慨歎黎先生之「迂」，不過，他的解釋卻意外有降低輿論壓力和官方壓力的良好作用。和黎錦熙一樣，蔡元培也是從教育角度來理解「國文之將來」問題的，他認為白話文最大的優點就是省時省力，學生可以騰出時間來進行其他科目的學習，「所以我敢斷定白話派一定占優勝」，在教育改革上，「高等師範學校的國文，應該把白話文作為主要。至於文言的美術文，應作為隨意科，就不必人人就學了」[41]。蔡元培以北大校長的身分作出如此判斷，無疑是給「國文」改「國語」奠定了更堅實的輿論基礎。

除了理論倡導，在實證研究和教學實踐上，各界亦有成果。黎錦熙擬訂了〈國語研究調查之進行計劃書〉，認為「國語與國文之問題，須作一串解決，不能盡效歐美，亦不能悉循舊章。因革之間，權衡至當，則非有精確之研究調查不能也」，希望語法界對音韻、詞類、語法等各個方面進行研究[42]。教育家王風喈通過白話文和文言文閱讀的對比研究，表明中國學生閱讀白話文比文言文更經濟，速率和理解，白話文均優於文言文[43]。一九一七年劉半農在寫完〈我之文學改良觀〉後，到北京大學預科當了國文教員[44]，他把這裡當成了試驗場，寫了〈應用文之教授——商榷於教育界諸君及文學革命諸同志〉

40 黎錦熙：〈國語教育上應當解決的問題〉，《黎錦熙語文教育論著選》（北京市：人民教育出版社，1996年），頁16-17。

41 蔡元培：〈國文之將來〉，收入高平叔編：《蔡元培教育論著選》（北京市：人民教育出版社，1991年），頁243。

42 黎錦熙：〈國語研究調查之進行計劃書〉，《黎錦熙語文教育論著選》（北京市：人民教育出版社，1996年），頁37。

43 郭一岑：〈八年來中國教育心理之研究〉，《教育研究》第66期。

44 按朱自清的說法，大學預科的國文研究當納入中學國文的研究。

一文，劉半農把教授「應用文」作為自己的目標，在閱讀的選材上確定了十二條標準，其中有「凡駢儷文及堆砌典故者，不選」、「凡違逆一時代文筆之趨勢，而極意模仿古人者——如韓愈〈平淮西碑〉之類——不選」、「凡思想過於頑固，不合現代生活，或迷信鬼神，不脫神權時代之習氣者，均不選」，此外，那些「卑鄙齷齪的應酬文、干祿文」以及「諂墓文」等也「一概不選」，他要選的是「文筆自然，與語言之辭氣相近者」，「思想學說，適於現代生活，或能與西哲學說互相參證者」以及「文章內容與學生學習之科目有關係者」[45]。劉半農的看法與蔡元培的見解頗為相似，都是在實用之名下把應用文和美術文分開，但看其選文的標準，仍可看出劉氏的「醉翁之意不在酒」，目的仍是倡導新文學，因為他提到的應酬文、干祿文其實是古文中的應用文，它們的「落選」並非因為文體的陳舊，而是因為思想的陳舊。其他教育改革還有葉聖陶的〈對於小學作文教授之意見〉[46]，陳華文的〈我之改革中學國文教授底實驗〉[47]，這些從語文教育界掀起的改革浪潮，進一步動搖了文言文教學的根基。

儘管上述諸君的見解不完全一致，但卻是從文學界、教育界、語言學界等不同領域為「國文」改「國語」做了良好的鋪墊，「雙潮合一」的猛烈趨勢掩蓋了各自的分歧，推動了國語運動向前發展。不過，最終的改革成功，還需要人事上的因緣際會——這一點，是一項改革成功的偶然因素，但卻是必要因素。

國語研究會從一九一六年成立後，發展非常迅速，從一九一八年有會員一千五百多人，一九一九年增至九千八百多人，到一九二〇年則達到一萬二千餘人，一九二一年就設分會於上海了。在他們的推動

---

45 劉半農：〈應用文之教授〉第4卷第1期（1918年）。

46 葉聖陶：〈對於小學作文教授之意見〉，《新潮》第1卷第1號（1919年1月）。

47 陳華文：〈我之改革中學國文教授底實驗〉，《平民教育》第18號（1920年2月）。

下，一九一八年十一月二十三日教育部正式公佈了注音字母。從晚清拼音化運動到民初「國音」制定再到「注音字母」的公佈，歷時三十多年的「國語運動」總算有了第一塊基石。一九一九年九月又編制出版了《國音字典》，固化了「國音」成果。也許是國語運動的核心人物都在教育部，因而他們對官方的權威總是特別看重：

> 中國向來革新的事業，不經過行政方面的一紙公文，在社會方面總不容易普及的；就算大家知道了，而且贊成了，沒有一種強迫力也不會實行……[48]

注音字母的公佈，顯然增強了他們這方面的意識。他們將目光投向了「比公佈注音字母更難辦到的事」——改學校「國文科」為「國語科」，而此前的人事鋪墊至關重要：一九一九年三月成立了教育部附屬的「國語統一籌備會」，而會員大部分都是「國語研究會」的成員，這樣就形成官方、民間遙相呼應的局面，即黎錦熙所謂「宮中府中，俱為一體」了。

國語統一籌備會開第一次大會的時候，劉復、周作人、胡適、朱希祖、錢玄同、馬裕藻等提出了〈國語統一進行辦法〉的議案，其中「第三件事」即為「改編小學課本」：

> 統一國語既然要從小學校入手，就應當把小學校所用的各種課本看作傳佈國語的大本營；其中國文一項，尤為重要。如今打算把「國文讀本」改作「國語讀本」，國民學校全用國語，不雜文言；高等小學酌加文言，仍以國語為主體，「國語」科以

48 黎錦熙：《國語運動史綱》（上海市：商務印書館，1934年），上卷，頁75。

> 外，別種科目的課本，也該一致改用國語編輯。[49]

此議案在大會通過，並組織委員會整理呈交教育部。與此同時，第五次全國教育聯合會在山西召開會議，決議通過推行國語的六條辦法，其中第四條就是：「國民學校國文教科書，應即改用國語；高等小學國文教科書，應言文互用。」

教育部根據國語統一籌備會和全國教育聯合會的兩個決議案，認為「體察情形，提倡國語教育實難再緩」，遂於一九二〇年一月訓令全國的國民學校「自本年秋季起，凡國民學校一二年級，先改國文為語體文」；又以教育部令修正〈國民學校令〉，將有關條文中的「國文」改為「國語」；再以教育部令修正〈國民學校令施行細則〉，明確規定了國語要旨：「在使兒童學習普通語言文字，養成發表思想之能力，兼以啟發其智德。」修正後的「施行細則」實際上確定了初等小學四年間只用語體文，並正其科目名稱為「國語」。經過一系列複雜的制度層面的操作，「國文科」改「國語科」在法規上已經沒有問題了，但當時坊間出版的小學教科書，還沒有一本是全部使用語體文的。教育部要讓語體文有所發展，就必須強令將已審定的文言教科書分期作廢，禁止採用。為此，教育部在一九二〇年四月又發了一個通告：

> 查本部〈審查教科圖書章程〉第二條：「審定圖書，係認為合於部令學科程度及教則之旨趣，堪供教科之用者」。現在坊間出版國民學校所用各種教科書，曾經本部審定者，自經此次部令公佈以後，其教材程度，即不免多所不符。茲特依據部令，

49　黎錦熙：《國語運動史綱》（上海市：商務印書館，1934年），上卷，頁109。

> 酌定辦法如下：「凡照舊制編輯之國民學校國文教科書，其供第一第二兩學年用者，一律作廢。第三學年用書，秋季始業者，准用至民國十年夏季為止；第四學年用書，秋季始業者，准用至民國十一年夏季為止；春季始業者，准用至十一年冬季為止。[50]

一項拖延多年、誰都認為極難實施的改革，居然就這樣順利成功了，出乎很多人的意料。從當時的情況看來，這項涉及面很大的教育改革，並不具備外部和內部條件。從外部環境看，五四運動在各地掀起高潮，北大學生被逮捕又被釋放，蔡元培離職又復職，都表明政府面臨相當大的壓力。在政治運動尚應接不暇之時，「小小」的教育改革本應無暇顧及；從內部環境看，國語運動內部也是意見歧出，國音標準中的「京國問題」弄得「統一會」的數次大會不歡而散，江蘇省師範附屬小學聯合會甚至通過一個議案，不承認國音定京音為標準。但是，正是在如此複雜的情況下，「國文」改「國語」的提案居然能獲通過，箇中奧妙，全在「朝中有人」：「教育部部務照例是分司主辦的，那時普通教育司司長是張繼煦，就是統一會的總幹事；主管師範教育的第一科科長是張邦華，主管小學教育的第三科科長是錢家治，都是統一會的成員。修改法令是要經由參事室和秘書處的。那時三參事湯中、蔣維喬、鄧萃英和秘書陳任中，也都是統一會的成員。」[51]

改「國文」為「國語」，是文學革命和國語運動合流的最大成果，這一成功使得「白話文作為新思想的載體進入課堂，成為青少年思維、表達、交流的工具，而且這是一次空前的精神大解放」[52]。而且

---

50 黎錦熙：《國語運動史綱》（上海市：商務印書館，1934年），上卷，頁113-114。

51 黎錦熙：《國語運動史綱》（上海市：商務印書館，1934年），上卷，頁114。

52 錢理群：〈五四新文化運動與中小學國文教育改革〉，《語文教育門外談》（桂林市：

就文學界方面看來，收穫更多，因為在注音字母尚需推廣、國音教師尚需培訓的情況下，「國語教育」就變成了「語體文教育」，自然，新文學作品就成為「語體文教育」的首選了。因此，黎錦熙在介紹「與國語教育有很密切關係」的三種出版物時，第一個就是「新文藝類」：

> 自從民國六年（1917）《新青年》、《新潮》等雜誌提倡文學改革以來，白話文在學術上漸漸盛行。文藝界的創作和翻譯（定期刊，如《小說月報》、《文學週刊》、《創造》等專集，創作的如《吶喊》、《隔膜》、《嘗試集》、《女神》、《闊人的孝道》等，翻譯的如短篇小說集、《點滴》、《易卜生集》、《少奶奶的扇子》等，又或彙集為叢書，如《俄國文學叢書》等），哲學、社會思潮、及其他科學的論著和譯述，大都是使用國語的。[53]

作為改革設計者的胡適，對這樣的結果自然十分滿意，因為他的目的就是要將新文學運動「搭」上國語教育改革的「車」。至於「國語統一」中的「口頭語統一」部分，在胡適看來，「一萬年也不到的！無論交通便利了，政治發展了，教育也普及了，像偌大的中國，過了一萬年，終是做不到國語統一的……言語不只是人造的，還要根據生理的組織，天然的趨勢，以及地理的關係，而有種種差異，誰也不能專憑一己的理想，來劃一語言的」[54]，在口頭語尚不能統一的情況下，便只有用新文學來擔當書面語統一的任務了。不過，胡適仍然

廣西師範大學出版社，2003年），頁105。

53 黎錦熙：〈中國國語教育進行概況〉，《黎錦熙語文教育論著選》（北京市：人民教育出版社，1996年），頁2。

54 胡適：〈國語運動與文學〉，收入姜義華主編：《胡適學術文集・語言文字研究》（北京市：中華書局，1993年），頁307。

認為主要的「受益者」還是教育：「這個命令是幾十年來第一件大事。他的影響和結果，我們現在很難預先計算。但我們可以說：這一道命令，把中國教育的革新，至少提早了二十年。」[55]在隨後的一次演講中，胡適對政府在本次改革中的作用給予了高度評價，「數年前曾主張白話，假如止是這樣在野建議，不借政府的權力，去催促大眾實行，那就必須一二十年之後，才能發生影響」[56]。

改革的成功解除了語文教育的桎梏，同時又進一步解放了新文學的創造力。如同羅家倫認為的那樣，「小學全部、和初中一部分的採用國語為課本，不知道減少多少幼年和青年的痛苦」[57]。黎錦熙曾經把文言文教學比喻成「纏腦」，極力主張用語體文編寫教材，「從前女子用布來『纏足』，我們可憐她傷害了天然的肌膚，不得不設法解放她；現在兒童用文言文來『纏腦』，我們可憐他傷害了天然的性靈，所以也要設法解救他」[58]。如今這「纏腦」的「布」解開了，對學生的創造力是一次空前的釋放，如同胡適所說，短短的幾年中，「全國的青年皆活躍起來了，不只是大學生，縱是中學生也居然要辦些小型報刊來發表意見。只要他們在任何地方找到一架活字印刷機，他們都要利用它來出版小報。找不到印刷機，他們就油印。在一九一九至一九二〇兩年之間，全國大小學生刊物總共有四百多種，全是用白話文寫的」[59]。

---

55 胡適：〈國語講習所同學錄序〉，《胡適教育論著選》（北京市：人民教育出版社，1994年），頁122。

56 胡適：〈好政府主義〉，《胡適文集》（北京市：北京大學出版社，1998年），卷12，頁717。

57 羅家倫：〈從近事看當年（為五四作）〉，《世界學生》第1卷第6期，頁3。

58 黎錦熙：〈國語教育應當解決的問題〉（1921年3月），參見《黎錦熙教育論著選》（北京市：人民教育出版社，1996年），頁13。

59 胡適口述，唐德剛注譯：《胡適口述自傳》（合肥市：安徽教育出版社，1999年），頁190。

權力機構推動的成功改革，使新文學作品最終能走入教科書並得以固定。同時，這也是確立白話地位最關鍵的一環，因為，讓白話文進入教材，就等於承認它有正式書寫語言的資格——而這一資格正是胡適等新文學運動者極力想達到的目標。在此之前，梁啟超、黃遵憲、蔡元培等都曾提倡使用白話文，但幾乎沒有人真正把它與文學聯繫起來。他們用白話寫作，主要是為了普及教育。他們對於白話的文學性還缺乏一種必要的認識，還沒有把白話文作為文學表現的工具和媒介。因此，在清末民初，白話文並不能真正對文言文構成一種有力的挑戰，白話文和文言文並不處於一種對等的地位。文言和白話並行不悖，文言文不僅是作為一種古代的書面語而存在，而且實際上是作為文學語言而存在的。文言與白話明顯地存在著一種等級的對立關係。這一次胡適則是要創造一種新的書寫語言。正如汪暉所說的，「實際上現代語言運動首先是在古／今、雅／俗對比的關係中形成的……即白話被表述為『今語』，而文言則被表述為『古語』，今沿『俗』，古沿『雅』，因此古今對立也顯現出文化價值上的貴族與平民的不同取向。……現代漢語的主要源泉是古代的白話書面語，再加上部分的口語詞彙、句法和西方語言及其語法和標點。在中國的書面語系統中，已經存在著文言與白話的對峙。以白話書面語為主要來源的現代白話的基本取向不僅是反對文言，而且也是超越方言，創造出普遍語言」[60]。這說明語言工具革命解放了新文學創作，反過來新文學又鞏固了語言工具的存在價值。

隨著新文學創作的不斷發展，以周氏兄弟的作品為代表的新的書寫語言，已經代表了雅文學而非俗文學的文學語言，新的文學觀念慢慢地在學生心中扎下了根，用錢玄同的話說，新文學作品「原是給青

60 汪暉：〈地方形式、方言土語與抗戰時期「民族形式」的論爭〉，《汪暉自選集》（桂林市：廣西師範大學出版社，1997年）。

年學生看的，不是給『初識之無』的人和所謂『灶婢廝養』看的」[61]這一事實既意味著一個新的文學傳統的建立，又意味著一個新的書寫語言體制的產生。五四後，傳統的白話小說仍在流行，正式書寫語言比如公文、應用文、報章文字等絕大部分還是文言，真正推動語言發展的是新文學。而「國文」改「國語」的成功，為新文學爭得了至關重要的合法地位。從某方面講，它是新文學運動在短短幾年內便獲成功的重要原因。

這項改革的影響還遠不只在新文學和語文教育領域，從長遠看，它對一代人甚至幾代人的思維方式和言說方式都產生了深刻影響。從改革後出版的大量國語教科書可以看到，不光是古文，就是古詩也很難再見到，古典文學開始急速退出學生的閱讀視野。自然，與古典文學相聯繫的傳統精神也急速退出學生的精神世界。從現代語言學看，語言不但思維的工具，還是思維的全部。文言和白話作為兩種異質的語言（雖然兩者之間仍有若干聯繫），對學生的「塑造」是完全不同的。如果說文學革命之初，新文學還侷限在一個很小範圍的話，這次在小學的「國文」改「國語」，範圍擴展到整個民族的後代。從這個意義上講，這一次改革是更深刻的文化轉型。

第三節　從「綱要」到「課標」：新的文學秩序的建立

小學的「國文科」改「國語科」成功後，中學國文的改革便迫在眉睫。胡適看到了改革的連動性，「教育制度是上下連接的；牽動一發，便可動搖全身。第一、二年改了國語，初級師範就不能不改了，

61 錢玄同：〈英文 SHE 字譯法之商榷〉，《新青年》第6卷第2號（1919年2月）。

高等小學也多跟著改了。初級師範改了，高級師範也就不能不改動了。中學校也有許多自願採用國語文的」[62]，這種由下至上的連動改革，也很符合胡適當年設計的「文學改革的進行程式」。因此，在一九二一年「國語統一籌備會」第三次大會上，會員又向教育部提出了〈請部規定中等以上學校國語課程的議案〉，要求把高等小學、中學也漸次改為國語科。而那時教育部正在進行學制改革，對此議案一直沒有答覆。

另一方面，雖然白話已經成為正式的文學語言了，但人們的觀念改變卻並不像想像的那麼快，社會上的普遍看法仍然是，「白話文很淺近，容易懂得，對於初級教育和通俗教育是很適宜的，因為受初級的教育和通俗的教育的人們，知識很淺短，那高古精深的古文，不是他們所能了解的」[63]。錢玄同對這種流行看法很是警惕，認為「這種議論，從表面上看，似乎並沒有反對新文學，而且是贊助新文學的。其實大不然，彼對於新文學，不是良友而是蟊賊」，他從語法角度將古文大貶一通後，申論「我們主張文學革命，不是嫌古文太精深，乃是嫌古文太粗疏；不是單謀初級教育和通俗教育的方便，乃是謀中國文學的改良。我們不僅主張用白話文來做初級教育和通俗教育的教科書，尤其主張用彼來著學理深邃的書籍」。[64]此外，還有更多基層教育人士認為，在國語標準還沒有定出來之前，教育部改「國語」的這項改革「太魯莽」，無異於「坐在黃鶴樓上看翻船」，[65]奉天教育廳甚至直接就拒絕執行部令。於是，當初的改革推動者如黎錦熙等人不得不

62 胡適：〈文學革命運動〉，《胡適作品集》（2）（臺北市：遠流出版公司，1986年），頁216。

63 錢玄同：〈國文的進化〉，《國語月刊》第1卷第9期（1922年10月）。

64 錢玄同：〈國文的進化〉，《國語月刊》第1卷第9期（1922年10月）。

65 胡適：〈國語講習所同學錄序〉，《胡適教育論著選》（北京市：人民教育出版社，1994年），頁122。

四處演講，把「推行國語就是定國語標準」的理論反覆申說。可見，國語運動要繼續推進，新文學要在民眾中建立起「信仰」，還有很長的路要走。

對來自各界巨大的反抗聲浪，胡適心裡很清楚，必須「只認定這一個中心的文學工具革命論是我們作戰的『四十二生大炮』」，毫不猶豫地再將新文學觀念向更廣泛的學生群體推行──畢竟在小學國語教學中，由於要解決注音符號和識字問題，給新文學留的閱讀空間相當有限。而且，進一步的改革還必須依靠政府，因為「我是主張有政府的，政府是一種工具。就把國語來講，政府一紙公文，可以抵得私人幾十年的鼓吹。凡私人做不到的事，一定要靠政府來做」[66]。胡適在小學「國文」改「國語」後三個月，就寫了一篇〈中學國文的教授〉，以民國初年政府頒佈的〈中學校令施行細則〉關於中學國文的目標為批評的靶子，闡述自己關於中學國文的見解。〈中學校令施行細則〉第三條曾說：「國文要旨在通解普通語言文字，能自由發表思想，並使略解高深文字，涵養文學之興趣，兼以啟發智德。」[67]胡適指出這個標準是理想的，並不曾實行，這個理想的標準雖不算高，但照這八年的教學成績看，卻是完全失敗了，其原因是方法大錯了。「標準定的是『通解普通語言文字』，但是事實上中學校教授的並不是普通的語言文字，乃是少數文人用的文字，語言更用不著了！標準又定『能自由發表思想』，但是事實上中學教員並不許學生自由發表思想，……事實上的方法和理想上的標準相差這樣遠，怪不得要失敗了！」因此，胡適根據當時的情況，提出中學國文應達到的標準細化

66 胡適：〈國語運動的歷史〉，收入姜義華主編：《胡適學術文集．語言文字研究》（北京市：中華書局，1993年），頁307。

67 胡適：〈中學國文的教授〉，收入姜義華主編：《胡適學術文集．語言文字研究》（北京市：中華書局，1993年），頁46。以下引文未注明者均出自本文。

為：「（一）人人能用國語自由發表思想，——作文，演說，談話，——都能明白通暢，沒有文法上的錯誤；（二）人人能看平易的古文書籍，如《二十四史》、《資治通鑑》之類；（三）人人能作文法通順的古文；（四）人人有懂得一點古文文學的機會。」[68]

具體到課程改革，胡適撤掉了一些陳舊無益的課程，增設國語文及演說、辯論，減少總課時。從原部定的如下課程：

第一年：講讀，作文，習字。共七[69]
第二年：講讀，作文，習字，文字源流。共七
第三年：講讀，作文，習字，文法要略。共五
第四年：講讀，作文，文法要略，文學史。共五

改為

第一年：國語文一，古文三，語法與作文一。共五
第二年：國語文一，古文三，文法與作文一。共五
第三年：演說一，古文三，文法與作文一。共五
第四年：辯論一，古文三，文法與作文一。共五

他認為課程設置應強調實用，第三、四年以演說和辯論代替國語文，因為「這兩項是國語與國語文的實用教法。凡能演說，能辯論的人，沒有不會做國語文的。做文章的第一條件只是思想有條理，有層次。演說辯論最能說明學生養成有條理系統的思想能力」，演說和辯

68 胡適：〈中學國文的教授〉，收入姜義華主編：《胡適學術文集．語言文字研究》（北京市：中華書局，1993年），頁47。

69 「共七」意為週課時數。

論的指導選題要具體，不可選籠統抽象的題目，應當如「肥皂何以能去污垢？」「松柏何以能冬青？」「本村紳士某某人賣選舉票的可恥」一類的題目。

至於語文教材，胡適把它分為「國語文教材」和「古文的教材」。前者須多看白話小說和戲劇，「看二十部以上，五十部以下的白話小說。例如《水滸》、《紅樓夢》、《西遊記》、《儒林外史》、《鏡花緣》、《七俠五義》、《二十年目睹之怪現狀》、《恨海》、《九命奇冤》、《文明小史》、《官場現形記》、《老殘遊記》、《俠隱記》、《續俠隱記》等等。還有好的短篇白話小說，也可以選讀」；戲劇雖然「此時還不多，將來一定會多的」；後者則要從近人的文章讀起，「例如梁任公，康長素，嚴幾道，章行嚴，章太炎等人的散文」和「林琴南早年譯的小說」，後三年則要「多讀古人的古文」，「不分種類，但依時代的先後，選兩三百篇文理通暢，內容可取的文章」，「從《老子》、《論語》、《檀弓》、《左傳》，一直到姚鼐、曾國藩，每一個時代文體上的重要變遷，都應該有代表。這就是最切實的中國文學史，此外中學堂用不著什麼中國文學史了」。在教學上，胡適認為國語文的教學可以指定讀本和範圍先要求學生閱讀，然後進行課堂演練和討論，教師只作些點撥指導。古文教學也提倡讓學生大量閱讀代替講解，從淺近文言入手，由易到難。由於學生已有小學七年的國語文基礎，已經能作通順的國語文，又學了國語文法，學古文已有相當的基礎，故應多讓學生自己翻查字典，自己閱讀，教員只少量講解、答疑、指導討論，提供參考材料。

胡適以「立法者」（legislator）身分，「安排」了新文化運動時期的中學國文教學，除了整個理論底子仍是其師杜威的實用主義外，還加入了很多個人研究心得甚至個人學習經驗，例如，他少年時期讀古白話小說把「文字弄通順了」[70]，他在康乃爾大學時經過的「講演」訓練[71]。胡適的文章主要是為國語文進入中學課程「開道」，但卻有兩點值得注意，一是他給學生推薦「教材」時，沒有提到一篇新文學作品，固然在當時新文學的成績不大，但並非不值一提，如他最初的「支持者」陳衡哲的新詩與白話小說，《新青年》同人劉半農的白話詩，還有已經廣受好評的魯迅的短篇小說。二是他對古文相當的重視，同他早先的偏激態度大有不同，胡適的理由是「我假定學生在兩級小學時已有了七年的國語，可以夠用了」。這一方面反映出胡適在中學語文教育領域持有更加審慎的態度，另一方面也隱約可以看出胡適文化思想的轉變，「整理國故」 的思想已經逐漸形成（比起一九二三年三月胡適給清華學生開〈一個最低限度的國學書目〉，這裡算是更早的開書目了，其中有很多書都是相同的）。當然，這也可以說是胡適更富於策略性的一面。畢竟，像錢玄同將古文全部「打翻在地」的態度更難被社會接受——「因為古文貧乏、浮泛、淺陋、幼稚，不足以傳達高深綿密的思想和曲折複雜的情感，所以要對彼革命，將彼推翻，另外建立豐富、精密、深奧、進化的國語文學」，「至少教育法令上說國民學校一律要用國語，意思是說：今後進國民學校的學生，應該從初步起就改讀國語的文學，並無『只限定』的意思。對於高小和中學，也沒有『言文互用』和『專用文言』那樣的不通的話。假使法令上竟有那樣不通的話，我們就絕對的不應該去遵守彼，而且應該反抗彼！我們只有服從真理的必要，絕對的沒有服從不同的法令的必要！」[72]不過或許錢玄同沒有想到，這「不通」法令的擬訂有一大半

70　曹伯言選編：《胡適自傳》（合肥市：黃山書社，1986年），頁25-27。

71　胡適口述，唐德剛注譯：《胡適口述自傳》（合肥市：安徽教育出版社，1999年），頁60-61。

72　〈錢玄同致黎錦熙〉，《國語月刊》第1卷第10期（1922年11月）。

是胡適的功勞！

胡適寫完〈中學國文的教授〉的兩年多裡，學術關注點主要還在白話文學和國語運動。他一方面為白話文學的「正統性」尋根溯源，開始撰寫《國語文學史》和《白話文學史》；一方面又繼續將這兩個運動聯繫在一起，將自己的學術研究所得推行到普通教育中。這一點，僅從胡適日記（一九二〇年四月至一九二二年十二月）中記載的有關國語文學的演講便能看出：

時間	題目	地點
一九二十年四月	國語文學史（共十五次）	教育部北京國語講習所
一九二十年八月四日	白話文法	南京高等師範學校第一期時期學校
一九二一年八月五日	國語運動與國語教育	安慶
一九二一年十一月十二日	國語運動的歷史	北京國語講習所
一九二一年十一月至十二月	國語文學史	教育部第三屆國語講習所
一九二一年十二月三十一日	國語運動與文學	教育部國語講習所同樂會
一九二二年七月六日	再論中學的國文教學	中華教育改進社濟南年會
一九二二年七月三十一日	國語文學史，國語文法	天津南開大學
一九二二年八月十一日	國語教學的興起	小學女教員講習會
一九二二年十一月十二日	國語文學史	教育部第四屆國語講習所

如此頻繁地宣講國語運動、國語文學與國語教育，目的只有一

個——把大學中的專深研究同中小學語文教育聯繫起來，為新文學提供更堅實的制度保障。二○○二年七月六日，胡適在中華教育改進會第一次年會期間寫了〈再論中學的國文教學〉，對自己兩年前的觀點做了一些修改，把第二條標準「人人能看平易的古書」修改為「國語文通順之後，方可添授古文，使學生漸漸能看古書，能用古書」；第三條「人人能作文法通順的古文」，根據黎錦熙等人的建議，修改為「作古體文但看作實習文法的工具，不看作中學國文的目的」，同時從國語文與古文的銜接角度，分別「在小學未受過充分的國語教育的」，「宜先求國語文的知識與能力」，「四學年內，作文均應以國語文為主」；「國語文通暢的」，則「宜注重國語文學與國語文法學」，「古文鐘點可稍加多，但不得過全數三分之二」[73]。這個主張在年會分組討論時，胡適修改黎錦熙的議案中表述得更加清楚，「現制高小國文科講讀作文均應以國語文為主；當小學未能完全實行國語教育之時，**中等各校國文科講讀作文亦應以國語文為主**；要於國語文通暢之後，方可添授文言文；將來小學七年實行國語教育之後，中等各校雖應講授文言文，但作文仍應以國語文為主。新學制國文課程依次類推」，而黎錦熙原議案只是提到「現制高小國文科講讀作文均應以國語文為主；**中等各校講讀應以文言文為主**，作文仍應以國語文為主」[74]。顯然，胡適的態度更為堅決，而且本文突出了「我們認定一個中學生至少要有一個自由發表思想的工具，故用『能作國語文』為第一個標準」的觀點，實際上是更明確地提出要將新文學的文學教學突入到中學階段。頗有意思的是，八月十七日，胡適在整理記錄的演講稿時，

73 胡適：〈再論中學的國文教學〉，收入姜義華主編：《胡適學術文集．語言文字研究》（北京市：中華書局，1993年），頁58-59。以下未特殊注明者均見此文。

74 胡適：〈1922年7月5日日記〉，參見《胡適全集》（合肥市：安徽教育出版社：2003年），卷29。

又加入了〈古文的教材和教授法〉一節，提出了新看法，「三四年前普通見解總是愁白話文沒有材料可教；現在我們才知道白話文還有一些材料可用，倒是古文竟沒有相當的教材可用」，因此要將古書經過「一番新式的整理」，並具體列舉了從七個方面修改古書。這篇文章在《晨報》副刊上發表後，被胡適介紹入主商務印書館的王雲五立即給胡適來信，說，「你的中學國文教學，我們都很贊同，……其中關於整理舊書一段，不但裨益教育，並且卻是一大利源」，並商量要胡適「編著關於經學、史學、諸子、文學、小說、詞章各種概論」的叢書[75]，這就是後來的《學生國學叢書》，也由此引起新文化陣營內部關於「整理國故」的激烈爭論。

一九二二年十一月，教育界呼聲日熾的學制改革終獲成功。胡適作為「學界領袖」深入參與到了此項改革中（「學制系統草案」主要就是胡適擬訂的，且和正式頒佈的區別不大）。這次學制將民初以宗日本為主的「壬子——癸丑學制」，變成以宗歐美為主的「壬戌學制」，主要變化是：小學年限縮短（由七年改為六年），中學年限延長（由四年增加到六年）並實行「三三」分段，取消了大學預科，實行選科制和分科教學。這一學制一直延續到一九四九年前。中學成為這次改革的重點，它的年限延長意味著國語教育的年限也隨之延長，更關鍵的是加入了「發展青年個性，使得選擇自由」這樣具有時代氣息的內容。

學制改革後，教育部由開始著手擬訂中小學各科課程綱要，主事者為胡適，〈小學國語課程綱要〉由吳研因擬訂，〈中學國語課程綱要〉由年僅二十九歲的葉聖陶擬訂，高中段國語科、國文科分別由馮順伯、穆濟波負責。從人事安排上就可以看出，「新派」已經在教育

75 〈王雲五致胡適函（1922年9月14日）〉，見王壽南編：《王雲五先生年譜初稿》（臺北市：臺灣商務印書館，1987年），冊1，頁117-118。

體制內佔據了主要位置。一九二三年六月，「中小學各科課程綱要」刊佈試行，關於國語的要點是：

（一）小學及初中、高中一律定名為「國語科」。
（二）小學讀本取材以「兒童文學」（包含文學化的實用教材）為主。
（三）初中讀本，第一年語體約占四分之三，第二年四分之二，第三年四分之一。
（四）高中「目的」之第三項為「繼續發展語體文的技術」。
（五）略讀書目舉例，初中首列《西遊記》、《三國志演義》；高中首列《水滸傳》、《儒林外史》、《鏡花緣》。[76]

這個課程綱要試行到一九二八年。一九二八年五月，南京國民政府的教育部決定重新審訂該綱要，小學由吳研因、趙欲仁等負責，初中由孟憲承、劉大白等負責，高中由孟憲承、胡適等負責。一九二九年八月，教育部頒行〈中小學國語課程暫行標準〉（簡稱〈標準〉）。〈標準〉中規定中學語文科的教學目的是：初級中學——（一）養成運用語體文及語言充暢地敘說事理及表達情意的技能。（二）養成了解平易的文言文書報的能力。（三）養成閱讀書報的習慣和欣賞文藝的興趣。高級中學——（一）繼續養成學生運用語體文正確周密雋妙地敘說事理及表情達意的能力，並依據學生的資性及興趣，酌量兼使有運用文言作文的能力。（二）繼續培養學生讀解古書的能力。（三）繼續培養欣賞中國文學名著的能力。這一表述確認了無論初中還是高中，都以提高用語體文來敘事說理、表情達意的能力為主要目的；至

76 黎錦熙：《國語運動史綱》（上）（上海市：商務印書館，1934年），頁119-120。

於文言的能力，則不作普遍要求。〈標準〉無疑鞏固了語體文的地位。

〈標準〉中規定中學語文科的教學內容，其課程安排如下表：

初級中學	高級中學
精讀指導（包括文法與修辭）3 略讀指導 1 作文練習 2	1. 討論讀物及文法和修辭研究（包括專書精讀、選文精讀、文法與修辭、讀解古書準備） 3 2. 作文練習及作文評論 1

〈標準〉的教學內容和〈綱要〉相比，還有以下變化：在肯定初中、高中文白兼教的前提下，初中階段進一步增大了白話文的比重，規定初中各年級的文白比例依次為「3：7，4：6，5：5」；在教材的排列上，初中分為記敘文、抒情文、議論文和應用文教授，高中則要求「有系統地分年選及有關中國學術思想與文學的體制流變之文」，這不但意味著白話文有了進入高中語文教材的可能，還在教材中暗含著文學發展觀，而這個觀念的「習得」，使新的文學秩序在學生頭腦中建立。〈標準〉在一九四九年以前又經過了幾次修訂，但總的說來變動不大。從〈綱要〉到〈標準〉，其主要精神與構想都沒有脫離開胡適發表的〈中學國文的教授〉和〈再論中學的國文教授〉兩篇文章。對比二十多年前〈奏定學堂章程〉中關於國文教學的課程設計，用「翻天覆地」形容實不為過。這個轉變過程，固然是新文學運動的大環境使然，在具體的文化策略上，胡適充分與各派「新」政府合作，借助教育行政力量推行白話文，從「鐵板一塊」的純古文教學到小學改「國語」，再到中學語文，整個歷程似乎也證明了，「權力需要知識，知識賦予權力以合法性和有效性」[77]。

77 齊格蒙·鮑曼（Zygmunt Bauman）著，洪濤譯：《立法者與闡釋者》（上海市：上海人民出版社，2000年），頁64。

從〈綱要〉到〈標準〉的改革過程中，並非沒有阻力，這些阻力有時來自保守派，有時卻來自「新派」內部，皆因為語文科是與思想文化聯繫最緊密的學科，又處於語文工具革命和思想革命的雙重壓力下，容易引起各派「文化勢力」的「關注」，在此中表達不同的「文化設計」。

在保守派方面，一九二二年《學衡》雜誌創刊，胡適雖以打油詩嘲笑云：「老胡沒有看見什麼《學衡》，只看見了一本《學罵》！」[78] 並認定，「文學革命已過了討論的時期，反對黨已經破產了。從此以後，完全是新文學的創造時期」[79]。但是，面對《學衡》諸君類似下面的詰問，「胡適們」似乎並沒有多少正面回答：

> 且一種運動之成敗，除做宣傳文字外，尚須出類拔萃之著作以代表之，斯能號召青年，使立於旗幟之下。……至吾國文學革命運動，雖為時甚暫，然從未產生一種出類拔萃之作品。[80]

當然，作為敵對的雙方，《學衡》對新文學作品基本上採取否定態度，但草創期新文學創作實績不足卻是事實。對於此點胡適也承認，他在《胡適口述自傳》中歷數完白話文在教育改革上的成功後，又說，「當然文學方面的進度是相當緩慢的，不像教育方面，有一紙政府命令便可立見功效」[81]。胡適說的是實情，問題是在新文學創作還不濟的時候，語文教育的變革已經為新文學留出了相當的空間，正

78 胡適：〈1922年2月4日日記〉，《胡適全集》（合肥市：安徽教育出版社，2003年），卷29，頁509。

79 胡適：〈五十年來中國之文學〉，《胡適古典文學研究論集》（上海市：上海古籍出版社，1988年），頁166。

80 胡先驌：〈評胡適〈五十年來中國之文學〉〉，《學衡》第18期（1923年6月）。

81 胡適口述，唐德剛注譯《胡適口述自傳》，頁191。

是在此點上，新文學運動者招致舊派人物的不滿。一九二四年，上海澄衷中學校長曹慕管就正式指控胡適利用政府的力量推廣白話文，他認為，清末已有人提倡白話文，但當時士大夫不過偶為之，「以便通俗普及云爾。自適之新文學之一名詞出，天下乃大回應。近更聯絡鉅子，**改革學制，憑藉部令，益肆推廣**」，新文學所以能「不脛而走天下」，正靠胡適以「政治手腕助之長也」[82]。曹慕管的話倒是道出了某些實情。

就是對新文學不反對的梁啟超，在進行的中學國文的改革中也有不同的看法，而且很多議論是直接針對胡適的文章而發的。梁啟超一九二二年在東南大學暑期學校演講了〈中學以上作文教學法〉，對當時語文教育界的「文白之爭」發表了自己的看法：

> 我主張高小以下講白話文，中學以上講文言文，有時參講白話文。做的時候文言白話隨意。以為「辭達而已」，文之好壞，和白話文言無關。現在南北二大學，為文言白話生意見，我以為文章但看內容，只要能達，不拘文言白話，萬不可有主奴之見。[83]

梁啟超演講後，當記錄者提出將此講稿公開刊行時，梁啟超在回信中單挑國文教學中的「文白之爭」，再次表明自己的觀點：

> 中學作文，文言白話都可，至於教授國文，我主張仍教文言文。因為文言文有幾千年的歷史，有許多很好的文字，教的人

82 曹慕管：〈論胡適與新文學〉，《時事新報》副刊《學燈》，1924年3月25日。

83 梁任公講演，衛士生等筆記：《中等以上作文教學法》（上海市：中華書局，1925年），頁53。

很容易選得。白話文還沒有試驗的十分完好，《水滸》、《紅樓夢》固然是好的；但要整部的看，拆下來便不成片段。[84]

這裡實際是影射兩年前胡適發表關於〈中學國文的教授〉一文。胡適在此文中提及「國語文的教材與教授法」，第一要點便是「看小說」，至少看「二十部以上，五十部以下的白話小說」。對胡適推薦的《紅樓夢》、《儒林外史》等白話小說，梁啟超也不甚贊成放到正式的語文教學中，他在軼文〈中學國文教材不宜採用小說〉裡，首先聲言對《水滸傳》、《紅樓夢》並無偏見，但認為它們是「醉藥」，對青年害多利少，因為它們「固然是妙文，但總要通看全部，最少也拿十回八回作一段落，才能看出它的妙處。學校既沒有把全部小說當教材的道理，割出一兩回乃至在一兩回裡割出一兩段，試問作何教法？」、「小說是大學文科裡的主要的研究品，用作中學教材，無論從哪方面看，都無一是處。」[85]梁啟超還認為，近人「敘事文太少，有價值的殆覺無」，「議論文或解釋文中雖有不少佳作，但題目太窄，太專門，不甚適合中學生的頭腦」，「大抵刺激性太劇，不是中學校布帛菽粟的營養資料」。而胡適在〈中學國文的教授〉一文曾極力推薦梁啟超的作品，「第一年專讀近人的文章。例如梁任公、康長素、嚴幾道、章行嚴、章太炎等人的散文，都可選讀」，而梁啟超似乎一點也不「領情」，還略帶諷刺地「鼓勵」新文學創作，「希望十年以後白話作品可以充中學教材的漸多，今日恐怕還不到成熟的時候」。單從語文教育的角度看，梁啟超的見解不無道理，但他僅從學生學習角度來看問

84 衛士生、束世澂：〈〈中學以上作文教學法〉序言一〉，收入梁任公講演，衛士生等筆記：《中等以上作文教學法》（上海市：中華書局，1925年）。

85 梁啟超：〈中學國文教材不宜採用小說〉，相關研究見陳平原：〈八十年前的中學國文教育之爭：關於新發現的梁啟超文稿〉，《中華讀書報》，2002年8月7日，下同。

題。而當年胡適言論背後的文化目的並不是教育本身，而是想儘快將古今白話小說放入中學教材，其還有製造「新經典」的目的，哪裡還能等上「十年」？更關鍵的是，這時民間、官方的位置已經悄然發生了變化，通過胡適、錢玄同、黎錦熙的四處宣講（而且演講的地點多是國語講習所和大學等直接傳播新觀念的地方），胡適關於中小學國文教學的觀點儼然已成為代表政府的「主流」觀點。自然，梁啟超未及發表的見解也引不起多少注意了。

關於中學國文的改革，在新文化陣營內部也出現了若干牴牾。一九二四年章士釗即將就任教育總長前，國語運動者就感到「國語方面在政府方面的中流砥柱也怕靠不住了」，而且黎錦熙很明確地意識到，「其實章先生所痛心疾首乃是指『斥桐城為謬種，罵選學為妖孽，而自命為文學正宗』的白話文，此外如注音字母之類，乃等諸『自鄶以下』」[86]——大有同文學革命運動「劃清界限」之意。但是，自從一九一八年「文學革命」和「國語運動」兩大運動合流後，事實上已經很難分開。為了防止章士釗在「剿滅」白話文學時「殃及」國語運動，於是他們在《國語週刊》上撰文，試圖把兩個運動區別開，「國語的宗旨，一面是謀全國語言的統一，非教育部定一個標準出來不可；一面是謀文字教育的普及，非教育部容許作淺顯的白話文，並將注音字母幫助他們識字不可。總而言之，這都是小學教育和通俗教育的事，只以小孩子和平民為範圍」[87]。分析這段話很有意思，作者盡量想把國語運動和白話文學分開，而且把白話文限定在小孩子和平民，這實際上又回到了兩大運動合流前，於是新文化陣營中的「左派」很是責怪黎錦熙，認為這是向章士釗妥協的「城下之盟」。但黎

86 黎錦熙：《國語運動史綱》（上海市：商務印書館，1934年），頁131-132。
87 黎錦熙：《國語運動史綱》（上海市：商務印書館，1934年），頁133-134。

錦熙有他自己的理由——他要通過將兩大運動區別開，來保護得之不易的國語運動的成果。於是，裂痕開始出現，在中華教育改進社年會草擬改革方案期間，胡適竭力要將國語教育（實際上是白話文教育）推進到中學，並且反對黎錦熙提出的「國民學校初年級應以注音字母代漢字」的議案，兩人「辯論甚烈，幾乎傷了感情」[88]。

在語文教育界內部也有很多爭執。當葉聖陶把語體文的閱讀寫進〈綱要〉、並按文白比例編出《初中國語課本》後，教育家孟憲承就反對初中閱讀白話文學作品，「我則以為在初中裡，除文典上要講通語法文法，示例應當並重；與補充讀物，當然語文並行外，其文學讀本教材，應當以純粹的中國文言文學為主體，語體文不必選，翻譯文更不必選」，他認為文藝界儘管可以倡導白話文學，但「決沒有因為文藝界盛唱一種思潮，便令全國十二歲至十四歲的學生，不能盡量享受固有的粹美的文學遺產之理」[89]。可見，當一九一八年兩大運動合流，並通過制度層面的運作取得一系列成果時，實際上是以相似的目標掩蓋了各自的差異，而當政治環境起了變化（依靠政治取得的成功又最容易受政治影響），雙方的分歧就會暴露出來。胡適的「文學的國語，國語的文學」雖然給國語運動指了唯一正確的路——國語標準只能在其中產生。但是，國語運動者仍然只想把國語限定在教育工具層面，而新文學運動者則試圖提到文學革命層面甚至思想革命層面，而這樣卻會招致更大的反對力量。兩者的分歧還在於，文學革命多少應該是自發的，民間立場的，緩步前行的，而國語運動必須依靠官方力量，是統一的，整體推進的。而文學革命處在和前清完全不同的媒體社會中，必須要爭取青年的支持，而其中最迅捷的方式就是通過教

88 胡適：〈1922年7月5日日記〉，《胡適全集》（合肥市：安徽教育出版社，2003年），卷29。

89 孟憲承：〈初中國文教材平議〉，《教育與人生》1924年第28期。

育系統，而教育系統又是代表主流意識形態，相對是比較保守（或言「慎重」）的部門，新文學必須同教育部門緊密結合，才可能順利推展，這對新文學運動者是一個兩難選擇。自然，上述所有的變革都可以理解為新文化運動影響下的結果，但其中細微的、偶然的因素卻不能不詳加辨析，由此也可以返觀，沒有哪一個運動是只通過呼籲和提倡，不通過制度層面的複雜運作就可以成功的。

第四節　兒童文學化：二、三〇年代小學語文教材的主流

現代兒童文學的誕生同語文教育的改革密不可分，而語文教育對兒童文學觀念的傳佈和創作亦有很大的作用——一九二〇年教育部訓令初小「國文科」改「國語科」，同年周作人在孔德學校的演講提出了「兒童的文學」的概念，一九二二年鄭振鐸創刊《兒童世界》，趙景深和周作人在《晨報副刊》上討論「童話」的問題，一九二三年商務印書館出版了第一種《兒童文學概論》（魏壽鏞、周侯予合著），在冰心的倡議下，《晨報副刊》創辦「兒童世界」欄目。從一九二〇年到一九二三年，兒童文學成為「最時髦、最新鮮，興高采烈，提倡鼓吹」的新生事物，「教師教，教兒童文學；兒童讀，讀兒童文學」[90]。於是，一場轟轟烈烈的「兒童文學運動」（朱自清語）就此展開了。

關於這場「兒童文學運動」，兒童文學界已多有著述[91]。但我以為有一點需要注意，當年新文化諸君對兒童文學的關注，多是從兒童教育和兒童語文教育上立論的。一九一九年杜威來華巡迴講學後，「兒童本位論」思想逐漸在教育界形成共識，一九一九年十月，全國教育

90 魏壽鏞、周侯予：《兒童文學概論》（上海市：商務印書館，1923年），頁1。
91 參見王泉根：《現代兒童文學的先驅》（上海市：上海文藝出版社，1987年）。

會聯合大會甚至以決議案的方式提出，「以前教育只研究應如何教人，不知研究人應如何教。今後之教育應覺悟人應如何教，所謂兒童本位教育是也」[92]。此後，在教育界興起了以「尚自然，展個性」和「自動主義」為主要原則的教育方法論，從兒童心理上認定，「兒童不是『小人』，兒童的心理與成人的心理不同樣，兒童的時期不僅作為成人之預備，亦具他的本身的價值，我們應當尊重兒童的人格，愛護他的爛漫天真」[93]。在教學方法上，以兒童本位為基礎的啟發式教學、設計教學法、道爾頓制的實驗不斷湧現。事實上，兒童文學的伸展發皇很大程度上是由於上述教育思想和教育方法推廣、應用到文學領域的結果，兩相結合形成了「兒童文學的本位觀」，「兒童文學是兒童的——便是以兒童為本位，兒童所喜愛看所能看的文學」[94]。從當年的兒童文學研究看，很多論述都是從兒童教育切入的：

> 現在講兒童教育的，大都知道供給兒童的材料，應當是拿兒童做本位的了；……據我想來：人生在小學的時期內，他的內部生命，對於現世，都有沒什麼重要的要求，只有兒童的文學，是這時期內最不可缺的精神上的食糧。因為，我以為真正的兒童教育，應當首先著重這兒童文學。[95]
>
> ——嚴既澄，一九二一年

92 〈第五屆全國教育會聯合大會有關決議案——請廢止教育宗旨宣佈教育本義案〉，《中國近代教育史資料彙編——普通教育》（上海市：上海教育出版社，1995年），頁503。

93 陳鶴琴：〈兒童心理及教育兒童之方法〉，《新教育》第3卷第2期（1921年）。

94 鄭振鐸：〈兒童文學的教授法〉，《時事公報》，1922年8月10-12日，引自王泉根評選：《中國現代兒童文學文論選》（南寧市：廣西人民出版社，1989年）。

95 嚴既澄：〈兒童文學在兒童教育上的價值〉，引自王泉根評選：《中國現代兒童文學文論選》（南寧市：廣西人民出版社，1989年），頁63。

> 其實，教兒童不比成人，不必顧及實用不實用，不要給得他越多認為越好。新教育發明家法人盧梭有幾句話說：「教兒童，不要節省時間，要糟蹋時間。」你們看！種蘿蔔的，越把蘿蔔拔長起來，越是不行；應使他慢慢地長大，才是正當的法子。兒童也是如此；任他去看那童話，神話，故事，講那「一隻貓和一隻狗說話」，過了一個時候，他們自會領悟的，思想自會改變自會進步的。——這不是我個人的私意，是一般教育家的公論。[96]
>
> ——胡適，一九二一年

> 根據兒童自己需要的文學，便拿來做教材，所謂「因勢利導」；和杜威博士所說「教育之職，在發見兒童興趣而利導之」的一句話完全相合。施行之後，因為兒童自己需要，便可以使他「自動就教」，不再「被動受教」，一方面引入他到「美」的一條路上，使他的人生成「美術化」。[97]
>
> ——魏壽鏞、周侯予，一九二三年

可以看出，關於兒童文學的很多理論，都是從兒童教育領域引來話語資源。但是，教育家眼中的兒童文學同文學家眼中的兒童文學又是不一致的：教育家多是從兒童文學的功用立論；而文學家討論得更多的則是「兒童文學的本質」——鄭振鐸即使在面對小學教師演講時，也不忘記單闢一節來講解「兒童文學的特質」，說明兒童文學和

---

96 胡適：〈國語運動與文學〉，引自姜義華主編：《胡適學術文集．語言文字研究》（北京市：中華書局，1993年）。

97 魏壽鏞、周侯予：〈兒童有沒有文學的需要〉，引自王泉根評選：《中國現代兒童文學文論選》（南寧市：廣西人民出版社，1989年），頁81。

普通文學的區別[98]。就是文學家之間，看待兒童文學的角度也頗不相同：葉聖陶的呼籲滿懷社會責任感，是「為最可寶愛的後來者著想，為將來的世界著想，趕緊創作適於兒童的文藝品」[99]。郭沫若在〈兒童文學之管見〉中首先也說，「兒童文學的提倡對於我國社會和國民，最是起死回春的特效藥，不獨職司兒童教育者所當注意，舉凡一切文化運動家都應當別具隻眼以相看待。今天的兒童便為明天的國民」，在觀點上似乎和葉聖陶很接近，但往後的論述就和其「泛神論」思想相結合，而具有某種「童心崇拜」的性質了，「純真的兒童文學家必同時是純真的詩人，而詩人則不必人人能為兒童文學。故就創作方面言，必熟悉兒童心理或赤子之心未失的人，如化身而為嬰兒自由地表現其情感與想像」。[100]這些細微差異，在當時齊心協力發起「兒童文學運動」時，並未被大家認識到（大家同在「兒童本位論」的影響下），也未能形成觀點上的交鋒——蓋凡一種運動，始終是要「求同存異」或「以同遮異」方能形成。但是，不同的兒童文學觀卻形成了教材中的兒童文學和創作類兒童文學的差別。

教材中的兒童文學是通過教育制度的調整，不斷增加分量、調整內容的。在一九二〇年教育部訓令初小「國文科」改為「國語科」前，商務印書館就事先得到了消息，於一九一九年八月搶先出版了八冊《新體國語教科書》。不過，這套教材除了編輯了〈放羊歌〉、〈時辰鐘歌〉等兒歌尚可算是兒童文學作品外，其他的只能算是白話語言材料，如第三冊第一課〈讀書〉，「哥哥問弟弟道：『你要讀書麼？』

98 鄭振鐸：〈兒童文學的教授法〉，參見王泉根評選：《中國現代兒童文學文論選》（南寧市：廣西人民出版社，1989年），頁213-214。

99 葉聖陶：〈文藝談〉（七），發表於《晨報副刊》，1921年3月12日。參見王泉根評選：《中國現代兒童文學文論選》（南寧市：廣西人民出版社，1989年）。

100 郭沫若：〈兒童文學之管見〉，參見王泉根評選：《中國現代兒童文學文論選》（南寧市：廣西人民出版社，1989年），頁206。

弟弟答道：『我很要讀書。』哥哥道：『很好，讀書是一件最要緊的事。』」眼見商務用白話教材搶佔市場，中華書局當然也不願坐等，於是迅速在一九二〇年六月推出了《新教育教科書國語讀本》，「這本書，先教注音字母，後教最淺的語體文」。而且在內容方面聲稱，「都是就七歲兒童的心理，選擇支配所用材料」[101]。在一、二兩冊教完注音符號和簡單的詞句練習後，第三冊開始出現了一些兒歌，如第四課〈螢火蟲歌〉：「螢火蟲，螢火蟲，飛到西，飛到東，好像許多小燈籠。燈籠小，燈光好，小朋友，你們不要飛遠了，陪著我們乘涼好不好？」隨著年級的升高，一些沿用至今的語體文章如〈文彥博〉、〈船稱象〉（即〈曹沖稱象〉）也開始出現在第四冊。從課文中可以看出，內容雖然仍舊是以介紹國家社會、歷史地理、日常物件等實用性內容居多，但可以看出編者力圖用更有趣的方式來表述，如第五冊的三十六、三十七課〈煤炭談話〉：

> 市上有一家煤炭行。某日，炭從外面進來拜會煤，煤連忙招待，互相談話。煤問炭道：「先生的歷史和能力，可以說給我聽聽嗎？」炭道：「可以的。我本是木質，後來被火燒焦，變成黑種。我能夠驅除寒氣，蒸發水汽，煮熟食物，人叫我做炭，又叫木炭。煤先生，你的歷史和能力，也願意告訴我嗎？」
> 煤道：「能有什麼不願意的呢？」
> 煤道：「我先前也是木質，就是上古時代的森林。偶然因地面變動，陷進土中，經過長久的時期，也變成黑種。我的能力，也和你一樣；並且比你還要猛烈些，蒸汽機簡直少不得我。人

---

101 〈編輯大意〉，《新教育教科書國語讀本》（上海市：中華書局，1920年）。

> 叫我做煤，又叫石炭。我們同質同種，能力也相同；名稱也相像；實在是一家弟兄！」
> 炭道：「我在大火裡，燒一兩日就成了。你卻要經過多年，才能變成，是你的年紀大得多，應該做我的老哥哥。」
> 煤道：「不敢當，不敢當。」
> 說罷，他們相對鞠躬，炭便告辭去了。

課文主要目的仍是教授國語，傳授知識，不過擬人手法的運用倒也有些童話色彩。再如第六冊用〈銀元說話〉來講述金融知識，用〈胃和身體的關係〉來講述生理知識，採用的都是童話的方式，從「鳥言獸語」擴展到其他器物。在韻文方面，這套教材沒有選用一首古詩（也反映出編者對古典文學的態度），卻有幾首相當不錯的兒童詩，如第八冊的〈微光〉，讀來頗有幾分類似於胡適《嘗試集》中新詩的純樸味道：

> 天怎麼還不曉？／我卻披衣起床了。／推開窗子望著天上，／月亮已經去休息了，／太陽卻沒我起得早。／可愛的幾點殘星，／掛在空中，微微的照耀，／我說；好朋友，／你們的靈光雖小，／你們此刻可算是唯一的神了！／可愛的幾點殘星，／只是微微的照耀，／好像是對我發愁，／又好像是望著我笑。

翻閱早期的小學國語教材，課文大都同國語教育結合在一起，需要承載注音符號和識字的學習任務，很難說是成熟的兒童文學。這也提示我們思考，判斷是白話文還是白話文學，其中的分水嶺就是看課文是否具有「文學性」。喬納森·卡勒的關於文學的見解有助於我們理解這個問題，他認為，「文學是一種可以引起某種關注的言語行動，或者叫文本的活動。它與某種其他種類的言語行動不同，比如與告知資訊、與提出問題或者做出承諾的言語行為都不同」[102]。白話文大抵只能算告知資訊的語言，只反映口頭語言的狀況，同具有精妙構思的文學創作相差甚遠。這絲毫不奇怪，雖然小學改「國語科」成功，但教育家關注的更多是口頭語言的統一，只是語言上更淺近一些，文學教育並沒有特意提出；而文學家則認為枯燥的白話引不起孩子的興趣，就是教注音符號和識字，也應當融合到文學教育中進行，胡適曾批評早期的國語教科書說：

> 現在有些小學國語教科書說：「一隻手，兩隻手；左手，右手。」教員認真地教，對於低能兒可以行得，因為他們資質笨了，還得用這種笨教法。可是文字和說話一天接近一天了，教一般兒童，這種方法，千萬使不得了！將來諸位去教兒童，第一要引起那兒童們的「文學的興趣」！[103]

基於對兒童文學重要性的認識，當胡適在蘇州第一師範學校附小看到教員們編就的教材很「注意兒童文學」時，便欣然答應為其作序[104]。葉聖陶也認為，教師在進行國語教育時要找到「適當的教材」，而「所謂適當的教材，無非是兒童所曾接觸的事物，然則將兒童所曾接觸的事物，盡行記錄或說明，就可算是最好的教材麼？那也

102 （美）喬納森·卡勒著，李平譯：《當代學術入門：文學理論》（瀋陽市：遼寧教育出版社，1998年），頁28。

103 胡適：〈國語運動與文學〉，引自姜義華主編：《胡適學術文集·語言文字研究》（北京市：中華書局，1993年）。

104 參見胡適：〈1921年7月30日日記〉，收入《胡適全集》（合肥市：安徽教育出版社，2003年），卷29。

未必。因為兒童的生活，差不多浸漬於感情之中；冷靜的理解，旁觀的述說，在兒童殊覺無味。要使兒童感覺無味，就不是最好的材料。所以國文教材普遍的標準，當為兒童所曾接觸的事物，而表達的方法，又能引起兒童的感情的。換一句話說，就是具有文學趣味的。……文學趣味本是兒童的夙好呢，教師當然要教他們以富有文學趣味的教材了。」[105]

在文學界的呼籲與鼓勵下，教科書中的兒童文學作品逐漸增多。一九二二年六月，商務印書館出版了高小用《新法國語教科書》，這套教材不僅將國語教育推廣到高小，而且大大加強了課文的文學性，編輯大意中強調，「二、本書以動人感情、發人想像、供人欣賞作主目的；所以實質形式兩方面，都取有文學的興趣作標準。三、本書選材注重兒童生活的、心理的、積極的、想像的四大要點；可以發揮兒童的想像力判斷力，以達人生的正鵠。」隨著兒童年齡的增加，課文在「兒童文學化」的表達上更加多樣，如第一冊第二課〈三隻小蝴蝶〉：

> 有三隻小蝴蝶：一隻白的，一隻黃的，一隻紅的。他們親兄弟三個，歡歡喜喜的在花園中飛舞。
> 忽然大雨來了，把他們的翅膀弄濕。兄弟三個不得飛回家去，就站在一枝紅黃相間的鬱金香下，說道：「朋友呀！你可以放開你的花瓣，讓我們躲躲雨麼？」
> 鬱金香道：「紅的黃的請進來罷！你們的顏色和我一樣；白的可是不能。」紅的黃的同聲說道：「謝謝你！如若我們的白兄

105　葉聖陶：〈小學國文教授的諸問題〉，收入《葉聖陶集》（南京市：江蘇教育出版社，1992年），卷13。

> 弟不能進來，我們情願陪他立在雨中。」
> 雨愈下愈大，可憐的蝴蝶們愈加潮濕了。他們於是飛到一枝白的百合花上，說道：「好的百合花呀！你可以稍稍放開你的花瓣，讓我們躲一下麼？」
> 百合花道：「白的請進來罷！你的顏色和我一樣；可是紅的、黃的只好仍舊在雨中等一下了。」
> 白蝴蝶道：「如若你不歡迎我的紅兄弟和黃兄弟，我情願陪他們立在雨中；我們寧可潮濕，不願分離的。」三隻小蝴蝶於是又飛到別處去了。
> 太陽在雲後面，聽見他們兄弟這樣的有義氣，便把面孔從雲中鑽了出來，頓時把雨收住，曬乾了三隻小蝴蝶的翅膀，使他們得著和暖。這時候小兄弟三個止了悲痛，仍舊歡歡喜喜的在花叢中飛舞。等到黃昏將近，就飛回到家中去了。

本套教材除了編者自己編寫課文外，還有意識地選用了現代文學作家的作品，如陳衡哲的〈鳥〉，沈尹默的〈你何必叫咩咩〉，其中陳衡哲的〈鳥〉在風格上已經很不同於前兩年教材中簡單的「比擬自述體」了：

> 狂風急雨，打得我好苦！打翻了我的破巢，淋濕了我美麗的毛羽。我撲折了翅膀，睜破了眼珠，也找不到一個棲身的場所。
> 窗裡一隻籠鳥，倚靠著金漆的欄杆，側著眼只是對我看。我不知道他是憂愁，還是喜歡？
> 明天一早，風雨停了，和煦的陽光，照著那鮮嫩的綠草。我和我的同心朋友，只只的隨意飛去。忽見那籠裡的同胞，正撲著雙翼在那裡昏昏的飛繞；要想撞破那雕籠，好出來重做一個自

由的飛鳥。

他見了我們，忽然止了飛，對著我不住的悲啼。他好像是說：「我若出了牢籠，不管他天西地東；也不管他惡雨狂風；我定要飛他一個海闊天空。直飛到筋疲力竭，水盡山窮；我便請那狂風，把我的羽毛肌骨，一絲絲的都吹散在自由的空氣中。」

最後幾句話出自陳衡哲的新詩〈鳥〉，表達的是自由的精神和理念，比單純用「比擬自述」來講解知識要高明得多。這套教科書在市場上反應良好，僅九個月後的一九二三年三月，第一冊已印了十一版！（民國教科書一版通常為五千冊）。受到了市場的鼓勵，商務印書館在一九二二年十二月乾脆又以《兒童文學讀本》為名出版了一套教材，由身兼兒童教育家、兒童文學家的沈百英主編。這套教材選材的範圍更為豐富，「我花了半年時間，專在圖書館內搜尋資料，加上過去在蘇州創作的低幼讀物，特別是一些兒歌、韻文、反覆故事、科學童話等等，再請編譯所添購了一些外文兒童讀物，材料搜到不少」[106]，創作和改編的兒歌也更多地借用民間童話的手法，不僅結構上回環往復，內容也接近周作人所謂的「無意思之意思」，如第三冊第一課〈獨角牛〉：

教育部審定批詞

新法國語教科書

New Method Series
Chinese Spoken Language Readers
For Lower Primary Schools　For Three Terms
Commercial Press, Limited
All rights reserved

發行者
印刷所
總發行所
分售處
此書有著作權翻印必究

圖六　《新法國語教科書》書影

106 沈百英：〈我與商務印書館〉，《商務印書館九十年》（北京市：商務印書館，1987年），頁289。

> 兩隻老牛，在草地上打架。一隻老牛，不見了一隻角。老牛出去找他的角。老牛看見兔兒。老牛問兔兒說：「你拾我的角嗎？」兔兒說：「我有長耳朵，不要你的角。」老牛看見野豬。老牛問野豬說：「你拾我的角嗎？」野豬說：「我有尖牙齒，不要你的角。」老牛看見猴子。老牛問猴子：「你拾我的角嗎？」猴子說：「我有長腳爪，不要你的角。」老牛看見象。老牛問象說：「你拾我的角嗎？」象說：「我有長鼻子，不要你的角。」老牛找不到角，只好回來了。老牛哭著說：「我只好做獨角牛了！我只好做獨角牛了！」

一九二二年十月，北洋政府進行學制改革，並在一九二三年初公佈了由吳研因擬訂的〈小學國語課程綱要〉，將閱讀「兒童文學」的要求列入其中，在初小階段能閱讀「語體的兒童文學等書八冊」，在高小階段能「讀兒童文學書累計十二冊以上」，「能用字典看與《兒童世界》和《小朋友》程度相當生字不超過百分之十的語體文」。這一舉措從制度層面使兒童文學在教材中「合法化」，也反擊了社會上日漸上升的對兒童文學的非議。於是，「『兒童文學』這一股潮流，自周作人等提倡以來，在民十一新學制公佈時達到最高點」[107]。

書局的競爭促進了兒童文學作品在教材中的呈現方式和篇幅，各書局又相繼推出與新學制配套的語文教材，加強了教材「兒童文學化」的程度，特別是商務印書館的《新學制國語教科書》，一九二三年六月出版後，當月即再版三十次。這套書幾乎全採用「兒歌、童話、寓言、民謠、寓言之類做材料」，而且得到了教育部的首肯。教材的第一冊第一課是「狗 大狗 小狗」，第二課是「大狗叫，小狗

107 黎錦熙：〈國語運動史綱〉（上）（上海市：商務印書館，1934年），頁121。

跳，大狗小狗叫一叫，跳兩跳」，被保守派大罵為「貓狗教育」「賊夫人之子」。還有人以商務的教材作縱向比較，清末《最新國文教科書》第一冊第一課是「天地日月」，民初《共和國國文教科書》第一冊第一課是「人手足刀尺」，而現在變成了「大狗小狗」，諷刺說這是「從天到人」又「從人到狗」的變化，意思是說教材品位越來越低，但如果反向看這種變化，卻是「兒童文學化」的程度越來越高。從全套教材的兒童文學作品看，寫作者更加自信，對這一文體特徵的把握更加到位。下面是初小第五冊的一個文體統計：

課數	課名	體裁
1	紅的紅	兒童詩
2	採木料	笑話
3	捉亮光	笑話
4	太陽光光	童謠
5	什麼東西可以裝滿房間？	益智故事
6	猴子拾豌豆	童話
7	蝸牛	童話
8	兩個洞	寓言
9	笑	兒童故事
10	互相爭論	科學小品
11	互相幫助	科學小品
12	蛇頭和蛇尾的分離	寓言
13	變叫化子	寓言
14	查人心	兒童劇
15	馬怎麼會給人騎	童話
16	天也寬	兒童詩
17	一群恐慌的野獸（一）	童話

課數	課　　名	體　裁
18	一群恐慌的野獸（二）	童話
19	駱駝和豬	寓言
20	兔和狗	寓言
21	鹿嚇老虎（一）	童話
22	鹿嚇老虎（二）	童話
23	月亮高高	兒童詩
24	影子也利害的獅子	童話
25	小兔救小驢（一）	童話
26	小兔救小驢（二）	童話
27	怎樣哄我站起來	益智故事
28	張得庸給李士明的信——還錶	應用文
29	李士明覆張得庸的信	應用文
30	我的世界	兒童詩
31	客來	兒童故事
32	公雞蛋	益智故事
33	野鴨帶烏龜搬家	童話
34	誰叫你開口的？	童話
35	做好事的善人	故事
36	金籃子	兒童劇
37	朱姓人家	兒歌
38	狡猾的狐狸	童話
39	百靈鳥	童話
40	世界上最聰明的鳥	童話
41	知更雀的窠	童話
42	知更鳥的歌	詩歌
43	好運氣	故事

課數	課　　名	體　裁
44	留心不要走近他	童話
45	好狡滑的東西	童話
46	大風浪的駐蟲	寓言
47	風不吹	兒童詩
48	微光	童話
49	我的床	兒童詩
50	時辰鐘為什麼不睡覺	笑話

兒童文學在教材中占如此大的比例是否合適，還需要從教育學、心理學角度加以論證分析。不過，通過教育制度的改革，促進了教材中兒童文學的發展，「兒童文學化」已經逐漸成為小學語文教材的主流。小學教材的「兒童文學化」，也引來了兒童文學界和小學教育界關於的「鳥言獸語」的爭論。這場爭論已有多位學者分析[108]，但如果我們結合當年教材來看，可以發現尚仲衣提到的某些「消極標準」在當時的教材中的確存在。最終，這場爭論是「新派」人物取得了勝利，其意義在於：一是鞏固了童話作品在教材中的位置，另外也促進了童話的創作，教材中的作品更多地從民間童話轉為作家創作的童話。

三〇年代是國民黨統治逐漸鞏固的時期，也是各種矛盾迅速積累的時期。伴隨著經濟發展帶來的教育大發展[109]，包括國語教學在內的各科教學也逐漸進入正規化。一九三二年十一月，教育部在經過三年

108 相關爭論文章參見王泉根評選：《中國現代兒童文學文論選》（南寧市：廣西人民出版社，1989年），頁242-289；研究文章參見吳其南：《中國童話史》（杭州市：江蘇少年兒童出版社，1992年）、方衛平：《中國兒童文學理論批評史》（杭州市：江蘇少年兒童出版社，1993年）。

109 據統計，一九二七年至一九三七年間，工業產值平均每年增長率為百分之八點四，參見中國文化建設協會編：《十年來的中國》（上海市：商務印書館，1938年），上冊。

的試用後，頒佈了由吳研因、趙欲仁等人擬訂的〈小學國語課程標準〉，在「目標」第三點即提出「欣賞相當的兒童文學，以擴充想像，啟發思想，涵養感情，並增長閱讀兒童文學的興趣」，對教材課文的編選，課程標準又提出，「依據增長兒童閱讀趣味的原則，盡量使教材富有藝術興趣。其條件如下：（一）事實連接一貫而不蕪雜；（二）趣味深切雋永而不淺薄；（三）敘述曲折生動而不枯窘呆板；（四）措辭真實懇切而不浮泛遊移；（五）描寫和事實應『一致的和諧』而不扞格不相稱；（六）支配奇特（如鳥與叫相配搭，便是平凡，鳥與唱歌或說話相配搭，並覺奇特），而使兒童不易直接推知；（七）結構嚴密圓滿而不疏散奇零。」[110]這一點比較有趣的是，課程標準對教材中兒童文學作品的寫法做出了細緻要求，這是經過二〇年代摸索後的經驗總結。這些要求能使兒童文學的創作風格更加健朗，也能使編寫者更能把握兒童文學的特徵。

一九三二年的課程標準後來又經過了幾次修訂，但總的來說變化不大。課程標準的規定「固定」了教材內容，使兒童文學化仍是抗戰前小學國語教材的主流，而且有的課文是非常地道的兒童文學作品，例如中華書局一九三二年出版的《小學國語讀本》第四冊第八課〈秋蟲〉：

> 今天晚上，月兒圓又亮，各種秋蟲，在草地上開音樂會，丁令令，丁令令，金鐘兒的聲音好像搖鈴。札札札札，叫哥哥的聲音好像拍板。唧唧瞿，唧唧瞿，蟋蟀的聲音好像打鼓又打鑼。最後，紡織娘出場了，他的歌聲一陣高，一陣低，一陣緩，一陣急，很像勞動的女工，在深夜紡紗織布。
>
> 他們真高興，真熱鬧，一直鬧到天亮才散會。

110 黎錦熙編：《新著國語教學法》（上海市：商務印書館，1933年），頁266-279。

課文語言優美純正，有童話想像，又充滿牧歌情調。可以看出，三〇年代教材中的兒童文學作品比二〇年代更為成熟——這其中又以葉聖陶獨力編寫的《開明小學國語課本》藝術水準最高。一九二三年十一月，葉聖陶將童話集《稻草人》結集出版後，接編《小說月報》，創作〈倪煥之〉，編寫初中語文教材，幾乎沒有再寫過兒童文學作品。因此，在兒童文學史中，三〇年代很少提到葉聖陶。不過，葉聖陶認為自己編寫的這套教材也是兒童文學的創作，他說：

> 在兒童文學方面，我還做過一件比較大的工作。在一九三二年，我花了整整一年時間，編寫了一部《開明小學國語課本》，初小八冊，高小四冊，一共十二冊，四百來篇課文。這四百來篇課文，形式和內容都很龐雜，大約有一半可以說是創作，……小學生既是兒童，他們的語文課本必得是兒童文學，才能引起他們的興趣，使他們樂於閱讀，從而發展他們多方面的智慧。當時我編寫這一部國語課本，就是這樣想的。[111]

葉聖陶在教材的「編輯要旨」裡強調，「本書盡量容納兒童文學及日常生活中上需要的各種文體；詞、句、語調力求與兒童切近，同時又和標準語相吻合，適於兒童誦讀或吟誦」。這一點並不特出，在三〇年代許多小學國語教材都聲稱要「以兒童文學為中心」。但在藝術表現上，《開明小學國語課本》要比同期其他教材高明一些。例如，同是表達處於列強壓迫之下的愛國情緒，世界書局的《新主義教科書前期小學國語讀本》第六冊第一課這樣表達：

111 葉聖陶：〈我和兒童文學〉（代前言），《葉聖陶和兒童文學》（上海市：少年兒童出版社，1990年）。

同志們，努力走上前去罷，曙光就在前面啊！
用我們的氣力，去開拓平等國。
用我們的腦漿，去栽培博愛芽。
用我們的心血，去灌溉自由花。去去去！
莫退縮，莫害怕，努力走上前去啊！
……

《復興國語教科書》第四冊第二十六課這樣表達：

熱血滔滔，像江裡的浪，像海裡的濤，常在我的心頭翻攪。只因為，恥辱未雪，憤恨難消。四萬萬的同胞啊！我們要灑熱血去除強暴。
熱血溶溶，像火焰般烈，像朝日般紅，常在我的心頭洶湧；一心想，復興民族，為國盡忠！四萬萬同胞啊！我們要灑熱血去爭光榮。

文字多是口號式的急呼，而在《開明小學國語課本》中，作者卻將筆鋒蕩開，用更為形象、更為迂迴的筆法來表現，更能引起兒童的閱讀興趣。下面是第七冊第一課〈長江〉：

我們來到吳淞口的岸灘，
看長江滔滔滾滾向海裡流。
中華的大動脈，亞洲第一大水，
啊，我們今朝站在你的邊頭！

滔滔滾滾的江水呀，

你的路程比黃河還長。
你經過許多高山和大城，
你訪問過洞庭和鄱陽。

你幫助勞苦的農人，
灌溉了南北兩岸的農田，
也幫助全國的大眾，
流通了貨品萬萬千千。

但是，你那裡有這些商船軍艦，
來來往往掛著外國的旗！
大動脈裡怎能容留著病菌，
啊，我們得趕快著力地醫！

教育家在編寫兒童文學作品時，容易出現的問題有兩個：第一，把握不準兒童的年齡段，編出的課文常在兒童認知水準之下，從而使課文顯得太「甜」太「膩」，如同梁啟超曾說的，「近時教科書之深淺，種類之選擇，課程之分配，僅是為中材以下之標準；稍聰穎者則雖倍之不為多，此在編者教者或不欲過兒童之腦力，然失之過寬，亦實有不宜之處」[112]。例如中華書局的《小學國語讀本》第二冊第十課有一首「搖籃曲」，「太陽公公回家去，月亮婆婆出來了。／睡罷睡罷，我的好寶寶。／雞也睡了，鴿子也睡了。／老鼠出來跑，貓頭鷹出來叫。／睡罷睡罷，我的好寶寶。／媽媽拍拍，媽媽抱抱，／合上

112 梁啟超：〈中國教育之前途與教育家之自覺〉，引自舒新城：《中國近代教育史資料》（北京市：人民教育出版社，1961年），下冊。

眼睛，合上眼睛睡罷，好的好寶寶。」這些課文雖然溫馨可愛，但讓七、八歲的孩子來讀卻不一定有興趣；第二，喜歡把「意義」夾在童話故事中，徒有「兒童化」的形式，周作人批評這樣的作品是「把兒童故事當作法句譬喻看待」[113]。如世界書局的《新主義教科書前期小學國語讀本》第四冊第八課〈外侮來了〉：「大小兩隻青蛙，在草地上打架。／大的不肯息，小的不肯罷。／一條大蛇游過來，不覺笑哈哈。／大蛙抬頭一瞧，忙向小蛙下警告。／他說：『外侮來了，我們努力抵抗強暴。』／他們停了戰爭，齊向大蛇咬。／大蛇受了痛苦，忙向草裡逃。」或許是葉聖陶對這兩個問題有所意識，或許是作家的藝術功底使然，《開明小學國語課本》對以上兩個問題的處理，比其他教材都要好。編者從初小第一冊就開始用單元組織法，將較長的文章分成幾課連綴成篇。例如，第二冊第八至十課：

> 小白兔在家裡，聽得外面敲門。他問：「誰敲門？」
>
> 外面的說：「家住樹林裡，身穿羽毛衣，來去像飛機，今天來看你。你猜我是誰？」
>
> 小白兔說：「你是小鳥。請進來吧。」
>
> 小鳥進來了，外面又敲門。小白兔問：「誰敲門？」
>
> 外面的說：「家住河水裡，身穿游水衣，來去像小船，今天來看你。你猜我是誰？」
>
> 小白兔說：「你是小魚。請進來吧。」
>
> 小魚進來了，外面又敲門。小白兔問：「誰敲門？」
>
> 外面說：「家住葉叢裡，身穿竹節衣，來去像火車，今天來看

113 周作人：〈兒童的書〉，《周作人自編文集：兒童文學小論》（石家莊市：河北教育出版社，2002年），頁57。

你。你猜我是誰？」

小白兔說：「你是青蟲。請進來吧。」

《開明小學國語課本》中也有不少政治色彩較濃的課文，但作者覺得處理不好時，決不往故事裡硬塞「教訓」，他把目光放遠一些，用充滿童真的故事來表現更為本質性的兒童「教育觀念」，下面這篇課文〈來得太早了〉內核是兒童關於時間的概念，既準確把握了兒童心態，又很有些「兒童哲學」的意味：

上午，母親對三個孩子說：「下午三點鐘，音樂會開會，帶你們聽去。」

三個孩子都高興，恨不得立刻是下午三點鐘。吃過午飯，他們偷偷地撥動了鐘上的針，對母親說：「現在兩點三刻了，我們去吧。」

他們走到音樂會場，一個聽客也不見。

母親說：「來得太早了。我們出來的時候，的確是兩點三刻。鐘為什麼快起來了！」

三個孩子坐在會場裡，恨不得立刻聽到音樂。過了一會，一個孩子輕輕說：「原來沒有用。」

母親問：「你說什麼？」

孩子說：「我們想早一點聽到音樂，把鐘上的針撥動了。現在知道沒有用的。」

母親說：「看鐘要看準的，才有用。你們把鐘撥動，想早一點聽到音樂，只能騙騙自己罷了。」

這套教材展示了作為兒童文學作家和語文教育家的葉聖陶，在兒童文學創作時表現出來的優秀素質。難怪新中國建設學會的《復興月刊》曾評論這套課本「形式內容俱足稱後起之秀，材料活潑雋趣，字裡行間，流露天真氣氛，頗合兒童脾胃。材料亦多不落窠臼，恰到好處」[114]。或許正是這樣逐步成熟起來的兒童文學作品，讓社會對兒童文學作品進入教材充滿了信心，在一九三一年發生「鳥言獸語」的論爭後，教育部曾擬了「小學教科書是否需要兒童文學」的問題，交給各省市小學教育界調查研究，結果，「小學教育界仍舊全國一致地主張國語課程，應當把兒童文學做中心」[115]。

比較二、三〇年代教材中的兒童文學作品，可以發現其風格和創作類的兒童文學作品不同。單行本或雜誌中的兒童文學作品，經歷了一個從「純美」向「批判」過渡的過程。例如，二〇年代葉聖陶創作兒童文學時，最初是想表現「一個美麗的童話的人生，一個兒童的天真的國土」[116]，〈小白船〉、〈燕子〉、〈一粒種子〉等就是在此創作理念下的作品；但隨後作者開始將目光投向現實社會，思想發生了變化，「在成人的灰色雲霧裡，想重現兒童的天真，寫兒童的超越一切的心理。幾乎是個不可能的企圖！」因此，「他的著作情調不自覺地改變了方向」[117]，〈大喉嚨〉、〈瞎子和聾子〉、〈稻草人〉完全呈現出另一種風格。葉聖陶這種創作方向的轉變，在二、三〇年代的兒童文學創作中並非特例，郭沫若的〈一隻手〉、趙景深的〈紅腫的手〉、鄭振鐸的〈少年印刷工〉、巴金的〈長生塔〉都是直接用兒童文學的形

114 參見商金林編：《葉聖陶年譜》（南京市：江蘇教育出版社，1986年），頁151。

115 吳研因：〈清末以來我國小學教科書概觀〉，原載《中華教育界》第23卷第11期，引自王泉根評選：《中國現代兒童文論選》（南寧市：廣西人民出版社，1989年）。

116 葉聖陶：〈文藝談〉（七），原載1921年《晨報副刊》，引自王泉根評選：《中國現代兒童文論選》（南寧市：廣西人民出版社，1989年）。

117 鄭振鐸：〈稻草人序〉，引自王泉根評選：《中國現代兒童文論選》（南寧市：廣西人民出版社，1989年）。

式來表現或影射現實，這通常被認為是中國兒童文學的現實主義道路。但教材中的兒童文學作品卻是另外一種風格，多為純美純真的作品，和創作類的兒童文學似乎是兩條平行線，偶有交叉點也是像葉聖陶的〈一粒種子〉、〈古代英雄的石像〉離現實生活較遠的作品——這當然是因為國語教材必然主流意識形態的控制，要反映意識形態的「正確」，因此，批判主流意識形態、揭示社會黑暗的作品不可能選入教材，而只能存在於「課外」。於是，周作人當年提倡的具有「兒童本位」特點的作品，在小學國語教材中更容易看到，教育界受周作人的兒童文學觀影響更大。中華書局的《小學國語讀本教學法》中這樣寫到，兒童「常把自然界的一切，與自己混為一體，相信貓狗能夠說話，草木能夠行動，這因為兒童的精神生活，本與原人相似，他們的思想，常含有野蠻荒唐的因素，所以兒童的日常生活，最喜歡聽人講述故事，尤其對於光怪陸離的故事，最能迎合幼年兒童的口味」[118]，這幾乎就是引用周作人《兒童的文學》中的原話。在課文的選材中，很多也是既不承載道德訓誡，又不負責觀念灌輸的兒童文學作品，大量都是搜集的傳統兒歌和改變的國外童話。這些分析並不表示筆者的價值判斷，覺得教材中的兒童文學作品更好——的確，二、三〇年代的兒童文學作家，在聽從「童心」召喚的同時，還必須聽從「現實」的召喚。但是，如果把教材中的兒童文學作品放到整個兒童文學史中去分析的話，我們或許能得出更完整的結論。

118 中華書局的新課程標準適用《小學國語讀本教學法》（上海市：中華書局，1933年）初級第一冊卷首的〈小學國語讀本教學法總說明〉的第三部分。

第三章
語文教育與現代文學「經典」的建構

通過制度層面的成功運作，新文學作品開始進入語文教學。語文教學則開始了這一領域的「知識生產」，「經典化」選入教材的新文學作品。而選入哪些作品？為什麼選這些作品？編選者（出版者）背後的文化理念是什麼？教學中如何闡釋這些作品？通過教育「塑形」，又使學生形成了什麼樣的文學觀念？這樣的文學觀念本身有沒有可質疑之處？這些問題都需要進一步探討。

第一節　白話文教材：現代文學的進入與傳播

從課程綱要到課程標準，為現代文學作品進入中學國語教材鋪平了道路。而實際上，商務印書館在一九二〇年就出版了洪北平編的《白話文範》，這是現代文學作品第一次進入中學語文教材，比教育部的規定還要早幾年。這說明民國時期的出版社不僅受行政意志的支配——民國時期的教材採用的是審定制，按教育部的有關法令審查通過後才准予發行；同時也受產業意志的支配——各書局之間的激烈競爭，也是現代文學進入教材的重要原因。因此，從競爭角度考察現代文學在教材中的呈現過程，是一條有效的途徑。

教科書是民國時期各大書局的主要市場，其中尤以商務印書館和中華書局為甚。因此，各種競爭手段也主要在這一領域展開。激烈的

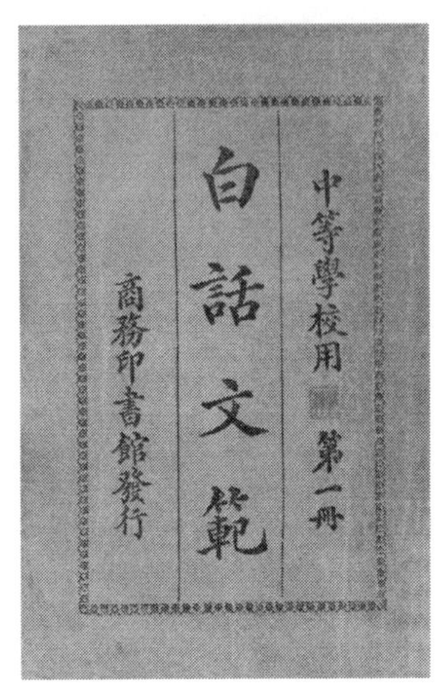

圖七　《白話文範》書影

競爭態勢要求各出版商一方面要對政治文化敏感，一方面要對市場走向敏感。出版社有時要順政治而動，以避免被政府取締；有時卻要逆政治而動，以博得市場的歡迎。這一點在商務和中華兩大書局上表現得更為明顯。

一九一一年武昌起義後，清政府已奄奄一息，當時商務印書館的出版部長、年僅二十六歲的陸費逵敏感地預料到革命必定成功，教科書也將做相應地變革。於是，他向商務印書館總經理張元濟提出了修訂《最新教科書》的計劃，但張元濟卻不相信革命黨人會取得政權，拒絕了陸費逵的請求。陸費逵於是自籌資金，暗中與戴克敦、沈朵山、陳協恭（均為商務員工）等私下編訂適合中華民國政體的教科書。一九一二年一月一日在中華民國宣佈成立的同日，中華書局也宣佈成立，並出版了「符合共和宗旨」的《中華新教科書》，一下佔去了很多商務印書館的市場。從張元濟的記載也可以看出當時競爭的激烈程度，「本日約印（錫璋）、夏（粹芳）、高（夢旦）、俞志賢諸人到編譯所，議定新編教科書廉價發售，照定價永遠對折」。[1]《鄭孝胥日記》一九一二年九月十八日記錄「至印書館，商教科書減價事」，十一月十一日又記有「夜，赴張菊生之約，商議初高等小學教科書擴充銷路事，將以敵中華書局」。[2]

1　張元濟：《張元濟日記》（北京市：商務印書館，1981年），上冊，頁5。

2　中國歷史博物館編，勞祖德整理：《鄭孝胥日記》（北京市：中華書局，1993年），冊3，頁1433、1435。

吃過虧的商務印書館在新文化運動來臨時，不會再固守政治原則。一九一八至一九一九年，《新青年》和商務的《東方雜誌》發生關於東西方文化的論戰[3]，北大學生羅家倫在〈今日之雜誌界〉中對商務的雜誌逐一點名批評後，商務的決策層面臨著新文化的極大壓力。為了避免有落後於時代之嫌，他們調換了《東方雜誌》、《教育雜誌》、《婦女雜誌》的主編，茅盾就是在此時參與了《小說月報》的編輯工作，「身兼《小說月報》、《婦女雜誌》主編的王蓴農忽然找我，說是《小說月報》明年起將用三分之一的篇幅提倡新文學，擬名為『小說新潮』欄，請我主持這一欄目的實際編輯事務」[4]。一九二〇年五月，商務印書館率先推出了《白話文範》，以表明同新文化陣營的和解之意。第一冊第一課即是李大釗的〈新紀元〉、第二冊第一課是蔡元培的〈洪水與猛獸〉，選文充滿了象徵意味。整本書多選入胡適、蔡元培、錢玄同、梁啟超等人的時論文字，編排比較雜亂，「但總算是第一部純採用語體文，全用新式標點符號並提行分段的中學教科書」[5]。從教材內容可以看出，編選者深受胡適白話文理論的影響，除了上述諸君的文章和翻譯文學外，《朱熹語錄》、《木蘭詩》、《菜根譚》、《儒林外史》的片段也得以入選，此外幾乎沒有現代文學作品選入，編選者也承認，「現在選白話文，取材很不容易」[6]。在當時新舊兩派爭論還十分激烈的情況，作為行業「老大」的商務印書館能出版此教材，一方面是表明了一種文化態度，另一方面當然也獲利

3　詳細情況參見陳獨秀：〈質問《東方雜誌》記者——《東方雜誌》與復辟問題〉，《新青年》第5卷第3號（1918年9月）；杜亞泉：〈答《新青年》雜誌記者之質問〉，《東方雜誌》第15卷第12號（1918年12月）；陳獨秀：〈再質問《東方雜誌》記者〉，《新青年》第6卷第2號。

4　參見茅盾：《我走過的道路》（北京市：人民文學出版社，1981年），上冊，頁154。

5　黎錦熙：《國語運動史綱》（上）（上海市：商務印書館，1934年），頁118。

6　洪北平：〈編輯大意〉，《白話文範》（上海市：商務印書館，1920年）。

非淺，這套書只一年就印刷了六次。中華書局也不甘落後，一九二〇年九月緊接著就推出了由朱毓魁編選的《國語文類選》，並分為文學、思潮、婦女、哲理、倫理、社會、教育、法政、經濟、科學十大類，反映了新文化運動對社會各個層面帶來的衝擊。不過選擇的文章也多為學術文和論述文，沒有白話文學，就是在「文學」欄下，選入的也是諸如〈什麼是文學〉（羅家倫）、〈論短篇小說〉（胡適）、〈白話文的價值〉（朱希祖）等文章，沒有一篇新小說和新詩，按學科門類而不是按年級來編排，這種方式顯然也不符合教科書的體例。不過，編者的編選意圖也許並不在提供新式中學教科書，而也是向社會宣佈一種「趨新」的精神：

> 自從《新青年》提倡文學革命以來，出版界大為刷新：《新潮》、《每週評論》、《時事新報》、《建設》、《解放與改造》等，大都變為「國語文」了，這「國語文」的發達和「新思潮」的膨漲，恰好作個止比例。真是國民自覺的表現，群制改善的先聲。
>
> 但是一層：這些新文字，什麼雜誌，什麼日報，東一篇西一篇，要找他一個統系，好不容易。編者斗膽為之，將他來整理一下，「分門別類」，使讀者易於檢閱，名著不至散失；希望是如此希望，不過深恐名不符實罷了。
>
> 大凡思想習慣制度的改造，有兩件事：第一，應當就有的缺陷，擇要攻擊，是屬於「破壞」的；第二，應當從先進國的長處，採擇而行，是屬於「建設」的。本書所輯文學不外以上兩個宗旨。[7]

7　朱毓魁：〈例言〉，《國語文類選》（上海市：中華書局，1920年）。

一九二〇年十月，商務的總經理張元濟更是離滬抵京，與新文化人士彌合裂隙、建立關係。而此時北京的新文學也是處於上升勢頭，新文學群體也在緊鑼密鼓地籌辦，他們對國內商務印書館這一「要緊的教育機關」（胡適語）寄予厚望。據一九二〇年十月二十三日《張元濟日記》所記：

> 昨日有鄭振鐸、耿匡（號濟之）兩人來訪，不知為何許人。適外出未遇。今晨鄭君又來，見之。知為福建長樂人，住西石槽六號，在鐵路管理學校肄業。詢知耿君在外交部學習，為上海人。言前日有蔣百里介紹，願出文學雜誌，集合同人，供給材料。擬援北京大學月刊藝學雜誌例，要求本館發行，條件總可商量。余以夢旦附入小說月報之意告之。謂百里已提過，彼輩不贊成。或兩月一冊亦可。余允候歸滬商議。[8]

估計此事後來沒有結果，因為那時鄭、耿二人都名氣甚小。一九二一年五月，鄭振鐸自己也到商務印書館工作並主編了一系列雜誌。張元濟還多次邀請胡適入主商務，並以編譯所所長相任。當時商務的編譯所所長高夢旦甚至在一九二一年四月親自北上，邀請胡適到商務就職，並告訴胡適：「我們那邊缺少一個眼睛，我們盼望你來做我們的眼睛。」此時在北大做教授的胡適因為新舊兩個陣營的論戰，輿論壓力很大，頗有退隱之意，而且他也承認，「得著一個商務印書館，比得著什麼學校更重要」。[9]一九二一年七月，胡適借著放暑假之機，南下商務印書館考察，參加了商務印書館的各種討論，並為擬訂了改

8　張元濟：《張元濟日記》（北京市：商務印書館，1981年），下冊，頁773。

9　胡適：〈1921年4月27日日記〉，《胡適全集》（合肥市：安徽教育出版社，2003年），卷29，頁218。

革建議。胡適對商務的教科書顯然是不滿意的，「翻看他們的中學教科書，實在有許多太壞的」[10]。這一段經歷，詳細地記載在《胡適的日記》中，已有論者提及，但我以為有一條日記並沒有引起重視，一九二一年七月十八日胡適在日記裡寫到：「夢旦問我，若我不能來，誰能任此。我一時實想不出來，他問劉伯明如何，我說決不可。」劉伯明即是劉經庶，留美學生，其思想偏於保守，他曾和梅光迪辦《學衡》雜誌與新文學陣營抗衡。胡適當然對劉伯明的文化態度有了解，因此才會抑劉伯明挺王雲五，從而保證了商務以後能操持在新派人物手中——雖然那時王雲五在學界毫無名氣，商務上下「竟不曾聽見過這個名字」。胡適還參加了商務印書館的教科書討論，胡適在日記中記載了這次討論的經歷：

> 今日討論的是中學教科書問題。他們因為教育部審定的五年之期將滿，大起恐慌，故要趕緊做出許多「新」的書來代他們。……
> 我對於《中學國文讀本》的編制，略有一個計劃：「依時代為綱領，倒推上去；以學術文與藝術文（包括韻文）為內容大概。」[11]

商務印書館一九二三年出版的《新學制國語教科書》（第一冊由周予同、范祥善編輯，第二冊到第六冊由葉聖陶、范祥善、顧頡剛編輯，校訂者為胡適、王雲五、朱經農），這套書一方面遵守新學制

10 胡適：〈1921年7月27日日記〉，《胡適全集》（合肥市：安徽教育出版社，2003年），卷29，頁387。
11 胡適：〈1921年7月20日日記〉，《胡適全集》（合肥市：安徽教育出版社，2003年），卷29，頁372。

〈國語課程綱要〉中文白課文的比例，另一方面「本書所列各文，務以輕淺有趣、兼有文學性質的為主，高深的學術文概不加入」，在文言作品的選擇上則深受胡適的影響，「第一、二冊以當代名人及明清為主，第三、四冊以唐宋及六朝為主，第五、六冊以漢魏及周朝為主」[12]。這使得教材的文學性大大加強，鄭振鐸的〈我是少年〉、俞平伯的〈夜月〉、汪敬熙的〈雪夜〉、冰心的〈笑〉、郭沫若的〈雨後〉、葉聖陶的〈阿菊〉等早期的新文學作品開始出現在教材中。一九二四年八月中華書局也出版了新中學《初級國語讀本》（編者為沈星一、校訂者為黎錦熙和沈頤），選文全部採用現代文學作品，「國語文的內容，至最近十年間始漸漸地改善充實，所以本部所採各文，除從舊說部採錄一部分以外，概是今人的作品」[13]，可見編者對現代文學的創作充滿自信，而一年前商務的《新學制國語教科書》還說，「現在出版物中適切於初中學生誦讀的語體文不多，故本書前數冊，除選輯相當的課文外，由編者撰著若干篇」[14]，由此可見不是缺少作品，而是缺少「發現的眼睛」。沈星一的原則是：「本書選材，注重下列二要點：（一）內容務求適切於現實的人生。（二）文章務求富有藝術的價值。」[15]的確，沈星一對新文學的視野要開闊一些，文學思想更「新」一些，魯迅的〈孔已己〉、〈故鄉〉；葉聖陶的〈江濱〉、〈隔膜〉；周作人的〈自己的園地〉、〈山居雜詩〉；冰心的〈去國〉、〈超人〉；朱自清的〈匆匆〉；郭沫若的〈天上的市街〉等文章都是商務版教科書不曾有的，有的文章甚至從此成為教材的「固定篇目」。

一九二四年，白話作品開始進入高中語文教材，該年商務出版了

---

12 〈編輯大意〉，《新學制國語教科書》（上海市：商務印書館，1923年）。

13 〈編輯大意〉，《新中學國語讀本》（上海市：中華書局，1924年）。

14 〈編輯大意〉，《新學制國語教科書》（上海市：商務印書館，1923年）。

15 〈編輯大意〉，《新中學國語讀本》（上海市：中華書局，1924年）。

《新學制高中國語讀本》（吳遁生、鄭次川選編，王雲五、朱經農審訂），這套教材分為《古白話文選》和《近人白話文選》兩本，從編輯理念上講實際是胡適《白話文學史》的直接「翻版」，《古白話文選》分為「書信類」、「語錄類」、「詩歌類」、「詞類」、「曲類」、「小說類」，皆從《白話文學史》中「借」出源頭，如「詩歌類」作品就從《詩經》開端，「小說類」就從《紅樓夢》、《儒林外史》、《水滸傳》中節選；《近人白話文選》分為「評論類」、「演講類」、「序傳類」、「記述類」、「書信類」、「小說類」、「短劇類」、「詩歌類」，可見「四分法」的現代文體觀念已經開始形成。如果說《古白話文選》中的選文還略顯「陳舊」的話，中華書局在一九二五年出版的《高級國語讀本》（穆濟波選編，戴克敦、張相審訂）則全部選用今人的白話文，「本書材料，均從現代語體文學中選錄，大抵皆屬習見篇章，取為有組織的排列；凡古書中之類似語體文字（如舊小說及宋明語錄，唐人白話詩等），不便羼入，自亂體例」[16]。這套為「道爾頓制」實驗而出版的教材，配有很詳細的「教材支配表」，以方便學生獨立學習，從本表的文體類別看，大體分為「文藝文」、「論著文」、「告語文」、「說明文」四類，多從《中國青年》、《學生雜誌》、《小說月報》等雜誌中選材，以政治、經濟的時文為主，文學的篇幅很小。但在選材時間上卻是非常的新，葉聖陶為「五卅慘案」而寫的新詩〈五月三十日〉、茅盾的短文〈五月三十日的下午〉離出版時間均只有三個月。這些都可以從側面窺見教材競爭的激烈，但這還是國民政府成立前的情況，在「民國十五、六年的政治大革命以後，各家書店爭著編纂時髦的教科書，競爭太激烈了，各家書店都沒有細心考究的時間，所以編纂審查都更潦草了；甚至於把日報上的黨國要人的演說筆記都用作教科書

---

16 〈編輯大意〉，《高級國語讀本》（上海市：商務印書館，1925年）。

的材料！」[17]

從上面的分析可以看出，求新求異是出版界的共同追求。上述教材大都比教育部的各項改革訓令要快，而且內容也沒有完全遵照「綱要」或者「標準」的規定（但均能通過審查，箇中原因全在各書局邀約的「審訂者」身上，如胡適、黎錦熙、朱經農等人既是各書局的教材審訂者，又是當時教材審查機構的成員，大有「運動員」和「裁判員」一身兼任的嫌疑）。黎錦熙曾言，「出版界是真能得風氣之先的」[18]，實際上更大原因是出於各書局的競爭。正是競爭帶來的「趨新」思維，為新文學進入中學教材留下了空間，佔據的篇幅也越來越大。因此，有人曾分析說，當「文化界正為『白話文與文言文誰優誰劣』爭辯得不可開交之時，張元濟和商務印書館悄悄地刊行了大量的白話文課本，一個簡單的行動就給爭論劃上了句號[19]。」李歐梵在簡單分析了商務的教科書後，也認為「它雖然不和政府法令相牴觸，但可能已超越了指定課程」，於是，商務在各種文化中均「扮演了主角——在政府政策的意識形態侷限外，提供了另一幅現代性景觀」[20]。

對上述教材的分析，很容易讓我們形成錯覺，認為新文學在當時的教材中佔據了很重要的位置，白話教材也已經成為了當年的主流教材。實際上，白話教材的增多並不完全反映當時的市場狀況，更不能表明教學已經轉為白話文教學。因為直到一九二五年，陸費逵還說教

17 胡適：〈所謂「中小學文言運動」1934年〉，收入姜義華主編：《胡適學術文集·新文學運動》（北京市：中華書局，1993年），頁224。

18 黎錦熙：《國語運動史綱》（上）（上海市：商務印書館，1934年），頁117。

19 王國偉：〈張元濟——出版人的驕傲〉，《商務印書館一百年》（北京市：商務印書館，1998年），頁300。

20 李歐梵著，毛尖譯：《上海摩登——一種新都市文化在中國1930-1945》（北京市：北京大學出版社，2001年），頁63。

科書「至今猶以『共和』及『新式』為巨擘」[21]，從印刷版次上分析，同一時期內白話教材也比文言教材少。商務的《共和國教科書新國文》出版於一九一二年，中華的《新式教科書》出版於一九一七年，兩者都以文言文為主體。出版商為了獲得最大的利潤，在「趨新」的同時還必須「守舊」，當年教育部強令小學一律用語體文編輯時，「學校多不願遵行」，因此，已經出版了語體文教材的商務印書館，又同時出版一套文言文教材《新撰教科書》，滿足社會上的需要，結果「用者頗多」[22]。這套書直到後來教育部再次申令，禁止出版文言文教材後才停印。不過，這並不能抹殺白話教科書出現的意義，各書局在推銷教材的同時，也推行著現代文學作品、以及現代文學的各種思想觀念——胡適的〈文學改良芻議〉、〈建設的文學革命論〉、周作人的〈人的文學〉、〈平民的文學〉等文章經常出現在教材中。

白話教材是擴大現代文學影響的重要途徑。單從閱讀數量上說，教材中的現代文學作品要大得多。當年的新文學期刊在市場上迅速的汰換，恰好說明了大眾對新文學的反應平平。就是茅盾主持的《小說月報》在改版之初，也是銷量平平[23]。直到一九三五年葉聖陶還說，「要知道，我國是一本文學書賣到二、三千冊本已經算是銷數很好的國家，一種文學雜誌有一、二萬份的銷數，簡直可以封王了」[24]，因

---

21 陸費逵：〈與舒新城論中國教科書史書〉，《陸費逵教育論著選》（北京市：人民教育出版社，2000年），頁353。

22 莊俞：〈談談我館編輯教科書的變遷〉，《商務印書館九十年》（北京市：商務印書館，1987年），頁65。

23 最近有研究者指出，茅盾後來回憶改版之後的《小說月報》，「第一期印了五千冊，馬上銷完，各處分館來電要求下期多發，於是第二期印了七千冊，到第一卷末期，已印一萬冊。」這實在是「想像」的結果，實際上改版後的《小說月報》銷量不升反降，參見段從學〈《小說月報》改版旁證〉（未刊行稿）。

24 葉聖陶：〈答願意獻身於文學的青年〉，《葉聖陶集》（南京市：江蘇教育出版社，1990年），卷9，頁116。

此他對於自己寫的小說，「對於社會會有什麼影響，我是不甚相信的。出一本集子，看的人也是作小說的人以及預備作小說的人，說得寬一點，總之是群眾中間最少最少的一群」[25]，「我以為文藝創作產生得少不足憾惜，因為閱讀文藝創作只是一萬左右的人的事（新書銷數到一萬冊算是暢銷了），而我國人口號稱四萬萬呢」[26]。而相比之下，教材的銷量則要大得多——即使在當年還不是主流的白話教材，如沈星一的《初級中學國語讀本》第一冊，一九二四年八月初版，到一九三二年已經再版十六次。規模較小的民智書局在一九二二年出版了《初級中學國語文讀本》，到一九二六年已經再版八次，一九二四年世界書局出版的秦同培的《中學國語文讀本》當年即再版三次，而民國時期教材再版印數一般為五千冊。日本學者藤井省三在探尋魯迅〈故鄉〉的讀者量時也發現，雖說《吶喊》的單行本截止一九三七年已再版了二十四次，「總印數將遠遠超過十萬冊，這在當時可以說是空前的暢銷書」[27]，但當〈故鄉〉被作為課文被學生閱讀時，「通過教科書閱讀〈故鄉〉的讀者從一九二三年至一九三七年的十五年間累計起來大約超過了一百萬。這個數量遠遠高於通過單行本《吶喊》閱讀〈故鄉〉的讀者數量」[28]。更關鍵的是，教材的閱讀具有強制閱讀的性質，其對讀者的印象也要比其他閱讀方式要深刻得多。茅盾也承認，新文學在創作之初還不大為人了解，接受者是十分有限的，「文

---

25 葉聖陶：〈隨便說說我的寫小說〉，《葉聖陶集》（南京市：江蘇教育出版社，1990年），卷9，頁249。

26 葉聖陶：〈創作不振之原因及其出路——答《北斗》雜誌問〉，《葉聖陶集》（南京市：江蘇教育出版社，1990年），卷9，頁114。

27 藤井省三著，董炳月譯：《魯迅〈故鄉〉閱讀史》（北京市：新世界出版社，2002年），頁32。

28 藤井省三著，董炳月譯：《魯迅〈故鄉〉閱讀史》（北京市：新世界出版社，2002年），頁54。

學研究會成立還不大到半年，知道的人不多」[29]。就是在被認為是新文學爭取對象的青年身上，形勢也不容樂觀，許多學生的閱讀空間仍是被通俗小說佔據[30]，在一些地方還遭到反對[31]。後世所謂新文學甫一出現，便「熱烈響應，廣受歡迎」之類，多是「勝利者」後來的想像性敘述，這種說法實際上也掩蓋了歷史的豐富性與複雜性。但是，當新文學作品進入教材後，其地位得到了很大的提升，更多的學生將以更認真的方式來接受新文學。

現代文學在教育中的傳播還有一條重要途徑，即具有新知識的大學生分散各地，在中學教學中積極傳播新文學作品和新文學知識。朱自清一九二〇年從北大哲學系畢業後，就輾轉於杭州一師、江蘇省立第八中學、中國公學中學部、臺州六師、寧波浙江省立第四中學等學校任教。在杭州一師，「他非常看重課堂教學，渴望把自己所學的新知識傾囊傳授給學生」，並直接指導了由汪靜之、馮雪峰、潘漠華等人組成的「晨光文學社」的詩歌創作；在浙江省立第四中學，「他自編教材，將魯迅的〈阿Q正傳〉、〈風波〉等編入國文課本，詳加解析，頗受學生歡迎」[32]；在溫州第十中學，他「擎了新文藝的火炬到溫州，使那裡的新文學運動，頓放光芒。當地刊物、日報、副刊上的文學作品驟增，這顯然是受他的影響」[33]，學生回憶他從事教學時，

---

29 茅盾：《我走過的道路》（上）（北京市：人民文學出版社，1981年），頁202。

30 陳廣沅在〈交通大學上海學校學生生活〉一文記錄，讀流行小說是當時學生的首選娛樂方式，「差不多一種《禮拜六》在校內就有二百餘本」，參見《學生雜誌》9卷7號「學生生活研究號」（1922年7月）。

31 南京高等師範學校的學生，更是出版一冊反對新詩的《詩學研究專號》，在《文學旬刊》上引發一場與鄭振鐸、葉聖陶等人的大討論。

32 姜建：《大地足印——朱自清傳記》（南京市：江蘇教育出版社，1993年），頁40、83。

33 朱維之：〈佩弦先生在溫州〉，轉引自陳孝全：《朱自清的藝術世界》（福州市：福建教育出版社，1995年），頁226。

「一上來，就鼓勵我們多作白話文」[34]。詩人公木也曾回憶他在上學時的三位曹老師，老曹老師是清末貢生，「民元後唸過天津師範」，主講國文，「他教文言，也不反對白話，只是對於《白話文範》裡的文章，有時從『語言學』的角度挑毛病，要求的很嚴格」；大曹老師是前幾年從省裡師範學校畢業的，「善書法，喜歡講授古文：〈出師表〉、〈陳情表〉、〈祭十二郎文〉，拉長聲調唸得很動感情」；而「小曹老師就不同了，他剛從保定育德中學畢業，帶一些《白話文範》、《白話書信》、《獨秀文存》、《胡適文存》一類書物給大家看，有時也選作課文來講，最受歡迎」[35]。年輕老師知識結構的變化，帶來了語文教學內容的變化，這其實是反映了新文學作品已經進入了語文教學的傳播中。大學生有時甚至成為了一個省新文學傳播的先聲，例如，有學者注意到現代文學傳入雲南的過程：

> 不少人談及魯迅對雲南有較大的影響，說：「五四時代，陳小航在省立中學當教員，課外向學生介紹魯迅的《吶喊》等作品」（楊靜珊）；「楊瑞庵，他愛魯迅，油印魯迅的東西發給大家，當作講義」（馬子華）。這些回憶是可信的。[36]

這些回家鄉從事教育工作的大學生，對現代文學在當地學生心中扎下根，貢獻頗大。有的還通過自編教材來擴大影響：

---

34 陳天倫：〈敬悼朱自清師〉，轉引自陳孝全：《朱自清的藝術世界》（福州市：福建教育出版社，1995年），頁227。

35 公木：〈我的童年〉，《庭花舊影憶童年》（北京市：中國和平出版社，2002年），頁124。

36 蒙樹宏：〈魯迅札記三則〉，《中國現代文學研究叢刊》1992年第2期。

> 魯迅對雲南有較大的影響，始自一九二五年。這一年，在昆明，不但劉嘉鎔編纂的《中等模範文選》(三) 中，選入了魯迅的小說〈故鄉〉，而且從該年出版的《雲南省立第一中學校刊》也可以看出，不少文章論及魯迅或明顯地受魯迅的影響。[37]

文中提到的劉嘉鎔也是北京大學的畢業生。可見，當時這樣的傳播方式有效而深廣，它甚至能改變一個地方的閱讀風尚，培養出一個相應的閱讀群。學生通過新文學作品的閱讀，獲得了新的「文化身分」，如同布爾迪厄所認為的那樣，獲得某種文學能力，是被允許進入某一文化圈的資本。而教材作為新文學的範本，已經成為獲得新的文學能力的必讀書籍。

第二節　政治立場・教育理念・文學視點：現代文學作品的選文分析——以葉聖陶編輯的中學語文教材為討論中心

在現代文學興起之時，教科書中的現代文學作品往往是學生形成「現代文學觀念」的主要材料來源。因此，選擇哪些現代文學作品進入教材至關重要。這些作品從進入教材被傳播，再到被閱讀的過程，實際上是一個從「今典」到「經典」的建構過程。

中學語文教學中，「經典化」的方式和大學有所不同。大學教育中「經典化」現代文學作品主要有三種方式：第一是通過現代文學史的撰寫。有論者研究，在新文學第二個十年出版的六十七種文學史

37 蒙樹宏：〈魯迅札記三則〉，《中國現代文學研究叢刊》1992年第2期。

中，設專章論及新文學的就有二十八種[38]，現代文學史通過對現代文學作品直接的評判和分析，或按「重要性」分章分節的論述來排列文學成就的高低，這種「經典化」的方式是「文學史的權力」[39]，也是各位文學研究者爭奪的主要領域（如「重寫文學史」的論爭）；第二是大學裡學科的設立，從一九一六年北京大學中國文學系開設「中國文學史要略」一課開始，「現代文學史」作為學科建制也逐漸獨立，成為向學生「講述」現代文學的方式之一；第三是文集的編選，選哪位作家、選他的什麼作品、占多少篇幅，這些都凸現編者自己的文學「標準」。謝六逸在三〇年代為青年學生選編《模範小說選》時，在當時的五百多名作家中，只選了魯迅、茅盾、葉紹均、冰心，郁達夫五人，他在序裡說，「我早已硬起頭皮，準備別的作家來打罵我，……國內的作家無論如何不只這五個，這是千真萬確的事實。不過在我們做的是『匠人』的工作，匠人選擇材料時，必須顧到能不能上得自己的『墨線』。」[40]三〇年代良友圖書印刷公司出版的十卷《中國新文學大系》，更是一次有意識的現代文學的「經典化」過程，它「取捨的一般標準來自於人們關於文學的普遍預設（何謂文學），各卷在將這個標準運用於歷史材料的權威性闡釋的時候進一步加強了這種預設。入選的文學作品被分為四個基本類型：小說、詩歌、戲劇和散文，分類使這些作品在經典化嘗試中再一次得到合法化」[41]。而在中學語文教育中，缺乏大學文學教育中上述的「經典化」手段。因

38 溫儒敏：〈從學科史考察早期幾種獨立形態的新文學史〉，《中國文化研究》2003年第1期。

39 參見戴燕：《文學史的權力》（北京市：北京大學出版社，2002年）。

40 盧潤祥：〈謝六逸佚話〉，《商務印書館一百年》（北京市：商務印書館，1998年），頁103。

41 劉禾著，宋偉傑譯：《跨語際實踐——文學、民族文化與被譯介的現代性》（北京市：三聯書店，2002年），頁323-324。

此，中學生對新文學的認知主要來自於課文，那麼，作為課文的新文學作品形成了一種「隱性結構」，向學生暗示著「正確」的文學觀念，並以此形成關於好、壞文學的價值判斷。而新文學作品被選入教材後，自身又取得了權威性和規範性的地位，它成為教學中教師講解和學生摹寫的對象，並在反復的閱讀中逐漸成為「經典」。

從一九二〇年新文學作品進入中學教材開始，到一九四九年為止，幾乎所有的初、高中教材都選入了現代文學作品，它們要嘛是分編獨立成冊，要嘛是和文言文合編在一起。編者來自不同的領域，又具有不同的文化身分，而他們對作品的選擇，往往折射出各位編者的政治態度和文學觀念。分析上百種民國時期中學語文教材是不可能的，但可以以葉聖陶編輯的中學語文教材為例，來分析這一流變過程，因為葉聖陶兼有文學家和語文教育家的身分，教材編輯活動貫穿了二〇年代至四〇年代，而且他的選文風格對後世教材的編寫影響巨大（葉聖陶在一九四九年後曾任人民教育出版社的社長兼總編輯）。葉聖陶一生編寫的教材有二、三十部，但在民國時期有影響的是《新學制初中國語教科書》（與顧頡剛等人合編，商務印書館一九二三年出版）、供初中用的《國文百八課》（與夏丏尊合編，開明書店一九三五年版）、供初中用的《開明新編國文讀本》（與郭紹虞、周予同、覃必陶合編，開明書店一九四三年版），這三種教材有合編的也有分編的，恰好也跨越了現代文學的三個十年。

早期的中學白話教材，如《白話文範》和《國語文類選》選取的多是政論文章和討論文藝思想的文章，如梁啟超、胡適、蔡元培、李大釗等人的文字，談不上「美術文」意義上的新文學作品，偶有「美術文」亦是翻譯的外國文學，如都德的〈最後一課〉、愛羅先珂的〈春天與其力量〉、左拉的〈貓的天堂〉。雖然當時白話文學處於草創期，但並非如同《白話文範》編者之一何仲英說的那樣，「從嚴格上說來，似乎已有的國語文，難以取材，唯有靜待將來創造」[42]。而由葉聖陶、顧頡剛編撰的《新學制初中國語教科書》選入了一些小說或新詩，「至於高深的學術文，以非初中學生能力所勝，概不加入」[43]。以下是《新學制初中國語教科書》第一冊到第六冊現代文學作品的目錄：[44]

冊數	課數	文章	體裁	作者
一	30	威權	新詩	胡適
一	31	我是少年	散文	鄭振鐸
一	38	在柏林	小說	劉延陵
一	39	希望	小說	謝寅
一	48	伊和他	小說	葉紹鈞
一	49	天亮了	童話	洪白蘋
一	50	西窗望晚	散文	佚名
二	15	夜月	新詩	俞平伯
二	16	雪夜	小說	汪敬熙
二	18	日本的新村	散文	周作人
二	19	訪日本新村記	散文	周作人
二	27	寒曉的琴歌	小說	葉紹均
二	34	深秋永定門城上晚景	新詩	傅斯年
二	43	水手	新詩	劉延陵
二	44	鴨的喜劇	小說	周樹人
三	9	笑	散文	冰心
三	12	一個鄉民的死	散文	周作人

42 何仲英：〈國語文底教材與小說〉，《教育雜誌》第12卷第11號。

43 葉聖陶、顧頡剛主編：〈編輯大意〉，《新學制初中國語教科書》（上海市：商務印書館，1923年）。

44 本文對選文的分析取用，以嚴格意義上的現代文學作品為主，因此古白話作品、翻譯作品和議論性的學術文章均不在本文分析的範圍之內。

三	13	賣汽水的人	散文	周作人
三	22	阿菊	小說	葉紹均
四	40	祖母的心	小說	葉紹均
五	4	故鄉	小說	周樹人
六	8	南高嶺看日出	新詩	胡適
六	9	泰山日出	散文	徐志摩
六	42	野心	童話	嚴既澄

全套教材共二百六十篇課文，白話文有九十五篇，占百分之三十六點五；文言文有一百六十五篇，占百分之六十三點五。如果除開翻譯文學作品和古白話作品，文藝性的現代文學作品就更少，只有二十四篇。作為「文學研究會」發起人葉聖陶，顯然對當時的白話文學創作比較熟悉，因此，他在《新學制初中國語教科書》中擬定的選文標準是，「以具有真見解、真感情及真藝術者，不違反現代精神者為限，不規於前人成例」，而且「本書於各篇作者均附撰略述，列入注文，俾讀者略明白時代、環境與文學之關係」[45]。這和〈文學研究會宣言〉中所述「將文藝當作高興時的遊戲或失意時的消遣的時候，現在已經過去了。我們相信文學是一種工作，而且又是於人生很切要的一種工作」，在精神實質上是相同的。

一九二三年是葉聖陶在文學和教育兩個領域忙碌的一年，一九二二年和劉延陵、朱自清、俞平伯合辦《詩》月刊後，一九二三年五月又和王伯祥、周予同、沈雁冰、顧頡剛等十二人創辦了《文學旬刊》，加強了這一文學圈子的緊密性。而在這之前，葉聖陶關於文學的見解已經「定型」，一九二一年三月到六月間，他在《晨報副刊》

45 葉聖陶、顧頡剛主編：〈編輯大意〉，《新學制初中國語教科書》（上海市：商務印書館，1923年）。

上連續發表了四十則〈文藝談〉，闡述「為人生」的文學主張，認為「文學是人生的表現和批評」，「真的文藝必兼包人生的和藝術的」，既「切合人生」，又「含有藝術的性質」，「如或偏廢」，就會成為「玩物的作品」或「乾枯無味的記錄」，因此，作者必須「持真誠的態度」，「以濃厚的感情傾注於文藝所欲表現的人生」，「從中國全群人的前途著想」，「點起引路的燈來」，「引導人們走向發展的前途，超過眼前的一切，永遠前進」[46]。一九二二年，葉聖陶又在《民眾文學》中提倡寫「賦以新的靈魂」的「民眾文學」[47]。而「文學研究會」在成立兩年後，也有了初步的創作成績，一九二二年三月葉聖陶的短篇小說集《隔膜》由商務出版，新詩合集《雪朝》也在六月出版，這些都奠定了葉聖陶編輯教材時基本的選文範圍。在教育工作上，葉聖陶一九二二年由朱經農介紹到商務印書館國文部做編輯[48]，參與了「新學制初中國文課程綱要」的擬訂，並同時開始了此套教材的編寫，合作者也是「文學研究會」的同人。這時的葉聖陶有兩種文化身分——作為民間的文學家和作為「體制內」的教育家。那麼，他在為教材選文時，一方面要以自己的文學觀點來選材，選文要表現普通人的「現實的人生」，所以對當時另一大文學社團創造社的作品幾乎沒有選入，以「文學研究會」會員的作品為主，也隱隱反映出當年的「門派之爭」；另一方面，所選的文章又必須要符合意識形態的要求，對於「革命性太強烈」的作品，例如「文學研究會」會員的廬隱的作品則不宜選入[49]。因此寫景的散文在教材中占了較大的篇幅。至於〈威

46 葉聖陶：〈文藝談〉，《葉聖陶集》（南京市：江蘇教育出版社，1990年），卷9。

47 葉聖陶：〈文藝談〉，《葉聖陶集》（南京市：江蘇教育出版社，1990年），卷9。

48 葉聖陶回憶自己是一九二二年進入商務印書館，應是記憶有誤。

49 茅盾曾在《廬隱論》中這樣說：「『五四』時期的女作家能夠注重在革命性的社會題材的，不能不推廬隱是第一人。」參見《文學》第3卷第1號（1934年）。

權〉和〈故鄉〉中呈現的反抗意識和「國民性」思考，「剌取」的物件並非當下的統治者，而且在深層含義上恰好是現代民族國家建構的一部分[50]，作品也具有意識形態的「安全性」。連選兩篇關於日本「新村」運動的文章，也反映了編者對此運動的認同[51]。至於教材在語文教育上的作用，葉聖陶承諾，「一個初中學生，精讀了這些教材，去看平易的古書，總不致茫無所知；去欣賞情味普遍的文學作品，總不致了無所感」[52]。「由了解語體文，進而了解文體文，由淺及深，自成一圓周」的理念是「初中國語課程綱要」的規定，因此，在面對教育家孟憲承批評，認為這套教材「固執著繼續發展語體文技術一語，而以為讀物非多採語體文不可」[53]時，葉聖陶才可以大膽地申辯，「若論文言的分量，則平均每星期得精讀一篇以上，似乎也不嫌稀少了」[54]。

可見，一篇作品進入教材，至少要受政治立場、文學觀念和教育理念三方面的制約。選什麼文章進入教材，看上去是一個教育問題，其中牽涉的因素很多，如文章的篇幅、作品的優劣、教材的體例、學科的要求，但最終卻是意識形態問題，取決於編選者對以上三方面因素甚至更多因素的綜合考慮。教材是從浩繁的知識中擷取出精華部分編成的供學生使用的一種教學材料，它選擇什麼，捨棄什麼，如何組織和呈現等等絕不是一個單純的技術問題，而交叉有複雜的政治、經濟、文化、意識形態等方面的背景。從本質上說，教科書是一種意識

50 參考藤井省三著，董炳月譯：《魯迅〈故鄉〉閱讀史》（北京市：新世界出版社，2002年）。

51 據學者董炳月介紹，葉聖陶在一九二〇年即成為了「新村運動」的會員，參見《中國現代文學研究叢刊》1998年第2期。

52 葉聖陶：〈關於《初中國語教科書》的陳述〉，《葉聖陶教育文集》（北京市：人民教育出版社，1994年），卷4，頁18。

53 孟憲承：〈初中國文教材評議〉，《教育與人生》第28期。

54 葉聖陶：〈關於《初中國語教科書》的陳述〉，參見《葉聖陶教育文集》，卷4，頁18。

形態的抉擇，是社會控制的一種形式，誠如英國學者伊格斯通（Eggleston, J.）所說：「學校和課程被要求成為工業社會中知識合法化和傳遞的基本手段。簡言之，成為確保社會體系穩定發展的社會控制的工具。」而「在一個社會中，什麼被視為知識？什麼不被視為知識？這個問題可以從學校（教室中）的教科書找到答案。因為學校的課程包含了社會認可的知識，及蘊含於這些知識中的合法化的意識形態」[55]。教材中的選文作為知識的一種，也必須符合意識形態的要求，並積極參加主流意識形態的建構。被視為「漢奸作家」的文章是絕不可能選入教材的，例如，抗戰前在各種語文教材中占較大篇幅的周作人的文章，在抗戰中和抗戰後一齊從教材中消失。葉聖陶寫給中學生的《文章例話》，曾把周作人的〈小河〉作為現代文範本來細讀，在抗戰中重印時也換成了〈給修築飛機場的工人〉。

除了政治上「合法」外，教材中的現代文學作品還必須顯示教育上的「合理」，這集中體現在葉聖陶和夏丏尊在一九三五年至一九三八年合編的《國文百八課》教材中。「這是一部側重文章形式的書，所選取的文章雖也顧到內容的純正和性質的變化，但文章的處置全從形式上著眼。」[56]在具體的編寫體例上，則是以關於文章知識的「文話」為綱，「對於文章體制、文句格式、寫作技術、鑑賞方法等，討究不厭詳細」，其目的是為了凸現語文教學的學科特點，「本書編輯旨趣最重要的一點就是想給與國文科以科學性，一掃從來玄妙籠統的觀念」[57]。教材著重於文章形式的探究，在一個「文話」系統下，常常出現現代文和古文、應用文和文藝文「共舞」的局面，例如，在「記

---

55 Eggleston, J. *The sociology of the School Curriculum*. RKP. 1997. p.3.

56 葉聖陶、夏丏尊：〈關於《國文百八課》〉，《葉聖陶語文教育論集》（北京市：教育科學出版社，1980年），頁177。

57 葉聖陶、夏丏尊合編：〈編輯大意〉，《國文百八課》（上海市：開明書店，1935年）。

敘的題材」這一「文話」下，安排的是許地山的〈落花生〉和李漁的〈梧桐〉；在「第三人稱的立腳點」這一「文話」下，安排的是葉紹均的〈古代英雄的石像〉和《史記》中的〈西門豹治鄴〉。這套書中的現代文學作品如下：

冊數	課數	作品	體裁	作者
一	1	差不多先生傳	小說	胡適
一	9	小雨點	童話	陳衡哲
一	16	寄小讀者通訊七	散文	冰心
一	18	三弦	新詩	沈尹默
一	19	一個小農家的暮	新詩	劉半農
一	20	盧參	散文	朱自清
一	24	落花生	散文	落華生
一	30	從孩子得到的啟示	散文	豐子愷
一	34	幾種贈品	散文	葉紹均
二	1	苦雨齋之 周	散文	周作人
二	5	朋友	散文	巴金
二	6	風箏	散文	魯迅
二	11	養蠶	散文	豐子愷
二	14	我所知道的康橋	散文	徐志摩
二	15	古代英雄的石像	童話	葉紹均
二	20	秋夜	散文	魯迅
二	21	五月卅一日急雨中	散文	葉紹均
二	24	背影	散文	朱自清
二	29	畫家	散文	周作人
二	31	黃浦灘	小說（節選《子夜》）	茅盾
二	32	荷塘月色	散文	朱自清
二	33	鄰	散文	茅盾

冊數	課數	作品	體裁	作者
三	1	賣汽水的人	散文	周作人
三	2	孔乙己	小說	魯迅
三	3	赤著的腳	散文	葉紹均
三	7	水手	新詩	劉延陵
三	8	海燕	散文	鄭振鐸
三	17	農家生活的一節	小說	王統照
四	6	廣田示兒記	散文	林語堂
四	7	蘇州夜話	話劇	田漢
四	9	鴨的喜劇	小說	魯迅
四	11	整片的寂寥	新詩	劉大白
四	14	盲樂師	新詩	蔣山青

這套教材原計劃出六本，但由於抗戰的爆發，只出版了四冊。在全四冊一百四十三篇課文中，現代文學作品占了三十三篇，從數量上講不能算多，但是將現代文學作品作為和古文平起平坐的新文體來作結構上的分析，本身就是「經典化」的一種方式。因為在這之前，平民甚至教育界的普遍看法是白話作品不值得講，只讓學生讀讀就行了，寫白話就是口頭怎麼說就怎麼寫（這其實是當年提倡白話文學時留下的「後遺症」），而這套教材卻把現代文學作品放到文章「學」下來加以探討，實際是提升了現代文學的位置，也承接了古代的文章學研究傳統（中國古代沒有「文學」的概念，只有「文章」的概念）。整個三〇年代，語文教育界探索的重點是對語文學科獨立性的認識，一九二九年阮真師生對四種流行教材做了統計整理和分析對比後，發現「屬於職業的價值」的教材，即普通職業上所必須學習的語文知識

和語文技能「各書均無」,「是為大弊」[58],而僅僅是羅列一些文章在上面，究其原因有五:「一、近年教中學國文者多注重文章的內容與思想，而不注重文章的本身與文章的形式。二、因為人生觀與倫理思想的改變，古人的老文章，多被擯諸教材之外。三、因為文學革命，而各種文學的體式，尚在逐漸改造，而未完全確定。四、教國文者多把國學與國文混為一談，國文的地位，往往跟著國學的地位而改變。五、許多附和政治革命與社會革命者，往往利用國文教學，宣傳其主義。」[59]教育家們從教育學角度看白話文教材，似乎頗多責怪。社會上在討論中學生國文程度低落的問題時，也往往把原因歸到「讀物的不良上」,「課本裡沒有多少文言文，又不能選那最精粹的代表作，成績不良是當然的了」[60]。這些看法對葉聖陶關於語文教育的思考不無影響，一方面他要「抵抗」文言文教學的「反撲」，認為「那些決定國文教學大計的校長同專家想使青年拋開現實生活，而去想古人的思想，過古人的生活」的願望,「是無論如何也達不到的。青年生在現代的社會裡，從多方的體驗和實踐，決不能不評現代人的思想，不過現代人的生活。讀幾篇文言，甚至讀幾部古書，只能浪費他們寶貴的精神和時間罷了」；[61]另一方面，他對語文學科性質的定位也更加明晰，認識到語文教材不能只是集攏文章了事，而應該突出語文學科本位的特點，從而形成了他關於國文教學的兩個基本觀念,「第一，國文是語文學科，在教學的時候，內容方面固然不容忽視，而方法方面

58 阮真、陳時文、梁叔文、黎梓材、陳夏奇:〈初中國文教材研究〉,《教育研究》1929年第14、16期。

59 阮真:〈時代思潮與中學國文教學〉,《中華教育界》第22卷第1期（1932年）。

60 葉聖陶:〈國文科之目的〉,《葉聖陶集》（南京市：江蘇教育出版社，1992年），卷13，頁31。

61 葉聖陶:〈歡迎國文教師的意見〉,《葉聖陶集》（南京市：江蘇教育出版社，1990年），卷13，頁51。

尤其應當注重。第二，國文的涵義與文學不同，它比文學寬廣得多，所以教學國文並不等於教學文學」，國文還包括「非文學的文章，就是普通文。這包括書信、宣言、報告書、說明書等應用文，以及平正地寫一件東西載錄一件事情的記敘文，條暢地闡明一個原理發揮一個意見的論說文」，因此教材的選文必須「配那拿來作閱讀的材料與寫作的示例」，「至於經史古文與現代文學的專習，那是大學本國文學系的事情，旁的系就沒有必要，中學當然更沒有必要」[62]。在這樣一個「合理」的教育理念下，編者雖然言明，「本書選文力求各體勻稱，不偏於某一種類、某一作家。內容方面亦務取旨趣純正有益於青年的身心修養的」[63]，選取的現代文學作品卻大都文字樸實切質，思想內斂沉穩，雖然與現實人生貼近，但卻缺少想像力，具有「開明派」的風格（雖然有些作者並不屬於這一派）。風格的統一同時是對風格的限制，對照三〇年代現代文學創作風格的多樣化，就能明白教材提供的是一副殘缺的現代文學「圖景」。雖說中學語文教材並不是現代文學史的系統傳授，但這些風格相似的文章排列在一起，向學生顯示的則是「這是真正的文學」的觀念，因為在「學校的文學教育，學生所接觸的作品與作家，數量乃是有限的，但這些有限的作家（作品）具有圖騰作用，……如果日後受過文學教育者有自我提升文學修養的需求，他很自然有以這些作家（作品）為指標，閱讀與其相類似的作家（作品）」，而經典性產生於國文教育的文學教育中，文學經典「它通常也是語文教育之一環。它規範著，何者為有教養的語文，何者為嚴肅文學，從研讀文學中應發展出何種品味」[64]。學生也通過閱讀教材

---

62 葉聖陶：〈國文教學的兩個基本觀念〉，《葉聖陶集》（南京市：江蘇教育出版社，1990年），卷13，頁52-53、59。

63 葉聖陶、夏丏尊合編：〈編輯大意〉，《國文百八課》（上海市：開明書店，1935年）。

64 許經田：〈典律、共同論述與多元社會〉，《中外文學》第21卷第2期，頁19-20。

中的範文和教師的講授，接受了何為文學、文學的功用如何、「正當的閱讀趣味」是什麼等文學觀念，他們的文學趣味就這樣被「固定」下來。一位當年的中學生這樣懷念那時的教材：「由於當年在國文教科書中接觸的都是我國文學史上的精品，也就培養了我的閱讀趣味。至今，我最喜歡讀的是那些繼承了中國文學傳統的具有中國獨特的民族精神——堅忍不拔、積極入世、昂揚向上、憂國憂民的作品，而不屑於讀那些速食化、庸俗化、邊緣化的趣味低俗的作品」[65]。而我們要反思的是，以何種標準判斷一種文學是庸俗與低俗的呢？在探討「重寫文學史」的今天，這樣的「文學趣味」是天然正確的嗎？「塑造」這種「閱讀趣味」的教材是天然合理的嗎？在語文學科本位「壓抑」現代文學多樣性的同時，呈現在教材中的現代文學作品是否也對其他風格的現代文學形成了「壓抑」呢？

在三〇年代錯綜複雜的政治鬥爭和思想鬥爭中，這樣的追問或許有些「苛刻」。但從教材對學生的精神領域影響的重要性來看，追問又是必要的。從後世大量回憶語文教材的文章中，敘述者也大都是談到某篇文章的內容對自己精神層面的影響，而很少講述自己讀了某些文章後，寫作能力和閱讀能力「前進」了一大步。作為兩位有左翼傾向的文學家和堅持「學科本位論」的教育家，葉聖陶和夏丏尊似乎也感到了選文的不易：

> 選古今現成的文章作教材，這雖已成習慣，其實並不一定是好方法，尤其是對於初中程度的學生。現代的青年有現代青年的生活，古人所寫的文章內容形式固然不合現代青年的需要，就

65 文潔若：〈楊振聲先生與中小學國文教科書〉，收入王麗主編：《我們怎樣學語文》（北京市：作家出版社，2002年），頁277。

是現代作家所寫的文章，寫作時也並非以給青年讀為目的，何嘗能合乎一般青年的需要呢？最理想的方法是依照青年的需要，從青年生活上取題材，分門別類地寫出許多文章來，代替選文。[66]

但隨後編者又自己否定了這一想法，因為「第一，叫青年唯讀我們一二人的寫作，究竟嫌太單調。第二，學習國文的目的，一部分在練習寫作，一部分在養成閱讀各種文字的能力。一個青年將來必將和各種各樣的文字接觸，如果只顧目前情形的適合，對於他們的將來也許是不利的。猶之口味，他們目前雖只配吃甜，將來難免要碰到酸的、苦的、辣的東西，預先把甜、酸、苦、辣都叫他們嚐嚐，也是合乎教育的意義的事」[67]。編者強調要培養學生「閱讀各種文字的能力」，但從《國文百八課》選擇的現代文學作品看，與這樣的初衷部分相違（文言文和白話文的關係，實用文和文藝文的關係都處理得相當好）。學生經由教材形成的「正統」的「閱讀趣味」，難怪會對二〇年代的「鴛蝴派」小說和三〇年代的「現代派」作品嗤之以鼻了。在二、三〇年代白話文學內「話語權勢」的爭奪中，中學語文教材無疑是現實主義文學「致勝」的重要「法寶」！

以文章學知識來架構中學語文教材，編者的原意是躲避意識形態上的糾纏。在編輯《國文百八課》之前，葉聖陶已經和夏丏尊合作出版了《文心》一書，「用小說體裁敘述學習國文的知識和技能」，形式

66 葉聖陶、夏丏尊：〈關於《國文百八課》〉，《葉聖陶教育文集》（北京市：人民教育出版社，1992年），卷5，頁404。

67 葉聖陶、夏丏尊：〈關於《國文百八課》〉，《葉聖陶教育文集》（北京市：人民教育出版社，1992年），卷5，頁404。

上「算是很新鮮的」[68]。實際上是以一種比較活潑的方式來講述語文知識，著力點仍在語文學科的「規訓」上，《國文百八課》基本上沿襲了《文心》所要傳授給中學生的語文「知識點」。但這種把文學「肢解」成若干塊的做法，在當時也有人不贊同，「有些教本講選文作為『文章講話』的例子，有些將選文的門類分別得非常瑣習。這樣便發生一種流弊。門類要求完備，例子要求豐富，有許多文章便為備格充數而入選，並非為了學生的需要，有時也就顧不到適宜不適宜的問題」[69]。這一弊端編者自己也有所覺察，「我們自己發覺的缺點有一端就是太嚴整、太系統化了些」[70]。

至於選文，三〇年代教育領域和文學領域的爭鬥，諸如讀經運動、大眾語論爭、黨義化教育、革命文學的宣導、左聯的文藝運動，都是教材編者在選文時不得不考慮的因素。從作者上講，各種政治立場的人都有，看上去是公允，似乎未嘗不是一種調和。從內容上講，雖然除了敘述「永恆」的親情友情與風景外，〈差不多先生傳〉、〈落花生〉、〈孔乙己〉對意識形態的建設意義似乎更大於批判意義（直刺時弊的魯迅雜文一篇也沒有選）。不過，由於選了周作人的文章，《國文百八課》在抗戰時期被禁用，或許也是編者不曾料到的。而課文所顯示的教育上的「合理」和現代文學的「主流」，也遭到了當年「現代派」們的質疑：

一般新文學書的讀者可以說十之五六是學生，十之一二是由學

68 商金林：《葉聖陶年譜》（南京市：江蘇教育出版社，1986年），頁170。

69 余冠英：〈坊間中學國文教科書中白話文教材之批評〉，《國文月刊》第17期（1944年）。

70 葉聖陶、夏丏尊：〈關於《國文百八課》〉，《葉聖陶教育文集》（北京市：人民教育出版社，1994年），頁406。

> 生出身的職業者，其餘十之一二才是刻苦用功的小市民。他們都把看新文學認為是一件嚴肅的事情，沒有一個人敢說他看新文學是為了消遣，也沒有一個人敢說他看文學書是由於偶然的機緣。……新文學對於這些讀者，無形中已取得了聖經、公民教科書、或者政治學教科書的地位。在這樣的趨勢之下，新文學遂真的儼然成為一種專門學問，而使多數看小說聽戲的朋友不敢接觸新文學的卷了。我們常常聽見嗜好踢足球的學生尊敬而又輕蔑地稱他的看新文學小說的同學為「文學家」，可是他自己呢？當然也要看小說，但是張恨水的作品。他知道張恨水的作品是小說，而茅盾魯迅的作品是文學，他所需要的是小說而不是文學，於是新文學的讀者永遠不會大過舊文學的讀者群了。[71]

施蟄存在這裡提出了一個很重要的見解，就是顯示「正統」地位的新文學在取得「勝利」後，對在實際閱讀中佔據重要位置的「俗文學」同樣形成了「壓制」，新文學也因此而縮小了自己的讀者群。不過，他的聲音在當年不會引起多大的注意，於是被選入教材的作品成為「創作的典範」，而且成為銷售新文學作品的手段，「一本純文藝書達到廣告，大多是『已有某某等學校采作教本』，或『可為學生補充讀物』，或『已有多篇被採選入某某教科書』之類」，而作家也「以自己的作品被選用為教科書或補充讀物為榮幸」[72]，也對作家的創作和作家的文學觀念發生了些微影響。例如，周銘三、馮順伯在〈中學國

71 施蟄存：〈「文」而不「學」〉，《施蟄存七十年文選》（上海市：上海文藝出版社，1996年）。

72 施蟄存：〈創作的典範〉，收入陳子善、徐如麒主編：《施蟄存七十年文選》（上海市：上海文藝出版社，1996年）。

語教學法〉中說，「我們從文學眼光看文學，當有一副見解和標準，若從教育眼光看文學，當另有一副別的見解和標準。我所提倡的青年文學是教育化的青年文學，我盼望青年文學漸漸地有人特別創作，叫我們好選材料」。李廣田也對文學有了更多教育學上的想法，「推其極致，最善的文學作品當然也要能發生一種最善的教育作用，然而它的作用之如何還須視讀者的修養程度而不同」[73]。可以看出，作家在進行語文教育的討論時，會無形中對作家的文學觀念發生影響，而且創作的對象也更加明確。

三〇年代語文課程標準對文白比例的規定，使得大多數語文教材都是按照年級或語文知識將文言文、白話文混編在一起。但混編的做法卻受到了教育界的懷疑，認為學生在兩套語言系統下被攪亂了思維，因此「主張把中學國文從混合的課程變成分析的課程；把現代語教育，和古文學教育分開來，成為兩種課程，由兩類教師分頭擔任」[74]。朱自清也贊成這種編法，認為「這樣辦可以教人容易明白文言是另一種語言，而且是快死的語言」[75]。這種主張啟發了葉聖陶編輯教材的思路，「二十年來國文教學沒有好成績，混合教學也許是原因之一。他們主張分開來教學，讀物要分開來編。我們覺得這個話有道理。這部讀本就分開來編，甲種六冊專選白話，乙種三冊專選文言」[76]。這套教材就是《開明新編國文讀本》，在六冊白話作品中，現代文學作品有：

---

73 李廣田：〈論中學國文應以文藝性的語體文為主要教材〉，《國文月刊》第31、32期合刊。

74 浦江清：〈論中學國文〉，《國文月刊》第1卷第3期（1940年）。

75 朱自清：〈論教本與寫作〉，《朱自清論語文教育》（鄭州市：河南教育出版社，1985年），頁17。

76 葉聖陶等編：〈序〉，《開明新編國文讀本》（甲種），收入《葉聖陶教育文集》（北京市：人民教育出版社，1992年），卷4，頁43。

冊數	課數	文章	體裁	作者
一	1	繁星	散文	巴金
一	2	火燒雲	散文	蕭紅
一	7	郵差先生	小說	蘆焚
一	10	太陽的話	新詩	艾青
一	11	一個小農家的暮	新詩	劉復
一	13	人民的世紀	散文	開明少年
一	14	濟南的冬天	散文	老舍
一	15	交湖風景	散文	朱自清
一	17	聰明人傻子和奴才	散文	魯迅
一	19	背影	散文	朱自清
二	1	野草	散文	夏衍
二	4	風箏	散文	魯迅
二	5	倫敦的動物園	散文	朱自清
二	9	太行山的西麓	散文	丁文江
二	14	車窗外	散文	蹇先艾
二	15	辰州途中	散文	沈從文
二	16	拉拉車	散文	茅盾
二	17	垣曲風光	散文	卞之琳
二	18	春聯兒	小說	葉聖陶
二	21	一句話	新詩	聞一多
二	22	兩個老鼠抬了一個夢	新詩	劉大白
三	3	從昆明到重慶	散文	冰心
三	4	飛	散文	朱自清
三	5	白楊樹	散文	茅盾
三	6	杜鵑	散文	郭沫若
三	7	我們的驕傲	小說	葉聖陶

冊數	課數	文章	體裁	作者
三	8	舊家的火葬	散文	夏衍
三	13	冬晚	小說	靳以
三	14	野店	散文	李廣田
四	2	一件小事	小說	魯迅
四	6	以畫為喻	散文	葉聖陶
四	11	我的同班	散文	冰心
五	7	北平的夏天	散文	老舍
五	8	向生活學習	散文	沙汀
五	9	窗子以外	散文	林徽因
五	10	窗子以外（續）	散文	林徽因
五	13	孔乙己	小說	魯迅
五	17	萬世師表	話劇	袁俊
五	20	朦朧的敬慕	散文	蕭乾
六	3	故鄉	小說	魯迅
六	4	故鄉（續）	小說	魯迅
六	12	蔡元培先生	散文	余毅
六	13	哭一多父子	散文	吳晗
六	15	同情	小說	陳衡哲
六	20	為萬世開太平	散文	曹孚

這套教材由葉聖陶和郭紹虞、周予同、覃必陶、朱自清、徐調孚等人合作編寫，他們的文化態度和政治立場都大致趨同，組成一個「圈子」是民國時期編寫教材的主要方式。一九一六年茅盾當年剛進商務印書館時，同事就告訴他說，「編譯所中的國文部（部長莊俞，武進人）專編小學和中學教科書的人是清一色的常州幫。……理化部

是紹興幫，除了少數校對之類少數人也許不是紹興人」[77]。這些「常州幫」包括謝仁冰（水心）、蔣維喬（竹莊）、莊俞（百俞）、孟森（心史）、惲鐵樵（樹鈺）等人，是當時比較有「新學」功底的人，如蔣維喬中秀才後，就熱衷西學，在江蘇全省高等學堂中積極支持改革，成為校內的新派領袖，由蔡元培介紹入商務；莊俞曾在家鄉與同學創設演說會，教授新學，在上海設立「人演社」，譯印東西文新書，由蔣維喬介紹入商務。而茅盾、鄭振鐸這些具有更「新」知識的人，卻無法參與教材編寫工作。到葉聖陶編輯《新學制國語教科書》時，又撇開了上述的「老編輯」，將同學顧頡剛吸收入內。在以後為開明書店編輯教材時，更是將好友朱自清、王伯祥等人招呼到一起。陳望道和傅東華也是多年好友，在編輯初中《基本教科書國文》時也是同時參加。正中書局的《初級中學國文》由葉楚傖主編，邀請的是同樣有保守傾向的教育家汪懋祖（他們編輯的這套教材魯迅的文章一篇都沒有選入）。「圈子」的形成加強了教材的同質性，選文的風格也趨於一致。

但是，從現代文學作品的選文，卻可以看出主編葉聖陶政治態度的微妙變化。自稱是「平庸的老夫子」的葉聖陶，思想雖然偏左，但對於風尖浪口上的政治鬥爭一直保持距離，他在商務的好朋友楊賢江在一九二三年「已經是革命者了」，曾經邀葉聖陶加入共產黨，「我沒有答應他。」[78]但在抗戰的後期，他的政治思想卻趨於激進，參加各種民主集會，在各種「聲明」上簽字。一九四五年「五四」之夜，他參加成都一〇三個學生團體在華西大學體育場舉行的五四營火會時，

---

77 茅盾：〈商務印書館編譯所和革新《小說月報》的前後〉，《商務印書館九十週年》（北京市：商務印書館，1987年），頁145。

78 葉聖陶：〈紀念楊賢江先生〉，《人民日報》，1949年8月9日，後收入《葉聖陶集》（六）（南京市：江蘇教育出版社，1989年），頁315。

充滿激情地朗誦了他在整個抗戰期間寫的唯一一首白話詩——〈言論自由〉。《中學生》雜誌復刊後，更是利用刊物發表自由言論，被時任中央圖書審查委員會主任的潘公展約見，當面表示對《中學生》的不滿，告誡「宜注意基本工具學科，少弄社會科學文字」，要他「檢點」，但葉聖陶不為所動，在他的日記中說「其言殊可笑」[79]。僅在一九四五年十月十六日到十月二十八日，他就和共產黨高層領導周恩來接觸四次[80]。這一政治態度反映在本套教材的選文中，具有明顯意識形態指向的〈白楊樹〉和〈哭一多父子〉亦被選入，編者在教材的〈序〉中說，「希望切合讀者的生活與程度。就積極方面說，足以表現現代精神的，與現代青年生活有關涉的，為現代青年所能了解，所能接受的，才入選」，為了避免時文帶來的粗糙，編者「加上了修潤的工夫」。這些選文也反映了葉聖陶文學觀的變化，三〇年代被批評為「厭世派」的他（當然他也在《未厭集》中申辯），在抗戰後一再強調，「反映現實，喚起人民大眾的要求，是文學的時代的使命」[81]，「文學要人家接受，說得鄭重一點兒，要像莊子所說的『以其道易天下』」，這個「道」就是「主義與綱領」[82]。一九四五年二月二十三日葉聖陶在日記中寫道：「看毛君文藝座談講話之小冊子，蘗眠前日交來者也。覺其文藝為教育工具，自其立場言，實至有道理」，對《講話》思想的基本贊同實際上也接通了葉聖陶早期的文藝創作思想，「每作一篇，都是『有所為』而發，是在用改革社會的器械」[83]。不

79 《葉聖陶集》（南京市：江蘇教育出版社，1989年），卷20，頁434。

80 參見商金林編：《葉聖陶年譜》（南京市：江蘇教育出版社，1986年），頁274。

81 葉聖陶：〈西川集自序〉，《葉聖陶集》（六）（南京市：江蘇教育出版社，1989年），頁186。

82 葉聖陶：〈「言志」與「載道」〉，《葉聖陶集》（南京市：江蘇教育出版社，1989年），卷9，頁151-153。

83 魯迅：〈導言〉，《中國新文學大系》（小說二集）（上海市：良友圖書印刷公司，1935年）。

過，這時他已經由五四時期的「描寫著灰色的卑瑣的人生」（茅盾語）轉向「讚頌」「中國的最平凡而其實是最偉大的老百姓」，於是早期在教材中出現的〈寒曉的琴歌〉和〈阿菊〉換成了〈春聯兒〉和〈我們的驕傲〉。

本套教材改變了《國文百八課》「徹頭徹尾採取『文章學』的系統」的編寫體例，將「文章知識」的傳授放到每課後的閱讀提示，這些閱讀提示是「意在請讀者讀過以後，再用些思索的工夫」[84]，「思索的工夫」自然不光包括文章知識，還包括意識形態的讀解。在《人民的世紀》中，編者擬定了兩個題目：

> [一] 這篇文字先說明「人民」的意義，其次說明「人民世紀」的意義，又其次說明「人民的世紀」為什麼從如今開頭。層次清楚，使人容易理會。
>
> [二] 末了說迎接這個「人民的世紀」，如果要更見著實些，該怎麼說？

這樣的閱讀指向除了讓學生學習語文外，似乎更多的是借助語文加深對現實的思考與反抗。魯迅的〈聰明人、傻子和奴才〉也有這樣三道題：

> [一] 讀了這篇文字，可知道那三種人的分別在哪裡？
>
> [二] 奴才訴說做工的苦楚，一串話是押韻的，這有一種什麼樣的趣味？

84 葉聖陶等編：〈序〉，《開明新編國文讀本》（甲種），收入《葉聖陶教育文集》（北京市：人民教育出版社，1992年），卷4，頁43。

[三] 奴才受了主人的誇獎，認為這應了聰明人的話，已經好起來了。他要真的好起來，該怎麼樣？

事實上，出版這套教材的行為本身就是向主流意識形態「挑戰」。在抗戰時期，政府為統一思想和節約物資，將正中書局出版的教材作為「國定本」，其他七家書局（商務、中華、世界、大東、開明、文通、正中組成「七聯」）只是參與發售。而以政府法令推行的「國定本」教材，因其太直露的黨義色彩為教育界所詬病，「初中國文課本中所選的近代和現代的作品，很明顯的是以盡量選取國民黨中達官貴人的文章為原則的，因此，有很多在現代文壇上極有聲譽的作家，其作品全都未被收進，而收進了的，卻是上自主席院長，以及某部某會的首長，……這類的文章只是一些道地的黨八股和抗戰八股，似乎是『文章病院』中的好主顧。既不能引起讀者的美感、靈感和欣賞文藝的興趣，也無法使其藉此學取一些寫作的技巧」[85]。《開明新編國文讀本》也是一個豐富的意識形態「文本」，它不僅為抗戰時期處於癱瘓的開明書店起到了復甦作用——「據一九四九年統計，教科書的營業額占全部營業額的百分之六十二，所以只要春銷或秋銷一季的營業，就可坐吃半年」[86]，而且也以其暗含的新意識形態得到了新政權的認可。因此，這套教材在一九四九年後還使用了一段時間。

第三節　白話文教學：詮釋現代文學的力量

現代文學進入中學語文教材，只是提供了學生閱讀的可能，是

85 龔啟星：〈中學國文教學問題之檢討〉，《教育雜誌》第32卷第9號（1948年）。

86 〈開明書店報告〉，引自王知伊：《開明書店紀事》，收入陳江輯注：《中國出版史料》（濟南市、武漢市：山東教育出版社、湖北教育出版社，2001年），卷1，上冊。

「經典化」的第一步，還有一個環節是如何讀的問題，即教材編者如何通過教學參考書等資料向教師顯示對課文的「正確理解」，教師又如何在課堂上向學生傳授閱讀現代文學作品的「正確方法」，這是「經典化」的第二步。而這一切，是伴隨著白話文教學的改革進行的。

傳統的私塾教學，主要是以背誦為主，從《三字經》、《千字文》到《大學》、《中庸》。這種方法已經延續了很多年，袁枚曾在《隨園詩話》描述過這樣的場景：「漆黑茅柴屋半間，豬窩牛圈浴鍋連，牧童八九縱橫坐，天地玄黃喊一年。」近現代名人關於這方面的回憶就更多，歷史學家蔣廷黻就曾回憶說：「我把書交給老師，他唸一遍，我跟著唸一遍。他看我已經會唸，就命我回到自己桌子，高聲朗誦，直到記牢為止。……每句唸若干次，我認為可以丟掉書本背得出來時，再拿書到老師那裡，背朝著老師和書本，背誦書中的原文。老師認為我真能背誦了，於是他再教我四句新的」[87]。這種教學方法自然是違背孩子接受心理的，但也是受了學習材料的限制，對小孩子講性理之學、內聖外王之道本來就是繁難的事情。蔣廷黻後來又碰到一個能講解的先生，但他回憶說：「我不得不承認有時老師講的很不清楚，和沒講一樣。」[88]

清末民初新式學堂興起後，伴隨著國文教材的革新，在小學階段出現了一些旨在激發學生興趣的教學方法。而在中學階段，由於教材仍以古文為主，老師只是讓學生繼續背誦的同時，加上了「翻譯式」的講解，「以前教古文的時候，教師的責任就是『講』和『寫』，學生的責任就是『聽』和『抄』。做教員的，在上講堂的時候，把古文逐字逐句解釋，翻做白話，責任就完了。如果能夠多備幾部類書，把古

87 蔣廷黻：《蔣廷黻回憶錄》（臺北市：傳記文學出版社，1984年），頁17-18。

88 蔣廷黻：《蔣廷黻回憶錄》（臺北市：傳記文學出版社，1984年），頁21。

典詳細考查出來，寫在黑板上，或者在黑板上多寫幾段和所教的有關係的文章，那學生就要推重他的學問淵博而認為好教員了。」[89]

在新文學進入中學教材後，老師連「翻譯」的工作也不用做了，對大多數保守的老師來說，不但心中要排除對新文學的厭惡，怎樣指導學生閱讀也成了問題。下面是當時語文教育家何仲英以「答客問」的形式自擬的一段話：

> 客　你們為什麼要教授白話文？
>
> 我　我們為什麼不要教授白話文？
>
> 客　這還用教授麼？
>
> ……白話文能否為將來文學正宗，我不敢必；我只覺得白話文可以讓學生自己看，隨意學習罷了，何為教授？小學生或因程度不夠，教員不得不略為講解，中學生誰看不懂，還要講麼？就是教員要講，也無可講的話頭，難道教員東拉西扯，雲天海外的說話就可以搪塞嗎？教員本是為講解的，學生懂，無須教員講解，教員還要講解，豈不白浪時間，生了學生的厭惡的心理呢？[90]

這是當時白話文教學中的教師的普遍困惑，他們認為白話文沒有講解的必要，因此，教師一般是讓學生把課文讀一遍了事，或者乾脆讓學生自己到課後看。這種方式不是新文學提倡者願意看到的——新文學不僅意味著新的文學語言，還意味著新的思想和新的閱讀方式，而這一切都要靠老師的「講解」。「文學教育」，正是要通過教育的塑

89 沈仲九：〈國文科試行道爾頓制的說明〉，轉引自鄭國民：《從文言文教學到白話文教學》（北京市：北京師範大學出版社，2000年），頁200。

90 何仲英：〈白話文教授問題〉，《教育雜誌》第12卷第2號。

形，來確立新的文學經典（由此可以判定什麼是「文學」，什麼是「非文學」；什麼是「好文學」，什麼是「壞文學」），新的語文教育方法是要為學生提供一整套認識、接受和欣賞新文學的方法。而這一切，沒有講解怎麼行呢？因為，「文學教育」事實上也是一種權力：

> 它是「控制」語言的權力——決定某些敘述必須排除，因為它們不符合一般認為可以說出的事實。它是控制著作本身的權力，把著作分為「文學」類和「非文學類」，傳世的偉大作品和短命的流行作品。它是與其他人相對的權威和權力——那些限定並維護這種語言的人與那些有選擇的納入這種語言的人之間所存在的權力關係。它是決定那些被認為說這種語言說得好壞，是否發給證書的權力。最後，它是這一切都存在的文學學術機構與整個社會中居統治地位的權力利益之間的一個權力關係問題。通過維護和有控制地擴大所說的這種批評語言，社會在意識形態上的需要將得到滿足。[91]

胡適當年不一定意識到了這點，但他希望通過白話文教學教會學生「以一種新的眼光來閱讀文學」的意圖卻很明顯。在〈中學國文的教授〉中，他列舉了「假定的中學國文課程」和「國語文的教材」後，接著又提示了「國語文的教授法」，強調教學過程中教員對學生的啟發作用，講授小說、戲劇等文學作品時，教員除了要「點出佈局、描寫的技術，文章的體裁」，更需要在課堂討論中根據材料的變化，不斷啟發學生，「例如《鏡花緣》上寫林之洋在女兒國穿耳纏足一段，是問題小說，教員應該使學生明白作者『設身處地』的意思，

---

91 特里·伊格爾頓（Terry Eagleton），王逢振譯：《當代西方文學理論》（北京市：中國社會科學出版社，1988年），頁292。

借此引起他們研究社會問題的興趣。又如《西遊記》前八回是神話滑稽小說，教員應該使學生懂得作者為什麼要寫一個莊嚴的天宮盛會被一個猴子搗亂了。又如《儒林外史》寫鮑文卿一段，教員應該使學生把嚴貢生一段比較著看，使他們知道什麼叫做人類平等，什麼叫做衣冠禽獸」[92]。胡適試圖把所有的舊白話小說，都讀解成關於「自由」、「革命」、「平等」的文本表達，「胡氏國文教授法」中的意識形態指向不言而喻。至於古文的教授法，要用看書代替講讀，「教員可以隨時加入一些參考材料。例如讀章行嚴的文章時，教員應該講民國三、四年的政治形勢，使學生知道他當時為什麼主張調和，為什麼主張聯邦。」[93]由文章而到政治，胡適試圖給分科教學以來地位日益下降的語文教學更大的解釋社會現象的權力，而這個權力的取得首先仰賴語言權力的取得。

新文化運動以來，教育界也大量借鑑國外的教學方法。而白話文進入中學語文教材，恰好為這些方法的實驗找到了突破口，而這些方法的實驗，又鞏固了白話文教學在語文教學中的地位。例如，「問題教學」和「道爾頓制」的實驗。

早期五四文學創作，特別是「文學研究會」諸作家的創作，多半是針對某一社會現象發表看法，「從孔教問題，婦女問題，一直到勞動問題，社會改造問題，從文字上的文學問題一直到人生觀的哲學問題，都在這一時代興起，縈繞著新時代的中國社會思想」[94]，「他們每

92 胡適：〈中學國文的教授〉，《新青年》第8卷第1期（1920年9月），引自姜義華主編：《胡適學術文集．語言文字研究》（北京市：中華書局，1993年）。

93 胡適：〈中學國文的教授〉，《新青年》第8卷第1期（1920年9月），引自姜義華主編：《胡適學術文集．語言文字研究》（北京市：中華書局，1993年）。

94 瞿秋白：〈餓鄉紀程〉，見《瞿秋白文集》（文學編）（北京市：人民文學出版社，1985年），卷1。

作一篇，都是有所為而發，是在用改革社會的器械」[95]。教育界首先看重的也是這些作品的思想價值，當時在浙江第一師範學校的夏丏尊、陳望道、劉大白、沈仲九等教師革新國文教育，他們在教學上實施「問題教學法」，教材取材「以和人生最有關係的各種問題為綱，以新出版各種雜誌中，關於各問題的文章寫目。這種問題和文章，要適合學生的心理，現代的思潮，實際的生活，社會的需要，世界的大勢，而且要有興味。」[96]這種語文教育觀，是想讓學生關注現代社會問題，關注學生身邊的日常生活，使「使學生了解人生的真義和環境的現狀」。在具體的教法上，也改變過去由老師灌輸的方式，「令學生自己研究，教員處於指導的地位。讀看、講話、作文，都用聯絡的方法」，「每一星期或兩星期，由教員提出一個研究的問題，將關於本問題的材料，分給學生，並指示閱覽的次序」，然後分成十一個步驟進行，這些步驟當然也是以「問題」為主的，如第五步「書面的批評」，是「學生作好一問題大綱以後，應該把自己對於這個問題的意見，用文章表示出來」，還可以與同學進行「辯難」。這種令人耳目一新的教學方式，激發了學生的思維，受到學生的歡迎，而且為白話文教學衝出了一條路。後來因為「一師學潮」，陳望道等「四大金剛」被迫離校，朱自清、葉聖陶、俞平伯等人陸續到浙江一師任教，更是以自己的創作實踐光大了「問題教學」，培養了大批具有新思想的學生，諸如賈祖璋、趙平復（柔石）、應修人、馮雪峰、汪靜之等人。這也說明，白話文教學對現代文學作家的培養也助力尤大。

二十世紀二〇年代，「問題教學法」在南方的許多學校頗為風行。當時在吳淞中國公學任教的何仲英也比較認同這種教學方法，認

95 魯迅：〈導言〉，《中國新文學大系》（小說二集）（上海市：良友圖書印刷公司，1935年）。

96 沈仲九：〈對於中等學校國文教授的意見〉，《教育潮》第1卷第5期（1919年），下同。

為其「大可發展學生的思想」。不過，他又認為不能「拘拘以問題為主」，還應該著重研究「文學本身的問題」，他以自己的教學實踐來舉例說明：

> 講過一篇蔡子民〈杜威生日演說詞〉，其中引證科學、哲學、經史的地方不少，我預先發文，指示學生參考書的所在，吩咐他們某人參考演說體裁，及演說文組織法，某人參考杜威小史和他的學術大概，某人參考杜威在各地演說詞，某人參考孔子略傳和他的學術大概，某人參考孔子弟子問政者幾人，問仁者幾人，……簡單的記錄下來，到上課的時候，依次質疑、報告，要緊的在黑板上寫，繁複的印發，教員加以審定。字句學生大概看得懂；所要深究的，就是杜威、孔子學術的異同，和這種「莊嚴的應酬」的演說措辭的方法，不得不詳為說明，……還教了許多白話詩，就拿胡適之作的〈我為什麼作白話詩〉和〈談新詩〉給學生參考，又教了許多白話詩，就拿白香山的〈新樂府〉，就拿戴季陶作的〈白樂天的社會文學〉給學生參考，有時在課內自己預備，有時課堂上討論，有時教員一人講解，有時學生報告心得。[97]

由一篇白話文竟引出如此多的教學內容，從中也可以看到胡適關於中學國文教學的觀點在語文教育界的影響。雖然，深究杜威和孔子學術的異同、新詩和古白話詩的差異，對初中生來說或許是困難了些，但其客觀的效果卻是「教出」了白話文的優越性，「現在我們教授白話文，雖不敢說大有成效，然而學生作文，有的本來不好，自從

97 何仲英：《白話文教授問題》，《教育雜誌》第12卷第2號（1920年）。

得了新教材和看看新書以後，居然寫的很好，腦筋比以前清楚的多，組織比以前有條理的多」，何仲英甚至認為，這樣的白話文教學法若能長期堅持，自然也就「建築了新文學的基礎」[98]。

對「問題教學法」教育界也有不同的看法，有的認為這是混淆了國文教學和其他科的聯繫，加上五四時期學生中普遍存在的躁動不安，「問題教學法」更激發了學生的反叛情緒。教育家阮真曾經用諷刺的筆法，描述實行「問題教學法」後的各校的「盛況」：中學生變得「愛討論問題。有所謂經濟問題、勞動問題、婦女問題、貞操問題、遺產問題、親子關係問題，還有最切身而最歡迎的戀愛問題、婚姻問題等等，鬧得天翻地覆，如雷震耳了」；而且學生常以是否會「談問題」來判斷教師水準的高下，「前教師會談問題的，後教師不談問題，都不免要受學生的攻擊，說他『時代的落伍者』、『開倒車』、『不懂新文學』了」，「一個新國文教師到來，各派學生便去問他，『先生信仰什麼主義？』沒有主義的教師，一時答不出來，馬上請他滾蛋」[99]。不過，由語文教學改革帶來的對整個社會的「攪動」，也許正是新文化運動者希望看到的「效果」。

比起「問題教學法」關注人生各種問題，「道爾頓制」[100]的教學實驗則更關注文藝本身。「道爾頓制」本身是一個很複雜的教育試驗系統，孫俍工卻巧妙地把它「嫁接」到白話文學教學上，「我以為在中國現代的文學界裡，如果不極力把文藝底意義闡明到極真確的時候，把文藝底生命擴張到了人們全體的時候，把文藝底基礎弄到極穩固的時候，不但永遠沒有真正的純粹的文藝呈現出來，甚或至於連現

---

98 何仲英：《白話文教授問題》，《教育雜誌》第12卷第2號（1920年）。

99 阮真：〈時代思潮與中學國文教學〉，《中華教育界》第22卷第1期（1935年）。

100 道爾頓制是美國教育家柏克赫斯特於一九二〇年創立的一種新的教育制度，因為創試工作是在美國的麻塞諸塞州道爾頓市的道爾頓中學進行的，故名道爾頓制。

在所流行的時髦的白話文底聲浪也將要毫無聲息地銷沉下來，不至一班『桐城謬種』、『選學妖孽』捲甲重來恢復他們底天下不止。」[101]而要防止這種情況的發生，一個是提高白話文的「文藝性」（孫俍工列了一張表，將純文學和雜文學區別開來，把一些論述文字歸到雜文學類），一個是將「新鮮出爐」的現代文學作品編到教材中讓學生閱讀（孫俍工在上海民智書局編纂了一套六冊的《國語文讀本》，作為實驗的教材）。「道爾頓制」的一個特點是用「學習工約」代替老師的講解，而老師擬定的「學習工約」則含有閱讀方法的指導：

> （一）分篇作業法——以篇數為主。就是每讀一篇文藝做一篇雜記（或讀書錄）或一個簡短的評論。這裡我們應該使學生注意的是：
> （a）本篇梗概（限二百字以內）；
> （b）本篇人物志要（年齡、性情、思想及相互的關係等）；
> （c）本篇所含縕的思想問題；
> （d）本篇所表現的人生問題；
> （e）我對於本篇底感想；
> （f）我對於本篇底批評（內容的，形式的）。
> （二）家別作業法——以著作者家數為主。在這裡應該注意的：
> （a）作家略歷；
> （d）作家底思想學說；
> （c）作家藝術上的主張（人生的藝術或藝術的藝術）及派別（浪漫派、自然派或新浪漫派）；

101 孫俍工：〈文藝在中等教育中的位置與道爾頓制〉，《教育雜誌》第14卷第12號。

（d）作家所受時代精神與環境底影響；

（e）例證或比較（作家與作家或篇與篇）；

（f）其他感想和批評派。[102]

除了上述兩種作業法外，還有國別作業法——以著作者所居的國別為主、分組作業法——把一段中所有的文藝各篇中關於思想問題或藝術上相同的點抽出來，分成若干組而每組做一篇簡短的評論。可以看出，孫俍工對當年的文藝思潮非常熟悉，他的閱讀指導也暗含著主流的文學觀，運用的是當時茅盾式的「社會剖析法」——希望學生藉由文本推延到社會思潮。學生在「熟練」掌握這些閱讀方法後，將以此來解釋現代文學的合理性，而當年陳獨秀陳述的新文學的「三大主義」，在這些閱讀方法的指導中找到了最好的落腳點。自然，這些閱讀方法又規範著學生的審美眼光，他們將以這些標準來判斷好壞文學。如同許經田所說，「因為文學教育與語文教育是摻雜在一起的，在此階段所養成的文學觀（以及蘊含在作品中的各種價值觀）具有如同語言一般的深入的影響力：事實上對經歷此種教育的人來說，它提供了一種共同論述，甚至可以說是一種共同語言」[103]。

當時進行的語文教學實驗還有「啟發法」、「自學輔導法」、「分團教學法」、「設計教學法」等，這些方法雖然各不相同，但大致相似：以學生的「自動」代替老師的講解，促發學生積極思考，深入思考問題。這些教學方法對新文學起到了促進作用，按孫俍工的說法，他的試驗在短期內得到了兩種效驗，「一是學生對於文藝這門課引起了極大的注意，一是學生真正能夠發揚他們的自由研究的精神」，這些

102 孫俍工：〈文藝在中等教育中的位置與道爾頓制〉，《教育雜誌》第14卷第12號。

103 許經田：〈典律、共同論述與多元社會〉，《中外文學》第21卷第2期。

「決非在專門講解式的教授底下所能得到的」[104]。從白話文教學方面來看，也部分解脫了教學的困境，因為當時曾有人預言：「國語文侵入中學教科書不過二三年的光景，倘若不從教法上研究，那前途的發展就非常黑暗了。」[105]而現在各種教學方法的實驗，某種程度上鞏固了白話文教學的地位，進而也鞏固了白話文在教材中的地位。

不過，上述方法有一個共同的特徵：即以文章為軸心，向社會問題和社會思潮拓展，在教學中出現了「儘管一篇很短的白話文，一目了然，也許討論幾小時未曾完結」的情況[106]。這就帶來了兩方面的問題，一方面把語文科同社會科混在一起，孟憲承就說，「國文科的訓練，本注重思想的形式上，至於思想的內容，是要和各科聯絡，而受各科供給的。現在專重社會問題的討論，是否不致反忽了形式上的訓練，喧賓奪主，而失卻國文科主要目的，很是一個問題」[107]。朱自清就曾批評當時搞「道爾頓制」實驗的穆濟波說：「他似乎將『人的教育』的全副重擔子都放在國文教師的兩肩上了，似乎要以國文一科的教學代負全部教育的責任了，這是太過了！」[108]另一方面，學生對新方法的「新鮮勁兒」過後，對空而無當的問題討論也有些厭煩，「某省立中學請了一個國立大學文科的畢業生去教國文，結果非但不能勝過老式教師，反而引起學生的惡感。說他只能談新名詞、新方法，而

104 孫俍工：〈文藝在中等教育中的位置與道爾頓制〉，《教育雜誌》第14卷第12號（1922年）。

105 周銘三、馮順伯：《中學國語教學法》下卷「發端語」，商務印書館民國十五年版，轉引自鄭國民：《從文言文教學到白話文教學》（北京市：北京師範大學出版社，2000年），頁203。

106 何仲英：〈白話文教授問題〉，《教育雜誌》第12卷第2號。

107 孟憲承：〈初中國文之教學〉，《新教育》第9卷第1、2期合刊（1924年）。

108 朱自清：〈中等學校國文教學的幾個問題〉，原載《教育雜誌》第17卷第7號（1925年），參見《朱自清全集》（南京市：江蘇教育出版社，1996年），卷8。

胸中毫無實學，最後被學生鬧跑了」[109]。很多老師也認為閱讀材料對學生來說太難了，讓學生偏離了語文學習的目的，「至內容則說明的語體文，類多關於哲學或社會問題的，決非初中生所能了解。如某國文課本，一年級的教材，一疊選上〈美國的婦人介紹〉、〈桑格爾夫人〉、〈珊格夫人自傳〉、〈女子的根本的要求〉、〈母〉五篇討論婦女問題的文章。同樣在某一本裡又選上〈人生目的何在〉、〈人生真義〉、〈今〉、〈不朽論〉四篇討論人生問題的文字。像討論這樣的大問題的文章，我想當國文教師的誰都會承認那些不可以當初中低年級教材的事實」[110]。

當年現代文學以語言符合現代人的實際、思想切合現代人的精神為由進入中學語文教學，如今卻由於過度強調思想而受到質疑，這也許是新文學倡導者沒有想到的。因為當時的中學語文教學多是古文、現代文混在一起教，老師對古文採用的是傳統的「涵泳把玩」的方式，從寫法上「精研細閱」（這和學生的國文考試仍以古文為主有關），對新文學作品則採用極力挖掘思想性的教學方法，容易在學生心中形成新文學只要思想新、不需要太多寫作技巧的印象。因此，必須要從文章技巧上分析新文學作品，才能提升新文學作品的地位。這一方面符合「綱要」與「課標」提出的「培養學生閱讀能力」的要求，另一方面也是「告訴」學生，新文學一樣有寫作技巧，有從文章形式上探究的價值，這本身也是「經典化」新文學的另一種方式。因此，教育界有人建議把新文學分成「精讀」和「略讀」兩種，後來不少語文教育人士也認同這種分法，政府在「課程標準」修訂時也納入

109 張文昌：〈中學國文教學底幾個根本問題和實際問題〉，《新教育評論》第3卷第8期（1927年）。

110 宋文翰：〈一個改良中學國文教科書的意見〉，《中華教育界》第19卷第4期（1931年）。

了這一建議。

不過，教育界對如何才算精讀有不同的見解，教育家祝世德曾經列出八大要點，認為其中最重要的是，「教員對於選文，應抽繹其作法要項指示學生，使學生領悟文字之體式與其作法，並將其內容及作者生平概要敘述，使學生對於全篇有簡括之認識，重在引導自學之動機，不必逐字逐句講解」[111]。不過，這種方法太簡略，而且並非只對新文學而言。相對來說，宋文翰的方法則詳細得多，他把文章列為記敘文、描寫文、說明文、論說文和小說五大類，並分別指導它們的閱讀的關注點，例如「小說閱讀法」共分為「篇名及作家」、「背景」、「結構」、「人物」、「格式」、「價值」等方面去討論，這顯然就是專屬於新文學的「閱讀法」了，例如，「結構」部分的要點是：

（三）結構：

（1）本篇的結構是單純的或是複合的？

（2）能說明以下各點嗎？

（a）全篇的情節怎樣？

（b）敘述的方法怎樣？

（ㄅ）怎樣開端？

（ㄆ）中間怎樣轉折？

（ㄇ）本篇轉折之處有幾？其起迄如何？

（ㄈ）怎樣結束？

（c）本篇的最高點──使讀者起了一種期待焦躁之情的──和次高點在哪裡？

（3）讀過這篇小說覺得有興味嗎？

111 祝世德：〈初中國文教學經驗談〉，《中華教育界》第21卷第1期（1934年）。

（4）最感興味的地方在哪裡？

（5）最沒有興味的地方在哪裡？

（6）這篇小說所述的事件是真的或是類真的？

（7）全篇開端的文字是平常的或是特別的？

　（a）下筆適當嗎？

　（b）讀著有興味嗎？

　（c）能給你多少暗示嗎？

（8）情節進展的快慢如何？

　（a）快或慢？

　（b）約占了多少時間？[112]

提示的問題非常多而且細，而且整個詮釋系統是西方分析式的，對小說的分析討論也非常精密，這些都是讀古文時不曾用到的方法——一種全新的閱讀方式，同樣它也是暗示學生，「小說」這種在舊文學體系中不入流的文學樣式，竟有如此多的可供揣摩之處。當然，對這種過於理性的分析，也有反對的聲音，有學者就認為「現代中學文學的教學，多有偏重於字句的分析與形式的研究的趨勢。因之不易引起學生對於文學樂於閱讀及富於欣賞的欲望」[113]。

葉聖陶和朱自清指導「精讀」的方法有自己的特點，他們有新文學的創作經驗，也更喜歡用新文學作品做例子來說明自己的觀點。葉聖陶認為學生在閱讀時要「求甚解」，例如，對於魯迅的〈孔乙己〉，「咱們不能說這篇小說講的是一個窮人叫做孔乙己的落魄的情形，就此完事」，而是要分析「本篇的主旨」，即「一個舊教育制度下的落伍

112 宋文翰：〈一個改良中學國文教科書的意見〉，《中華教育界》第9卷第4期（1931年）。

113 程其保：〈初級中學課程標準之討論〉，《教育雜誌》第23卷第9號（1931年）。

者的剪影」，經過一番分析後，葉聖陶得出結論說，「就是語體文，要體會作者用詞造語的妙處，也得熟讀」，並告訴學生，「文字深微曲折的，就得精細地解說，周到地剖析，達到透徹了解的地步，才歇」[114]。朱自清則以新詩為例向學生說明，「康白情的〈朝氣〉，內容是描寫農家種植的生活，題目何以稱為『朝氣』呢？農家生活的描寫與朝氣究竟有何關係呢？這些問題教師是要暗示學生提出來詳細討論」，「又如謝冰心的〈笑〉，用重複的組織，對於雨，月夜，花蓮說出三個笑容，表示愛的調和」，然後，朱自情囑咐語文老師，「關於了解與欣賞應該特別注意」「文字的新變」，即「一個作家必須要能深得用字的妙趣，古人稱為『煉字』，便是指作家用字時打破習慣而變新的地方，教師就也要在這方面求原文作者的用心」。[115]一九四一年，葉聖陶和朱自清更是合作寫了《精讀指導舉隅》，列入商務印書館的「新中學文庫」出版。《精讀指導舉隅》一共選了六篇文章，其中古文兩篇、現代文四篇，涉及新文學的各種體裁。其中小說選的是〈藥〉，朱自清用了比原文長兩倍的篇幅，從主旨、取材、結構、語言等方面來解讀本篇小說，後世對〈藥〉的理解也多出自於此篇分析文字。把出自口語的新文學推到如此精細分析的地步，一方面自然是讓學生掌握閱讀的方法；另一方面實在也是告訴尚不「信仰新文學」的各界，新文學完全可以和古代典籍一樣，可以成為反覆「細加審玩」的經典文本。而且，當時按此方法來講授新文學的老師確也不少，羅常培先生在回憶自己教中學國文的情形時說：

---

114 葉聖陶：〈國文隨談〉，《葉聖陶集》（南京市：江蘇教育出版社，1992年），卷13，頁87-90。

115 朱自清：〈了解與欣賞〉，《朱自清全集》（南京市：江蘇教育出版社，1996年），卷8，頁349-351。

> 我們這班年輕人上臺以後，氣象確乎有點不同了。要講一篇文章，先得介紹作者的略傳，說明他的時代背景，他在文學史上的地位和這篇文章的價值等等，然後解釋字句，盡分段落，指示篇章結構的法則，研討文法修辭的奧妙；末了綜覽全篇的大意，看它的風格跟前一時代有什麼異同；對於後一時代有什麼影響？費的時間雖然較多，對於文章的剖析卻無微不至。[116]

不過，以發軔期的新文學作品來看，有的淺露直白、構思粗糙，很難成為精微分析的目標，有的內蘊深厚、語言獨特，又很難作為課文來分析。事實上，從新文學進入中學語文教學開始，對新文學作品是否合適做課文的疑問從來都沒有消失過，阮真在《中學國文教學問題》第五章，對有人「主張專教現代文藝」提出了三個疑問：「甲、嘗試未成功的現代文藝，是否已經有評論家承認有文學上固定的地位與價值？乙、歐化的譯文語調，與中國語調差得很遠，不通英文的學生，有無學習的困難？丙、現代文藝適合於中學國文教材的有多少？」這一觀點當時被認為是對新文學的刁難，但直到一九四八年教育心理學家龔啟昌還說，「魯迅的文章，無論內容與形式，顯然是不合於作中學生的範本用的。周作人的散文，在形式方面很可作為中學生範本，但在內容方面與青年人生活是隔膜的。例如〈喝茶〉、〈幽默〉等類文章非青年人所能體驗得到」[117]。教育家們的疑問並非毫無道理，不過，新文學作品本來並非專為教材創作，所有的「不適宜」已經在學生的反覆閱讀中變得「適宜」了，而且隨著新文學「經典」的確立，敢於質疑這些「不適宜」的讀者也越來越少了。

---

116 羅常培：〈我的中學國文教學經驗〉，原載《國文月刊》第22期（1943年）。

117 龔啟昌：〈中學國文教學問題之檢討〉，載《教育雜誌》第32卷第9號（1948年）。

許多新文學作品都含有較深的思想內涵，雖然精讀了，但不少中學生還是覺得不好理解，因此也有學者建議從興趣入手、將休閒性文字選入教材。教育家程其保曾提出一個有趣的觀點，他認為文學教育有兩個目標，「第一，社會性目標——文學富有社會的價值，……普通社會的觀念、習俗與思想，大都可以在其文學中觀察得到」，另一個目標是休閒性的目標，「經過了種種的工商業與社會的革命以後，人類的休閒時間比較加多，而閱讀的能力比較擴大，所以人人不獨有欣賞文學的能力，並且皆具有欣賞文學的欲望與要求。既有此種欲望與要求，我們的努力就應集中到如何去滿足這些欲望」[118]。陳其保的這一觀念同施蟄存有相似之處，實際上是認為通俗性文藝的閱讀也應該是文學教育的一部分。不過，在當時以探尋意義為主的語文教學中，在現實主義文學佔據壓倒性「優勢」的語文教材中，這一聲音沒有引起太多重視。於是，「面目莊重」的新文學作品，越來越引不起學生的興趣——一九三一年十二月，江西省立四中對初三的學生進行「最喜歡的課文」調查，將《新中華教科書．國語與國文》中的包括現代文、古文、古詩詞的十七篇課文讓學生選擇，結果得票數前兩位的是劉復的〈愛爾蘭愛國詩人〉和蘇軾的〈赤壁賦〉，得票最少的是章學誠的〈古文十弊〉和胡適的〈文學改良芻議〉[119]。但是，通過白話文教學實現新文學的「經典化」，不會以學生的喜好為限，隨著一九四九年新政權的建立，文言文一度被逐出語文教學，阮真的疑問以政治的方式解決了，語文教學成為詮釋「經典」更有力的力量。這種現代文學與語文教育相互產生意義的互動過程，倒是非常鮮明地體現出羅蘭．巴特所說的：「文學是被教授的東西」。[120]

---

118 程其保：〈初級中學課程標準之討論〉，載《教育雜誌》第23卷第9號（1931年）。

119 祝世德：〈初中國文教學經驗談〉，載《中華教育界》第21卷第1期（1934年）。

120 特里．伊格爾頓著，王逢振譯：《當代西方文學理論》（北京市：中國社會科學出

第四節　考試制度和作文教學：新知識的「固化」與新書寫方式的形成

一九二二年七月二十四日，一定是「青年導師」胡適感覺鬱悶的一天，那天他參加北大預科考試的國文監考，試卷上的作文題是「述『五四』運動以來青年所得之教訓」，有一個考生居然問胡適：五四運動是個什麼東西，是哪一年的事！這自然令胡適「大詫異」，後來他又「遇見別位監考的人，他們說竟有十幾個人不知道五四運動是什麼東西的！有一個學生說運動是不用醫藥的衛生方法！」[121]雖然胡適在晚年認為「五四運動」是對他稱為「中國文藝復興」的新文化運動的干擾[122]，但此時他還是認為，「新文化運動從文化運動走向政治運動是合乎邏輯的自然發展」[123]。這個題目是想考察青年對於「五四」的歷史記憶，還暗含北大校方對於學生參加政治運動的態度，但沒想到很多學生對「五四運動」一無所知！

這件事情反映了學生的知識結構和考試內容存在的偏差，提示我們應該關注民國時期的語文考試制度與新文學的關係。霍斯金（Keith W. Hoskin）在研究教育學的學科規訓制度（Discipline）的緣起時，認為是三個簡單微小的技術改革奠定了教育學的學科權力，「一、定期舉行嚴格考試；二、考試結果以分數評定等級；三、不斷的書寫工作，既有學生自己的書寫習作，也有他人關於學生的和組織

版社，1988年），頁285。

121 胡適：〈1922年7月24日日記〉，《胡適全集》（合肥市：安徽教育出版社，2003年），卷29，頁692。

122 胡適口述，唐德剛注譯：《胡適口述自傳》（合肥市：安徽教育出版社，1999年），第9章。

123 羅志田：〈走向「政治解決」的「中國文藝復興」〉，載《近代史研究》1996年第4期。

上圍繞學生的各種書寫工作」，「只有當書寫、評分、考試這三種做法合在一起，人類歷史才發生重大變化，乃至出現斷裂」[124]。我們看到，民國時期教育界在引進西方教育理論的同時，也引進了西方現代的考試制度——即國民政府在一九三二年實行的畢業會考制度[125]。政府把學生的學習納入制度化軌道，既是「為整齊小學、初級中學、高級中學普通科學生畢業程度，及增進教學效率」，又是為了加強意識形態的控制，通過考試題目來鞏固統治。就其精神實質而言，同科舉考試無異[126]。

考試是教學和學習的「指揮棒」，現在如此，過去亦如此。在新文學進入語文教育後，最難的還是讓新文學進入國文考試中。在白話文教材使用相當長時間後，國文考試仍是古文的天下，這一方面是因為教育界態度曖昧，「現在國內各大學的考試，及考試院舉辦的考試，更非用文言不可。……無怪乎現在的中學生甚而小學生，你不教他文言，他還要求你教他文言。中學大學入學試驗的影響於學生心理與態度，比了行政機關的一紙號令，或文人的兩三篇文字，不知要大多少」。[127]另一方面也是缺乏多樣化的考試手段，「無論月考、期考以

124 霍斯金著，李金鳳譯：〈教育與學科規訓制度的緣起〉，《學科・知識・權力》（北京市：三聯書店，1999年3月），頁46、47。

125 其考試的程序是，會考前由各學校將本校的應屆畢業學生，造具名冊，連同各科成績呈報教育行政機關。各會考委員會統一命題，設立考點、組織考試。會考結束後，分別以學生個人和學校為單位，根據平均成績分別等級予以公佈。會考的成績決定學生能否畢業，考試成績一般分為甲、乙、丙、丁四個等級。這項制度後來又幾次修改，至一九四五年結束。

126 葉聖陶：〈國文試題與科舉精神〉，《葉聖陶集》（南京市：江蘇教育出版社，1992年），卷13。

127 龔啟昌：〈讀了「禁習文言與強令讀經」以後〉，原載《時代公論》113號，轉引自胡適：〈所謂「中小學文言運動」〉（1934年），參見姜義華主編：《胡適學術文集・新文學運動》（北京市：中華書局，1993年）。

及入學考試、畢業考試、皆不過由教師命題，令學生作文一篇而已」。[128]不過，教育界對白話文測評方式的變革一直沒有停止過，林軼西曾經針對「精讀」、「略讀」教學，提出三種考查方法：

（1）課堂口試　上課時學生答問——講說、討論、諷誦——都須記分。

（2）定期筆試　每月由教員就一月內所讀的書出題考驗一次，每學期就一學期內所讀的書出題考驗一次，都須積分（精讀略讀均須舉行）。

（3）考查讀書筆記　精讀的筆記每週二次，略讀的筆記每週一次，並須記分。[129]

阮真則是從出題方式上「豐富」國文考試，他把國文考試分為三類：國文基本能力之測驗、讀文考試之方法、作文考試之方法。每一類下又分若干小題型，如國文基本能力測驗分為：字彙測驗、詞彙測驗、典故及成語測驗、讀文速力及理解力之測驗、文法測驗、造句測驗；讀文測驗分為：背誦與默寫、填補脫字、改正錯字、解釋辭句、讀文問答、讀文標點、讀文提要、古文語譯；作文測驗分為：命題作文、同題重作、聽講筆述、語體文譯。雖然不是所有測評方式都是對準白話文而言，但整個評價體系無疑是西方的，「西洋教育家之於語文教學，往往研究讀法作法中之一問題，窮數年或數十年之力而後成。吾國則尚未知語文教學之當為科學研究，而社會且未承認國文教

---

128 阮真：〈國文科考試之目的及方法〉，載《中華教育界》第20卷第5期（1932年）。

129 林軼西：〈初中國文科讀書問題之研究〉，載《教育雜誌》第16卷第6號（1924年）。

學之為專業。」[130]用精準分析式的考核方式來檢測強調整體性的中國語文是否合適，是教育學應該思考的問題。但從現代文學角度看去，正是在對考試技術的研究中，現代文學有可能被「固化」為知識，進入學生的必學範圍中。一九三五年正中書局出版《新法考試》一書，舉例說明了測評語文能力的新方法：

> 2. 文學測驗，考查學生對作家、作品的理解和記憶。
> 如：選答法，胡適著有：
> 1《嘗試集》2《女神》3《草兒》4《隔膜》5《寄小讀者》
> 杜甫的《石壕吏》是描寫：
> 1 逃難的人 2 苛稅 3 水災 4 拉夫 5 老年人
> 填字法，《阿Q正傳》是______著的。
> 曹操是______的主角。
> 對偶法，吳敬梓　曹雪芹　魯迅　葉紹均　郭沫若
> 《彷徨》《儒林外史》《女神》《紅樓夢》《隔膜》[131]

傳統考試主要考察學生對古代典籍的記憶和掌握程度，以及引經據典闡述「道」的寫作能力。新法語文考試，使得新文學作品也「堂堂正正」地成為學生必須識記的知識內容。至於判別、訂正、整理、刪除、綴句、仿寫、翻譯、標點等各種題型，則是訓練學生對知識的直接反應。傳統考試中的口試、帖經、策論、詩賦等經義考試的方法，也被改造成答辯、填空和對語言文字的理解、簡答和論述等現代

---

130 阮真：〈國文科考試之目的及方法〉，載《中華教育界》第20卷第5期（1932年）。

131 AlbertR. Lang 著，浦漪人、黃明宗譯：《新法考試》（北京市：正中書局，1934年）。

題型。與新法考試相吻合的是答案的精確，評分的準確，一切都邁入新知識體系中。而在這些新知識體系下，「這些『新學習者』為自己發現了一種新型的知識——權力，亦即『反照權力』（mirror power），一種對思想問題經常作出審核、評價、估量的力量」[132]。具有諷刺意味的是，這些考試題型，就是反對新文學的出題者也很感興趣，常把它們用於對古代文學常識的考察。下面是一九三四年北京和安徽畢業會考的試題：

北京：

下列各題，如以為是，則於括弧內畫（+）；如以為非，則畫（—）號

1. 儒家代表人物是孔子（　　）
2. 左傳的作者是班固（　　）
3. 墨家的領袖是老子（　　）
4. 史記的作者是司馬相如（　　）
5. 桃花源記是歐陽修作的（　　）
6. 杜甫是唐代的詩人（　　）
7. 韓愈是唐代的古文家（　　）
8. 白居易是宋代的詩人（　　）
9. 水滸的作者是施耐庵（　　）
10. 歸有光是清代的詩人（　　）[133]

132 霍斯金著，李金鳳譯：〈教育與學科規訓制度的緣起〉，《學科．知識．權力》（北京市：三聯書店，1999年），頁46、47。

133 劉世儒、徐仲華等編：《五四以來漢語書面語言的變遷和發展》（北京市：商務印書館，1959年），頁57。

安徽：

試答下列提問。

1.《大學》、《中庸》是誰作的？

2. 何為《三傳》？何為《五經》？

3. 老莊申韓屬於何家？

4. 賦盛於何時？詩盛於何時？

5. 曾子孟子是誰的弟子？

6. 何為五音？何為四聲？

7. 何為漢學？何為宋學？

8. 詩詞與傳記有何區別？

9. 唐朝最有名的兩個詩人是誰？

10. 誰是桐城派的領袖？誰是陽湖派的領袖？[134]

這種古文考核方法的轉變是意味深長的，傳統的科舉考試強調要「化典籍於心中」，而此時卻變成了枯燥的知識「標本」，它顯示了古文不可逆轉的進一步衰落。相反，喜歡新文學的出題者則一定要把新文學的知識讓學生掌握——同樣是一九三四年的會考考題，山東省就考到愛羅先珂的國籍，陝西省則要求學生回答：「中國現代作家最著名者為誰？能舉二三人以對歟？」標準答案提示是「魯迅、謝冰心、郁達夫、郭沫若、茅盾等」。題幹用文言提問，考試的內容卻是現代文學，這是很有趣的現象。伴隨著新考試方式出現，各種考試輔導書也鋪天蓋地出現了，新文學知識成為當中很重要的內容。一九三五年一月出版的《國文常識綱要》的〈序〉中說道，「近年來高中會考及大學入學考試，考試國文科目時，有國文常識測驗一項，其範圍非常

134 楊學為等編：《中國考試制度史資料彙編》（合肥市：黃山書社，1992年），頁720。

廣泛，赴考者每有應付困難之感。……今特編輯本書，除照向例分經史子集外，另加入中國文學家，西洋文學家，文學理論及文字學等部，擇要敘述，以備高中會考及投考大學者之參考，而節省他們的時間和精力[135]。」這本參考書第七章〈中國文學家及其代表作〉的第十節是〈現代文學家〉，其中「文學革命的提倡者」項下列有陳獨秀與胡適的主張，「小說家」項下的第一條就是「魯迅（周樹人）《吶喊》（包括《阿Q正傳》）、《彷徨》、《野草》」，接著還介紹了葉紹均、茅盾、丁玲、巴金、郭沫若、郁達夫、張資平等人。曾撰寫過文學史的趙景深和譚正璧也編了《高中國文複習指導》一書，用自問自答的方式說明學生掌握新文學知識，如：

> 問：文學革命的創始者為何人？
> 答：為胡適、陳獨秀、錢玄同等。
> 問：最有功於新文學運動的兩個團體為何名？
> 答：文學研究會與語絲社。
> 問：最有功於文學革命的兩種雜誌為何名？
> 答：新青年與新潮。[136]

其他還有「試舉幾個現代著名的小說家」、「試舉幾個現代著名的詩人」等題目。新的考試方式從內容到形式，都反映出三〇年代民國教育部在發揚「固有文化」與切合「現代精神」之間的矛盾，同語文教學上持續數年的白話、文言之爭也緊密聯繫。由於出題者的文化身分不同，選取哪位作家進入考試內容，有時甚至會引起爭論。蘇雪林

---

135 翟鳳鸞編：《國文常識綱要》（北京市：京城印書局，1935年）。

136 趙景深、譚正璧合編：《高中國文複習指導》（上海市：現代教育研究社，1936年）。

曾回憶說，一九三八年葉聖陶受武漢大學文學院院長陳西瀅之聘，到武大任教。一日葉聖陶擬國文常識試題，有一題為「魯迅文壇地位如何？他的著作以何者為最有名？」蘇雪林認為魯迅不過是左派塑造出來的偶像，不值得放進考題中，但葉聖陶卻堅持要將魯迅列入考試內容。於是，平素關係不錯的兩人大吵一架，從此「竟多日不交一言」。蘇雪林感慨說，陳西瀅是魯迅的論敵，而葉聖陶又是受陳西瀅禮聘而來，在這個問題上竟毫不讓步，可見他思想之左傾。[137]這則軼事也從側面反映了現代文學進入考試制度之難。

不過，新的考試方式不管學生是否讀過古代典籍，也不管學生是否看過現代文學作品，如今都「固化」為知識讓學生記憶了。新文學先驅們通過文學探討社會問題，新教育先驅們通過教育發揚民主精神，在新的考試制度下都歸於無形。但不可否認，新文學進入考試系統，也是「經典化」的一種重要方式，每一類題型也自有其文化含義。例如，胡適曾經主張的文言、白話互譯，實際上是想讓學生在「翻譯」中，感受語體文文法的「精密」、文言文文法的「不濟」；至於判斷題、填空題之類，讓學生掌握的作品名稱和作家的名字，實際上也是提醒他們「新經典」的存在。而且，可以看到，考試輔導書中列出的作家顯然比教材更全面（陳獨秀和張資平的名字都很難在教材中出現），這是因為教材做的是「減法」——編者要選取他認為最需要學生掌握、意識形態上有最「安全」的知識；而考試輔導書要做「加法」——收集盡量全面的知識，以應付每一個可能考到的知識點。這反而讓學生了解更多不同風格的作家作品，似乎也能說明學生平衡教材中編者的偏見。

137 蘇雪林：〈葉紹均的作品及其為人〉，轉引自商金林編：《葉聖陶年譜》（南京市：江蘇教育出版社，1986年），頁230。

當新文學知識進入考試體系中時，對另一大考試專案的作文，是使用白話還是文言寫作，考試部門的態度十分曖昧，由此影響到作文教學的改革更加艱難，並曾在三〇、四〇年代發生了兩次「中學生國文程度低落」的討論。從「課程綱要」到「課程標準」，再到修訂版「課程標準」，對用語體文作文也語焉不詳。一九二三年〈初中國語課程綱要〉對「作文」的要求是：「（一）定期的作文。（二）無定期的作文和筆記。（三）定期的文法討論。（四）定期的演說辯論。」至於用何種語言寫作，「綱要」並沒有明確；一九二九年〈課程標準暫行規定〉則要求初中生「養成運用語體文及語言充暢地敘說事理及表達情意的技能」，在高中階段除了繼續寫語體文外，「並依據學生的資性及興趣，酌量兼使有運用文言作文的能力」；到一九三六年修訂課程標準時，反而後退了一步，把對高中生「養成其用文言文敘事說理、表情達意之技能」作為硬性要求。教育部門的猶豫態度，是「整理國故」、「發揚固有文化」等思潮影響的結果，於是，考試機構出作文題目時明顯趨向用文言寫作。一九三一年政府招考公務員，軍委政治訓練班的國文試題是〈從《離騷》一書中論屈平之為人〉，司法部訓練班試題為〈刑亂國用重典論〉，政治學校土地研究班是〈論王者之政必自經界始〉，法官考試題目為〈分爭辯訟非禮不決論〉[138]，一九三四年上海中學畢業會考的作文題目是〈禮義氣廉恥國之四維論〉[139]，雖然出題人也標明「文言白話不拘」，但在此題目下學生實際上很難用白話寫作。於是，當經過白話文教學的學生，寫不出很好的文言文章時，就有人驚呼「中學生國文程度低落」，此一問題數次

138 葉聖陶：〈國文試題與科舉精神〉，《葉聖陶集》（南京市：江蘇教育出版社，1992年），卷13。

139 葉聖陶：〈禮義廉恥國之四維論〉，《葉聖陶教育文集》（北京市：人民教育出版社，1994年），卷3。

成為社會討論的熱點，甚至引起了教育部的「重視」。一九三九年高等考試結果放榜，考選委員會的沈士遠對記者發表談話，說考生「國文之技術極劣，思路不清」，認為此即國文程度低落的證明。教育部也在一九四一年通令中等學校，規定每學期不得少於十六次作文，希望用增加作文次數來提高中學生的國文程度。民間還自發組織了「存文會」，設法用寫文言、讀古書來挽救中學生國文程度的低落。

各界對「中學生國文程度低落」的批評，實質上是指向新文學，這自然引來新文化陣營的回應，因為國文程度低落有多方面的原因，如閱讀材料的問題，教學的問題。但葉聖陶和朱自清在反駁上述論點時，巧妙地把「中學生國文程度低落」的問題，轉化為用文言寫作還是白話寫作的問題。葉聖陶「從國文課程標準談起」，認為課程標準要求學生掌握「一般文言文」不是各種古書，而是「與語體文相差不遠的，使用文言字彙與文言調子的文字」，只是因為目前報紙、公文和書信還有用文言文的，學生只要能閱讀這些「實用的文言文」就行了，至於寫作，「初中高中要一貫地練習語體文的寫作，在初中立下基礎，到高中更求其精。……只因現代人要用文字表白情意，唯有寫語體文最為貼切，最能暢達，文言寫得無論如何到家，貼切與暢達的程度總要差一點」[140]。朱自清也持有相似的看法，「所謂低落，若是在文言文方面，確實是比較低落的，尤其是近十餘年來，中學生學做文言，許多地方真是不通。讀文言的能力也不夠。但從做白話文這方面來說，一般的標準是大大的進步了，對於寫景、抒情的能力，尤其非常的可觀。」[141]然後，他又把用語體文寫作擴展到整個中學的習作

140 葉聖陶：〈國文隨談〉，《葉聖陶教育文集》（北京市：人民教育出版社，1994年），卷3。

141 朱自清：〈怎樣學習國文〉，《朱自清論語文教育》（鄭州市：河南教育出版社，1985年），頁40。

過程中，「因此，我覺得中等學校裡現在已經無須教學生學習文言的寫作。在有限的作文時間裡，教學生分出一部分來寫作文言，學生若沒有家庭的國文底子或特殊興趣與努力，到了畢業，是一定不會寫通文言的。不但不能寫通文言，白話寫作，因為不能專力的緣故，也不能得著充分的發展。若省下學習文言寫作的時間與精力，全用在學習白話的寫作上，一般學生在中學畢業的時候，大概可以寫出相當流暢的白話了。」[142]桂林師院的葉蒼岑則索性對整個考試方案予以質疑，認為「現在中學生的國文程度，並不是全部低落，只是一部分低落了；這一部分是限於文言方面，尤其是在古代文言方面。……偏偏這『低落』的一部分，就正是高中會考、大學入學統考的國文試題重點」[143]。

葉聖陶等人的見解，實際上是試圖為白話文寫作爭取更大的空間。從學生角度講，他們自然願意用白話寫作，但由於考試的作文題目多是引導學生用文言寫作，使得很多考生家長在課後用《論說文範》幫助孩子練習文言寫作，實際上也阻礙了新文學在學生閱讀中的位置。不過，就是用白話文寫作，學生的作文似乎也不理想，其中原因多是「趨新」的學生追求社會思潮所致：一九三三年清華大學入學試題的作文題目是，〈苦熱〉、〈曉行〉、〈燈〉、〈路〉、〈夜〉，「考生只要選作一個，文言白話均可。但作文言的很少」。但是，很多學生把各種題目中都生硬地摻入了「恨富憐貧」的革命思想：〈苦熱〉中寫洋車夫在大熱天下拉車的辛苦，朱自清幽默地說，「這一回卷子裡，洋車夫可真死得不少。」〈夜〉也分成闊人的夜和窮人的夜的。〈曉行〉則是將「農人的窮苦與苛捐雜稅等發揮一番」。一位學生還在試

142 朱自清：〈中學生的國文程度〉，《朱自清論語文教育》（鄭州市：河南教育出版社，1985年），頁51。

143 葉蒼岑：〈中學生國文程度低落的分析〉，載《國文雜誌》第3卷第1期。

卷末尾標明自己的「寫作意圖」:「看見夏丏尊先生所著之文章作法上說，文須從小處描寫；又讀諸雜誌上謂時代漸趨於普羅文學，生遂追時代潮流效夏先生之語而作此」。[144]就是習作語言，也大都語病甚多，很難讓社會信服語言工具改變後學生的習作能力將迅速提高，像「沿街羅列小販的叫喊聲」、「我雖然是工學院，但是是一年級」、「墨水的沉澱和銅銹早已經籠罩了筆尖上的外國文」之類的句子遍見於學生的作文中。朱自清曾經摘抄了學生的習作，分門別類逐一分析[145]，並認為這才是國文程度低落的現實，其原因在於「現在青年學生的通病是大而化之，不拘小節。他們專講興趣而恨訓練」[146]，因此他建議老師，「文藝教學應該注重詞句段落的組織和安排，意義的分析；單照概括的文藝批評不盡同，教學不該放鬆字句。」[147]這實際上也是早期白話文教學使勁從思想上引導學生留下的「後遺症」。

中學生作文語言的文白之爭，實際上是二〇年代文學領域中文白之爭的延續。當年胡適宣佈古文最大的弊端就是寫作和思維的偏差，即用白話思維，卻用文言表達，胡適斷言這是很不「經濟」的，「那些用死文言的人，有了意思，卻需把這意思翻成幾千年前的典故；有了感情，卻須把這感情譯為幾千年前的文言」[148]。周作人也說：「思想自思想，文字自文字，寫出來的時候中間須經過一道轉譯的手續，

144 朱自清：〈高中畢業生國文程度一斑〉，《朱自清論語文教育》(鄭州市：河南教育出版社，1985年)。

145 參見朱自清：〈文病類例（詞彙)〉，《朱自清論語文教育》(鄭州市：河南教育出版社，1985年)。

146 朱自清：〈高中畢業生國文程度一斑〉，《朱自清論語文教育》(鄭州市：河南教育出版社，1985年)。

147 朱自清：〈中學生與文藝〉，《朱自清全集》(南京市：江蘇教育出版社，1996年)，卷4。

148 胡適：〈建設的文學革命論〉，《胡適全集》(合肥市：安徽教育出版社，2003年)，卷3。

因此不能把想要說的話直捷的恰好的達出，這是文言的一個致命傷。」[149]但是，「學衡派」的梅光迪卻有不同的看法，他說：「彼等由謂思想之在腦也，本為白話，當落紙成文時，乃由白話而改為文言，猶翻譯然，誠虛偽與不經濟之甚者也。然此等經驗，乃吾國數千年來文人所未嘗有，非彼等欺人之談而何？」[150]現在看來，梅光迪的話不無道理，因為當白話文運動取得勝利後，「吾手寫吾口」並沒有實現，仍然存在口頭語言和書面白話語言的巨大差別，而且那些「歐化的白話」並不就比文言容易寫，以至於有人認為，「做白話很不容易，不如做文言省力」[151]。因此，從語言角度看，中學生寫作能力下降並不能把原因歸結到教學上，面對一套全新的語言系統，需要不斷探索、反覆實驗才能找到合適的書寫方式，就是朱自清早期的散文創作，葉聖陶不也認為「有點兒做作，過於注重修辭，見得不怎麼自然」麼？[152]

事實上，社會上對白話能否成為新的書寫語言的懷疑從沒有結束。直到胡適宣佈「反對黨已經破產」的一九二五年，時任清華大學教務長的張彭春還認為，「文言白話的爭一時不能分勝負。兩個最大分別：一個是寫出給人看，一個是說出給人聽。寫出人看的，說出人未必懂。只要人看了可以懂就夠了。所以字句儘管往古潔出鍛煉。……說出人聽的，自然要人一聽就懂。近來寫白話的，有時所寫

149 周作人：〈國語改造的意見〉，《夜讀的境界》（長沙市：湖南文藝出版社，1998年），頁772。

150 梅光迪：〈評提倡新文化者〉，收入孫尚揚、郭蘭芳編：《國故新知論——學衡派文化論著輯要》（北京市：中國廣播電視出版社，1995年），頁72-73。

151 胡適：〈建設的文學革命論〉，《胡適全集》（合肥市：安徽教育出版社，2003年），卷3。

152 葉聖陶：〈朱佩弦先生〉，《朱自清論語文教育》（鄭州市：河南教育出版社，1985年）。

的，人聽了不能懂，那末，白話的活氣脈他沒尋著，同時文言的簡煉他已經丟開，這類白話文是現在最常見的」[153]。張指出的缺乏「白話的活氣脈」的確是誕生初期的白話文學的毛病，因為許多白話作者過度追求國語的「歐化」，胡適認為，「白話文必不能避免『歐化』，只有歐化的白話方才能夠應付新時代的新需要」[154]。而對於許多識字者而言，歐化的「國語」可能比文言更難懂。就是在新文學興起之初，各家對何為真正的「國語」也有不同的見解。周作人說：「古文不宜於說理（及其他用途）不必說了，狹義的民眾的言語我也覺得不夠用，決不能適切地表現現代人的情思：我們所要的是一種國語，以白話（即口語）為基本，加入古文（詞及成語，並不是成段的文章）方言及外來語，組織適宜，且有論理之精密與藝術之美。」[155]劉半農說：「於白話一方面，除竭力發達其固有之優點外，更當使其吸收文言所具有之優點，至文言所具之優點盡為白話所具……」[156]朱經農說：「不過『文學的國語』，對於『文言』、『白話』，應該並採兼收而不偏廢。其重要之點，即『文學的國語』並非『白話』，亦非『文言』，須吸收文言之精華，棄卻白話的糟粕，另成一種『雅俗共賞』的『活文學』。」[157]錢玄同說：「用了北京話做主幹，再把古語、方言、外國語等等自由加入。……制定國語，自然應該折衷於白話文言

153 張彭春：〈日程草案〉（1925年7月23日），轉引自羅志田著：《近代中國史學十論》（上海市：復旦大學出版社，2003年），頁137。

154 胡適：《中國新文學大系》（建設理論集導言）（上海市：良友圖書印刷公司，1935年）。

155 周作人：〈理想的國語〉，《國語週刊》第13期（1925年）。

156 劉半農：〈我之文學改良觀〉，《中國新文學大系》（建設理論集）（上海市：良友圖書印刷公司，1935年），頁67。

157 朱經農：〈致胡適〉，《胡適文集》（合肥市：安徽教育出版社，2003年），卷2，頁68。

之間，做成一種『言文一致』的合法語言。」[158]這些構思當初都是不錯的（事實上後來的很多白話文創作也在實踐這些語言風格）。不過，後來制定的「國語」標準卻是以北京方言為基礎，單純地強調用書面語言去貼近口語。但深入到寫作層面後，越來越多的人開始認識到，「（白話文）寫作雖說就是說話，究竟與尋常口頭說話有所不同。」[159]朱自清也曾認為，「在五四運動的時候，有人提出口號：『文語一致』。這只是理想而已。『文』是許多字句組織起來的，『語』則不然，說話的時候，有聲調，快慢，動作等因素來幫助它，可以隨便的說，只要使對方的人能夠了解。總之，『語』確實是比『文』容易」[160]。經過二十多年的文學語言的發展，作家們才發現當年「言文一致」的口號實際上是一個幻影，如果把書面降低到口頭語的水準，決不能產生優秀的第一流的文學作品。文學語言在經過一個「由雅變俗」的過程後，還要經過一個「由俗變雅」的過程（當然是在語體文基礎上的變化），而很多學生的語體作文在第二個階段沒有成功——這和白話教材有關，也和古文日益退出學生的閱讀視野有關。

在這個層面上再來反思文言與白話的關係。新文學先驅是以急切的方式割斷了現代書寫語言與傳統的聯繫，魯迅一貫反對「現代」青年用文言寫作，「我總以為現在的青年，大可以不必舍白話不寫，卻另去熟讀了《莊子》，學了它那樣的文法來寫文章。」[161]對有人以他

---

158 錢玄同：〈嘗試集序〉，《中國新文學大系》（建設理論集）（上海市：良友圖書印刷公司，1935年），頁105。

159 葉聖陶：〈國文隨談〉，《葉聖陶教育文集》（北京市：人民教育出版社，1994年），卷3。

160 朱自清：〈怎樣學習國文〉，《朱自清論語文教育》（鄭州市：河南教育出版社，1985年），頁40。

161 魯迅：〈答「兼示」〉，《魯迅全集》（北京市：人民文學出版社，1981年），卷5，頁335。

為例，說明不學好古文也寫不好白話文時，他斷然予以否定。他說自己「確是讀過一點中國書，但沒有『非常的多』」，[162]認為這種觀點不過是「保古者的苦心」[163]。一九二六年十一月《一般》雜誌發表朱光潛（明石）〈雨天的書〉一文，其中說：「想做好白話文，讀若干上品的文言文或且十分必要。現在白話文作者當推胡適之、吳稚暉、周作人、魯迅諸先生，而這幾位先生的白話文都有得力於古文的處所（他們自己或許不承認）。」[164]魯迅果然就不承認，他在〈寫在《墳》後面〉一文中說：「新近看見一種上海出的期刊，也說起做好白話文須讀好古文，而舉例為證的人名中，其一卻是我。這實在使我打了一個寒噤。別人我不論，若是自己，則曾經看過許多舊書，是的確的，為了教書，至今也還在看。因此耳濡目染，影響到所做的白話上，常不免流露出它的字句，體格來。但自己卻正苦於背了這些古老的鬼魂，擺脫不開，時常感到一種使人氣悶的沉重。就是思想上，也何嘗不中些莊周韓非的毒，時而很隨便，時而很峻急。」[165]後來，施蟄存在〈《莊子》與《文選》〉一文中勸文學青年讀《莊子》與《文選》，其理由與朱光潛差不多，也以魯迅為例，他說：「我們不妨舉魯迅先生來說，像魯迅先生那樣的新文學家，似乎可以算是十足的新瓶了。但是他的酒呢？純粹的白蘭地嗎？就不能相信。沒有經過古文學的修養，魯迅先生的新文章決不會寫到現在那樣好。所以，我敢說：在魯迅先生那樣的瓶子裡，也免不了有許多五加皮或紹興老酒的成分。」[166]對

162 魯迅：〈這是這麼一個意思〉，《魯迅全集》（北京市：人民文學出版社，1981年），卷7，頁263。

163 魯迅：〈古書與白話〉，《魯迅全集》（北京市：人民文學出版社，1981年），卷7，頁263。

164 朱光潛：〈雨天的書〉，《一般》第1卷第3期。

165 魯迅：〈寫在《墳》後面〉，收入《魯迅全集》（北京市：人民教育出版社，1981年），卷1，頁285。

166 施蟄存：〈《莊子》與《文選》〉，收入《魯迅全集》（北京市：人民教育出版社，1981年），卷5，頁331。

此，魯迅也馬上給予了反駁，他說：「施先生還舉出一個『魯迅先生』來，好像他承接了莊子的新道統，一切文章，都是讀《莊子》與《文選》讀出來的一般。『我以為這也有點武斷』的。他的文章中，誠然有許多字為《莊子》與《文選》中所有，例如『之乎者也』之類，但這些字眼，想來別的書上也不見得沒有罷。再說得露骨一點，則從這樣的書裡去找活字彙，簡直是糊塗蟲，恐怕施先生自己也未必。」[167]魯迅的「不承認」，現在看來更像是當時的文化策略，同整個五四時期的激進姿態是一致的。當年胡適把「人人能用國語自由發表思想——作文，演說——都能明白曉暢，沒有文法上的錯誤」列為中學語文教學三條理想標準中的第一條，也是國語教學唯一的一條標準（其他兩條均是針對古文教學而言）[168]，他曾雄心勃勃地說：「國語代替文言以後，若不能於七年之內，使高小畢業生能做通順的國語文，那便是國語教育的大失敗。」[169]而如今八十多年都過去了，作文教學仍然是語文教學中尚未突破的一個難點。當年，朱自清在改學生的白話習作時，覺得學生最大的問題就是「詞彙量小」，表情達意常有「不濟」的地方，因此他建議：「我主張大家都用白話作文，但文言必須要讀；詞彙與成語，風格與技巧，白話都還有借助文言的地方。」[170]事實上，就連胡適自己教兒子讀書，也要他兼讀文言文，而不是光讀白話文。

167 魯迅：〈「感舊」以上〉（上），《魯迅全集》（北京市：人民教育出版社，1981年），卷5，頁329。

168 胡適：〈再論中學的國文教學〉，見《胡適文存二集》（上海市：亞東圖書館，1924年），卷4，頁246。

169 胡適：〈論中學的國文教學〉，收入姜義華主編：《胡適學術文集．語言文字研究》（北京市：中華書局，1993年），頁53。

170 朱自清：〈論中國文學選本與專籍〉，《朱自清論語文教育》（鄭州市：河南教育出版社，1985年），頁2。

白話文習作實際上也是「經典化」新文學的一種方式。因為學生在寫作時，首先就是以教材中的新文學作品為參考文本，老師教學時又強調閱讀與寫作的關係，更加深了「摹寫」的重要性。三〇年代甚至出現了以「文章作法」為體例的教材，這就是一九三二年神州國光社出版，孫俍工編的初高中《國文教科書》。這套教科書的最大特點是以「文章作法」為線索進行單元組合，每個單元都有一個揭示訓練中心的小標題。以初中《國文教科書》第一冊為例，共設如下八個單元：

第一單元　白描風景的技能的授予。

第二單元　描寫天象季節的方法的授予。

第三單元　授予以人物的形態個性的描寫法。

第四單元　授予以人物的內在生活的描寫。

第五單元　授予以記載社會風俗的方法。

第六單元　授予以記事文中怎樣應用感情怎樣運用想像的方法。

第七單元　授予以記事文中摻入議論的方法。

第八單元　授予以抒寫雜記日記的具體的方法。

各單元的選文服從於本單元「文章作法」要求，提供相應的範例。例如第一單元是講「白描風景的技能」，選文有徐蔚南的〈山陰道上〉、劉鶚的〈大明湖〉、冰心的〈慰冰湖畔〉、朱自清的〈槳聲燈影裡的秦淮河〉等十餘篇寫景佳作。除此以外，每個單元還按照本單元「文章做法」的要求，佈置若干作文題目，供教師指導學生寫作時選用。例如第一單元佈置了這樣八道作文題：(一)〈虎丘山下〉，(二)〈溪流〉，(三)〈出了三峽〉，(四)〈波上的白鷗〉，(五)〈吳淞江口〉，(六)〈韶光的翠竹〉，(七)〈菊徑〉，(八)〈松濤〉。這樣，就使以往單純的選文閱讀單元，發展成了具有讀與寫雙重功能的綜合單元了，學生也就在對新文學的直接仿寫中，印證了新文學經典的存在價值和示範功能。

第五節　〈背影〉後的「背影」：一個經典文本的形成與反思

〈背影〉是現代文學史上的經典作品，它的經典性來自於作品本身的經典特質，更來自於它廣大的閱讀面——在近八十年的閱讀歷程中，有數億人讀過這篇文章，有數百萬的老師教過這篇文章，成為語文教材中不可更移的作品。但是，我們要追問的是：成為經典作品的〈背影〉，是作品本身的優秀，還是有更多的非作品因素？在其經典化過程中，有哪些力量參與了建構？這些力量同主流意識形態保持著何種關係？這些都需要對經典的生產過程，包括制度、組織、文本、行為等在內的「經典化」因素進行更細緻的分析。

〈背影〉創作於一九二五年十月，最早發表於葉聖陶主編的《文學週報》第二百期（一九二五年十一月二十二日）[171]，一九二八年收入朱自清的散文集〈背影〉（開明書店初版），以〈背影〉作為整部散文集的書名，也表現出朱自清對這篇文章的偏愛。通過單行本閱讀到〈背影〉的人並不是很多（到一九四九年，〈背影〉的單行本印行了十餘版，在現代文學作品中也算不錯的銷售業績了），但通過語文教材閱讀〈背影〉的人則要多出上百倍。

目前所能查到的，最早收入〈背影〉的教材是一九三〇年出版的《初中國文教本》第三冊（張弓編，上海大東書局出版），以後就頻繁出現於下列語文教材中：

171　《文學週報》是文學研究會的刊物，前身是一九二三年五月二十日創刊的《文學旬刊》，從第八十一期起改名為《文學》，每週出一期，第一七二期起改名為《文學週報》。

教材名稱	書局名稱	初版時間	編者
基本教科書國文	商務印書館	一九三二年	陳望道、傅東華
開明國文讀本	開明書店	一九三二年	王伯祥
朱氏初中國文	世界書局	一九三三年	朱劍芒
初中當代國文	中學生書局	一九三四年	盛朗西、施蟄存、朱雯、沈聯璧
初級中學國文	正中書局	一九三四年	葉楚傖、汪懋祖
國文百八課	開明書店	一九三五年	葉聖陶、夏丏尊
初中新國文	世界書局	一九三七年	朱劍芒
新編初中國文	中華書局	一九三七年	宋文翰
初中國文教本	開明書店	一九三七年	葉聖陶、夏丏尊
開明新編國文讀本（甲種）	開明書店	一九四三年	葉聖陶、郭紹虞、覃必陶、
開明國文講義	開明書店	一九四七年	葉聖陶、夏丏尊、宋雲彬、陳望道
初級中學國文	正中書局	一九四八年	桑繼芬
初級中學國文（甲編）	國立編譯館	一九四八年	桑繼芬
新編初中精讀文選	上海文化供應社	一九四九年	王任叔

上表還是一個不完全統計，但可以看到，被稱為「商中世大開」的民國五大教材出版商都選編了〈背影〉一文，而這五家出版社教材的市場份額占百分之九十以上，也就是說，只要在民國時期讀過初中的學生，幾乎沒有不讀〈背影〉的。通過教材，〈背影〉給學生的印象非常之深，「在中學生心目中，『朱自清』三個字已經和〈背影〉成

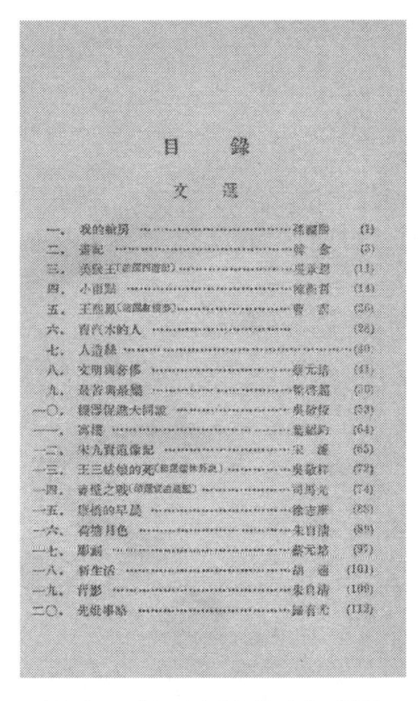

目　錄

文　選

一、	[illegible]	[illegible]	(1)
二、	[illegible]	[illegible]	(5)
三、	[illegible]	[illegible]	(11)
四、	[illegible]	陳衡哲	(14)
五、	王熙鳳（[illegible]）	[illegible]	(20)
六、	賣汽水的人		(28)
七、	人造絲		(30)
八、	文明與奢侈	蔡元培	(41)
九、	最苦與最樂	梁啟超	(50)
一〇、	[illegible]	[illegible]	(53)
一一、	[illegible]	葉紹鈞	(64)
一二、	宋九賢遺像記	宋濂	(65)
一三、	王三姑娘的死（[illegible]）	吳敬梓	(72)
一四、	赤壁之戰（[illegible]）	司馬光	(74)
一五、	康橋的早晨	徐志摩	(85)
一六、	荷塘月色	朱自清	(89)
一七、	[illegible]	[illegible]	(97)
一八、	新生活	胡適	(101)
一九、	背影	朱自清	(108)
二〇、	[illegible]	[illegible]	(113)

圖八　《初中國文教本》書影

為不可分割的一體」[172]，一九四八年朱自清去世消息傳開的時候，學生的第一個反映是「作〈背影〉的朱自清先生死了」！[173]一位和朱自清並無師生之誼的清華大學學生也說，「假如在課堂上聽過他底課的才算是他的學生的話，那麼我不是他的學生；然而事實上，今日的中國知識青年誰又不是他底學生呢？」，因為我們「小時侯從課本上念〈背影〉，開始知道了他底名字」[174]。從中可以看出，「背影」一詞已經同「朱自清」的名字緊緊聯繫在一起，其大部分作用要歸於語文教材。

從上表可以看出，不同政治立場的出版社、不同文化身分的編者都選中了〈背影〉，很少有新文學作品能達到如此的一致。這其中除了它的篇幅和內容符合教材的要求外，還有更為複雜的社會歷史原因。

〈背影〉講述的是一個「父愛」的故事，它不但在意識形態上是「安全」的，而且還有效地參加了新的意識形態的「縫合」。在五四「重估一切價值」的年代，親情關係中具有壓迫意味的父子關係亦在重估之列，中，顛覆「父為子綱」的倫常是思想革命的一大任務。魯

172 李廣田：〈最完整的人格〉，見張守常編：《最完整的人格——朱自清先生哀念集》（北京市：北京出版社，1988年），頁64。

173 李廣田：〈最完整的人格〉，見張守常編：《最完整的人格——朱自清先生哀念集》（北京市：北京出版社，1988年），頁64。

174 王書衛：〈朱自清先生死了！〉，見張守常編：《最完整的人格——朱自清先生哀念集》（北京市：北京出版社，1988年），頁12。

迅在〈我們現在怎樣做父親〉一文中，開宗明義地說「革命要革到老子身上」，因為中國的「聖人之徒」「以為父對於子，有絕對的權力和威嚴；若是老子說話，當然無所不可，兒子有話，卻在未說之前早已錯了」[175]；文學革命初期，大量的新文學作品表現的也是受父權壓制的苦惱，如冰心的〈斯人獨憔悴〉和許地山的〈命命鳥〉，父親形象都是負面的。而實際上，中國傳統的父子關係除了「嚴厲」外，還有「愛意」，只不過在反傳統的五四時期，這一方面被壓制下來、讀者所聞甚少罷了。〈背影〉在中國現代文學作品裡，第一次刻畫了一位正面的父親形象，啟動了讀者的「記憶」，也引起了讀者的共鳴——就是作者本人，也是憑藉此文彌補了早年同父親的隔閡[176]。從整個時代氛圍來看，在二〇年代中期在經過狂飆突進的五四後，社會文化開始表現出對傳統價值的某種回歸[177]，「新舊」之間的界限開始變得模糊，思想領域進入了「傳統」與「現代」的整合階段，與父親和藹形象對應的「精神父親」也開始復活——〈背影〉的發表也暗合了這一歷史語境，這是〈背影〉能成為經典的文化因素。

藝術上的特點也是〈背影〉入選教材的重要原因。作者以「意在表現自己」為宗旨，甘願做「大時代中的一名小卒」[178]，從日常生活

175 魯迅：〈我們現在怎樣作父親〉，《魯迅全集》（北京市：人民文學出版社，1980年），卷1。

176 早年朱自清同父親的關係多有不和。朱自清的父親小坡公是一位父權思想濃重的典型的封建家長，他曾因為納妾使家庭失和，並因此丟了官職，導致家道中落。一九二三年朱自清曾經以《笑的歷史》來影射新婚妻子在家裡受到的壓迫，引起父親的極大不滿，父子關係幾乎破裂；一九二五年朱自清發表〈背影〉後，立即寄回老家，於是父子倆「盡釋前嫌」。參見姜建著：《大地足印——朱自清傳記》（南京市：江蘇教育出版社，1993年）。

177 參見羅志田：《國家與學術：清季民初關於「國學」的思想論爭》（北京市：三聯書店，2003年），第五章。

178 朱自清：〈序〉，《背影》（北京市：人民文學出版社，1983年翻印本）。

中的平凡小事取材，這一取材範圍和讀者有親近感，似乎也符合讓學生從身邊事情「由近及遠」認知世界的「教育規律」，而早期白話文以時論文字為主，這類作品正是教材所缺乏的。另外，作品滿貯著作者的真情也很能打動青年讀者的心，許傑認為這是〈背影〉受到讀者歡迎的主要原因，「如果沒有了這點誠摯，這點父子之間的純真的感情，其餘那些，——如細膩、勻淨之類，又將有什麼可取，又將附麗到哪裡去呢」[179]。朱自清在一九四七年回答《文藝知識》關於散文寫作的問題時，也談到〈背影〉的寫作原由：「我寫〈背影〉，就因為文中所引的父親的來信裡的那句話。當時讀了父親的信，真是淚如泉湧。……我這篇文只是寫實，似乎說不到意境上去。」[180]而這種以平實凸顯真情的筆法，從語文教育角度講更適合學生摹仿，而且這也很符合朱自清對習作教學的一貫看法，「要用現在生活作題材，學生總該覺得熟悉些，親切些；即使不能完全了解，總不至於摸不著頭腦」。

〈背影〉也處於朱自清散文風格變革的關鍵點上。他的早期散文如〈匆匆〉、〈槳聲燈影裡的秦淮河〉，葉聖陶認為「有點兒做作，過於注重修辭，見得不怎麼自然」[181]，從〈背影〉開始，作者著意於「談話風」的嘗試。為了營構「日常生活的詩」，作者需要「隨隨便便，老老實實地寫來，不露咬牙切齒的樣子，便更加親切」的文字[182]。魯迅曾要求「將活人的唇舌作為源泉，使文章更接近語言，更加有生

---

179 許傑：〈朱佩弦先生的路〉，見張守常編：《最完整的人格——朱自清先生哀念集》（北京市：北京出版社，1988年），頁79-80。

180 朱自清：〈答《文藝知識》編者問〉，《朱自清論語文教育》（鄭州市：河南教育出版社，1985年），頁170。

181 葉聖陶：〈朱佩弦先生〉（代序），《朱自清論語文教育》（鄭州市：河南教育出版社，1985年）。

182 朱自清：〈「海闊天空」與「古今中外」〉，《朱自清全集》（南京市：江蘇教育出版社，1996年），卷1。

氣」[183]，朱自清顯然認同這一觀點（他曾作過〈魯迅先生的中國語文觀〉一文），竭力主張「回到自己口頭的語言」[184]，要「用筆如舌」，「像行雲流水」一般，認為「文章有能到這樣境界的，簡直當以說話論，不再是文章了」[185]。〈背影〉顯然是作者變革散文風格的開始，以後的〈給亡婦〉、〈歐遊雜記〉和大量的雜文只是這一風格的延續和深化。這一變革受到了葉聖陶的認可，認為朱自清的散文「從口語中提取有效的表現方式」，逐漸有了「現代口語的韻味」而不再是「不尷不尬的『白話文』」[186]。從語文教學的角度看，朱自清的散文語言符合教育家們對「言文一致」的一貫追求，而且有區別一般白話文粗鄙的「文氣」（葉聖陶認為是知識份子的「口語」），朱光潛認為朱自清的散文「要和語體文運動共垂久遠」，「他的文章簡潔精煉不讓於上品古文，而用字確是日常語言所用的字，語句聲調也確是日常語言所有的聲調，就剪裁錘鍊說，他的確是『文』；就字句習慣和節奏說，他的確是『語』。任文法家們去推敲它，不會推敲出什麼毛病；可以念給一般老百姓聽，他們也不會感覺有什麼彆扭」[187]。而這一語言特色正好是語文教育所希望的白話文特點，也是足資學生模仿的——早期的教材中周作人和俞平伯的散文都選了不少，但像周作人散文的「平淡青澀」與俞平伯的「隱逸清幽」，沒有深厚的文化根底是很難模仿的，而教材作為傳播文學經典的工具，往往要選擇簡單通達、整

183 魯迅：〈寫在《墳》後面〉，《魯迅全集》（北京市：人民文學出版社，1980年），卷1。

184 朱自清：〈今天的詩〉，《朱自清全集》（南京市：江蘇教育出版社，1996年），卷4。

185 朱自清：〈論誦讀〉，《朱自清全集》（南京市：江蘇教育出版社，1996年），卷3。

186 葉聖陶：〈朱佩弦先生〉（代序），《朱自清論語文教育》（鄭州市：河南教育出版社，1985年）。

187 朱光潛：〈敬悼朱佩弦先生〉，見張守常編：《最完整的人格——朱自清先生哀念集》（北京市：北京出版社，1988年），頁243。

齊縝密的文學作品，〈背影〉顯然符合教材在語言上的要求，當年周作人也說，「我看見有些純粹口語體的文章，在受過新式中學教育的學生中寫得很是細膩流利」[188]，自然，這和教材中的示範文章有關。

自然，〈背影〉能在民國語文教材中延續十幾年，原因還遠不止這些，還有如時世艱難的喟歎、家道中落的感傷，也能引起很多人的共鳴。不同的讀者均能從作品中找到自己的精神契合點，這些都是〈背影〉成為經典的重要潛質。

不過，外部力量參與經典的建構遠比它自身的潛質更重要。一個有趣的現象是，〈背影〉出版後，文學界的評論並不多，多是葉聖陶等老友的唱和，還有郁達夫、阿英、鐘敬文等人對朱自清散文的整體評價。相反，更多的編者從語文教育角度關注〈背影〉一文，指引學生如何讀這篇文章。〈背影〉在語文教材中有以下幾種呈現方式：第一，編排到課文中，沒有任何說明，或只有簡單的注釋和作者簡介；第二，編排到課文中，並從文法、修辭、作法等角度簡單分析；第三，和其他具有相似主題的文章編成一組，並從文法、修辭、作法等角度分析，還設計有「題解」和課後思考題目。第一種只是讓學生讀一讀，學生對文章的理解取決於教師的教學。第二、三種方式則略微複雜一些，例如，〈基本教科書國文〉在「注釋與說明」中提示的是習作中的「剪裁之法」——「『是不能忘記的事情』，自然又是裁取個人經驗材料的一個標準。但是最不能忘記的事，大都只是一件事，或一個影子（如這篇的〈背影〉），拿這點東西作出發點，需能聯想出其他有關的事情，這才足夠一篇文學作品作材料，當這樣運用聯想的時候，還要處處不忘原來那個出發點，否則便不能算是剪裁」。課後的「題解」大多是從「父子之愛」出發，但敘述也略有不同，如〈新編

188 周作人：〈燕知草跋〉，《俞平伯研究資料》（天津市：天津人民出版社，1986年）。

初中國文〉的很簡短，「本篇節錄〈背影〉，為作者想念父親、追憶前事的作品」；而在〈朱氏初中國文〉中，編者還提到了文章的感傷色彩，「本篇為描寫老父慈愛的敘事文。內容係追敘老父送行時的情形，與別後的惦記，所以在記敘體中，還夾雜些極端感傷的抒情分子」，在內涵上比上一個提示更豐富一些。課後是思考題也大致相似，如，「為什麼上了二十歲的兒子出門，做父親的還不放心？」、「父親愛憐兒子，在什麼地方最易表達出來？作者在車上望見父親的背影，為什麼要流下淚來？」、「篇中的對話，看來都很平常，可是都帶著情感。試逐一體會，哪一句帶著感情」，也有一些教材要求學生寫一篇自己父母對自己慈愛的文章。這些內容看似都是語文教材編排的技術，但實際上有更豐富的文化內涵。所有的題解和思考題隱含了這樣一個前提：〈背影〉是一篇典範作品，它在文法、作法語文教學都方面都堪稱經典，教材的分析正是為這種典範性尋找依據；「題解」和課後思考題則是向學生提示「正確」的閱讀方式，以及學生在讀完課文後應有的「正確」的思考方式和「正確」的寫作方式。它們提供了一些路徑，進而也壓抑了對文本更多元化的解讀和相似題材更多元化的寫作方法。例如，把文章主旨限定在「父子之愛」，也能避免意識形態上的進一步追問，如「時世何以會如此艱難」，而這一點卻是一九四九年後教師指引學生思考的另一個重點，或者常常以「寫作背景」的方式直接告訴學生。

如果說教材還是以隱性的方式「經典化」〈背影〉的話，葉聖陶等人從語文教學上對〈背影〉進行細讀，更是加快了「經典化」的步伐。一九三六年葉聖陶撰寫〈朱自清的〈背影〉〉一文，發表於《新少年》雜誌創刊號，後來又收入《文章例話》一書。這篇文章從詞法、文法和作法三個層次對〈背影〉進行了分析，特別是在作法上，分析了作者剪裁的工夫，佈局謀篇的技巧，人物刻畫的傳神，最後揭示出作品的語言特點，「這篇文章通體乾淨，沒有多餘的話，沒有多餘的字眼，即使一個『的』字一個『了』字也是必須用才用。多讀幾篇，自然有數」[189]。這種分析法同葉聖陶寫作《文章例話》一書的目的有關：一個「是要告訴讀者，寫文章不是什麼神秘的事兒，艱難的事兒。……只要有經驗和意思，只要會說話，再加上能識字會寫字，這就能寫文章了。……所謂好文章，也不過材料選得精當一點兒，話說得確切一點兒周密一點兒罷了」；另一個希望讀者看了分析以後，「再去讀其他文章，眼光就明亮且敏銳，不待別人指點，就能把文章的好處和作法等等看出來」[190]。基於這樣的目的，從該書中所選的二十四篇用來的分析的文章中可以看出，多為意思明晰、語言淺白的文章，雖是名家之作，但並非是有代表性的名篇，如茅盾選的〈浴池速寫〉、郭沫若選的是〈壅〉、魯迅選的是〈看戲〉、周作人選的是〈小河〉。這也提示我們注意，〈背影〉本身具有的教學上的可分析性和可摹仿性，是其被「經典化」的重要原因。一九四一年在〈國文隨談〉中，葉聖陶在談到中學生的閱讀與寫作問題的關係問題時，又以韓愈的〈畫記〉和朱自清的〈背影〉為例（打通古今之文來分析的方式本身也很有意味），說明學生習作時，「如果你所要寫的正與〈畫記〉或〈背影〉情形相類，你就可以採用它的方法；或者有一部分相類，你就可以酌取它的方法；或者完全不相類，你就可以斷言決不該仿效它的方法」[191]。這種把讀與寫直接聯繫的方式雖然簡單，但卻實用，在新文學進入教材時間不長的情況下，對學生的習作尤其有效。我們可以看到，現代文學和語文教育經歷了一個意義交換的過程，一方面語

189　葉聖陶：《文章例話》（北京市：三聯書店，1983年），頁7。

190　葉聖陶：〈序〉，《文章例話》（北京市：三聯書店，1983年）。

191　葉聖陶：〈國文隨談〉，見《葉聖陶集》（南京市：江蘇教育出版社，1992年），卷13，頁96-97。

文教育把〈背影〉等文章作為闡釋對象，強調白話文教學的合理性；另一方面〈背影〉等文章又在不斷的闡釋中被疊加了意義，成為現代文學中的典範作品，其中也不乏「過度詮釋」的情況。相反，我們看到當年文壇上以周作人為代表的「言志派」，在文風上由於偏於晦澀，在教材中出現得越來越少。二〇年代曹聚仁在他的〈粉筆屑：十二槳聲燈影裡的秦淮河〉中以朱自清、俞平伯的同體散文為例，認為朱文為記敘文而俞文為抒情文，教師講解時易穿鑿附會而認為俞文不宜入教材[192]；余冠英在一九四四年分析教材中周作人的散文後，直言周作人的散文不宜選入教材，例如〈沉默〉，「這篇文章是很可以欣賞的，因為其中有『幽默』。可是，『幽默』也只是成年人才能了解的東西。『幽默』也不值得對中學生提倡」[193]。周作人及其「苦雨齋」弟子，追求意境的朦朧、玄理的深奧、「連熟還生，以澀勒出之」[194]的含蓄，雖然也具有相當高的文學成就，但由於失去了教材這一重要的傳播途徑，為讀者了解就越來越少了，學生根據自己接觸的作品來判斷文學成就的高下，而且被教導了「正確閱讀方法」的學生也逐漸不習慣閱讀另一類風格的文章了。由此我們也看到，語文教育在現代文學作品的「經典化」過程中有著巨大作用，它塑造了學生（也即未來的讀者）對現代文學的「印象」，也通過寫作影響了整個民族未來的言說方式和言說習慣。

〈背影〉「經典化」的另一個重要力量是，圍繞著一九四八年朱自清的去世刊行的大量文章和舉行的各種紀念活動。一九四八年八月

192 曹聚仁：〈粉筆屑：十二槳聲燈影裡的秦淮河〉，《中學生》64號（1936年）。

193 余冠英：〈坊間中學國文教科書中白話文教材之批評〉，《國文月刊》第17期（1944年）。

194 俞平伯：〈重刊《陶庵夢憶》跋〉，《俞平伯散文雜論編》（上海市：上海古籍出版社，1991年）。

十二日朱自清的去世，引起了社會各界人士的震驚，師友親朋都紛紛拿起筆，追思和歎息一個偉大靈魂的遠逝。由於朱自清早年參加各種文藝活動，並輾轉於南方各中學，後又在清華大學任教二十三年，學生、同事、友人甚多，再加上朱自清在文藝圈和學術圈的影響，各種紀念文章就特別多，《文訊》月刊、《文學雜誌》等曾出過紀念特輯，《中國建設》、《文藝復興》、《觀察》等當時頗有影響的刊物也刊登了不少紀念文章。撰稿者如葉聖陶、馮友蘭、鄭振鐸、朱光潛、吳晗等都是當時文化界名人，影響自然就更大。

最初的紀念文章大都是圍繞朱自清的文化成就和人格力量進行回憶，朱自清的文化成就主要是在散文創作和文學批評兩方面，顯然散文創作的成就為更多的人了解（主要的教材的傳播作用）。當人們評價他的散文成就時，很容易和朱自清的為人聯繫在一起（這和散文「作者人格敞開」的文體特徵有關）。李廣田認為，「佩弦先生是一個有至情的人」，「正由於他這樣的至情，才產生了他的至文。假如他不是至情人，他就寫不出〈毀滅〉那樣的長詩。假如他不是至情人，他更寫不出像〈背影〉那樣的散文」[195]。隨著悼念文章的增多，朱自清更多的性格特徵被發掘出來：他是一個沒有偏見，過於寬容的人（馮至）；他儉樸、真純而嚴肅，是一個讓人親愛而又懼怕的人（吳曉鈴）；整飭、慎謹、周到、溫和、寬容、高度正義感，加上隨時隨地追求進步，這些德性的綜合，構成了佩弦先生的人格（吳晗）；他沒有一般文人的嗜好，也沒有一般文人的脾氣，他的生活總是那樣按部就班，腳踏實地（李長之）[196]。在眾人的描述中，一個安貧樂道、溫

195 李廣田：〈最完整的人格——哀念朱自清先生〉，張守常編：《最完整的人格——朱自清先生哀念集》（北京市，北京出版社，1988年），頁79-80。

196 李廣田：〈最完整的人格——哀念朱自清先生〉，張守常編：《最完整的人格——朱自清先生哀念集》（北京市，北京出版社，1988年），頁79-80。

柔敦厚、中和平正的傳統士大夫形象出現了，而人們對他的人品描述的同時，很容易就轉移到對文品的描述上。在紀念文章中，朱自清的人品和文品是高度統一的，他的散文成就也反覆被提及，成為「經典化」的重要力量。楊振聲說，「他文如其人，風華是從樸素出來，幽默是從忠厚出來，腴厚是從平淡出來。他的散文，確實給我們開出一條平坦大道」[197]；許傑則是在對比中凸顯朱自清散文的價值，「佩弦先生在文學上的造詣與成就，或者可說是個『文體家』吧，但和有些專門在文字上玩弄技巧，如沈從文廢名之類，截然的不同。他平生所作文章，沒有一篇不是素樸、細膩、勻淨、誠摯的」[198]葉聖陶則認為文學史應該有朱自清的地位，「現在大學裡如果開現代本國文學的課程，或者有人編現代本國文學史，論到文體的完美，文字的全寫口語，朱自清該是首先被提及的」[199]。於是，現代散文中一條「正確」的道路就開始顯現，其他風格的散文在這樣的討論被徹底壓抑。

對於朱自清的去世，人們很自然就會同兩年前聞一多的去世聯繫在一起，這不光是因為他們同為清華人，更在於他們作為自由知識份子，在新舊政權的更迭中，都面臨往哪裡走的問題。因此，友人們在紀念朱自清時，更多挪用了「背影」一詞來形容逝者的晚年心境。「背影」呈現出的離去姿勢，在新舊政權更迭之時，具有更為複雜的內涵。它既表達著人們的哀思和傷感，還包含著落寞、彷徨、迷茫，成為描述一代知識份子心境的最好「詞語」。馮友蘭的輓聯這樣寫道：「人間哀中國，破碎河山，又損傷〈背影〉作者；地下逢一多，

---

197 楊振聲：〈朱自清先生與現代散文〉，收入朱金順編：《朱自清研究資料》（北京市：北京師範大學出版社，1981年）。

198 許傑：〈朱佩弦先生的路〉，張守常編：《最完整的人格——朱自清先生哀念集》（北京市：北京出版社，1988年），頁79-80。

199 葉聖陶：〈朱佩弦先生〉（代序），《朱自清論語文教育》（鄭州市：河南教育出版社，1985年）。

辛酸論話，應惆悵清華文壇。」詩人唐湜則賦予「背影」以象徵意義，「把朱先生看成這時代受難的到處給人蔑視的知識生活的代表，從他身上看出人類的受難裡的更深重的知識的受難，他的『背影』是很長的」[200]。左派知識份子則開始了意識形態上的追問，朱自清的貧困生活和去世時只有三十五公斤的體重被多篇文章提及，成為對一個黑暗政權的最好控訴。接著吳晗的文章提到了朱先生曾簽名拒絕領美援物質（這件事朱自清在一九四八年六月十八日的日記中也有記載），並被視為朱自清的遺囑。於是，朱自清更多的革命思想被發掘出來，如在「知識份子今天的任務」座談會上的發言、拒絕給參選議員的同事簽名、拒絕為有美國背景的《新路》雜誌寫稿。於是，朱自清被逐步描述成一位「從小資產階級移向廣大的工農大眾」的知識份子典型——「對於知識份子，現在走向革命的道路是暢通的，在這一點上朱先生也還是個引路人」[201]。最後，毛澤東在〈別了，司徒雷登〉一文中完成了「悼念朱自清的最後一筆」[202]。至此，一位自由知識份子被塑造成了大義凜然的「民族英雄」和堅決走向革命的「知識份子的典範」，他在日記中的猶豫與彷徨被大眾遺忘。意識形態提升了朱自清作品的價值，他的作品成為了意識形態建構的一部分。〈背影〉也在詞語的挪用中獲得了更高的地位。

教育力量和政治力量加在一起，形成了一種「保護機制」，也就是喬納森・卡勒（Jonathan Culler）所說的「超保護合作原則」[203]，讀

200 轉引自錢理群：《1948：天地玄黃》（濟南市：山東教育出版社，1997年），頁148-149。

201 馮雪峰：〈悼朱自清先生〉，收入朱金順編：《朱自清研究資料》（北京市：北京師範大學出版社，1981年）。

202 錢理群：《1948：天地玄黃》（濟南市：山東教育出版社，1997年），頁159。

203 喬納森・卡勒：《當代學術入門：文學理論》（瀋陽市：遼寧教育出版社，1998年），頁27。研究者倪文尖也曾提到這一原則對〈背影〉成為經典的作用。

者形成了朱自清的散文都是經典作品的「刻板化印象」。一九四九年後，〈背影〉仍然入選國定教材中，成為中國學生必讀的經典作品，更多的人加入到了「經典」的建構力量中，老師不斷地闡釋〈背影〉的經典性，各種教師用書、教學設計、思考題、學生的習作都成為維護「經典」合法性的力量。教材的權威性、教師用書對教學行為的規範、思考題的限制與引導，使得讀者逐步喪失了對「經典」的反思能力，人們有了這樣一個邏輯：教材中的課文都是經典作品──經典作品不會有藝術上瑕疵──經典作品的每一個部分都可以有合理解釋。

但是，對「經典」的質疑從來都沒有停止過。沈從文是從朱自清的「調和折中」的性格入手，分析對其文字活動的影響，認為朱自清的文字「用到鑑賞批評方面，便永遠具教學上的見解，少獨具肯定性。用到古典研究方面，便缺少專斷議論，無創見創獲。即用到文字寫作，作風亦不免容易凝固於一定風格上，三十年少變化，少新意」[204]。沈從文的這篇文字在當時眾多的紀念文章中可謂獨異。唐弢則是從語言角度來分析，認為朱自清散文雖然「後期語言比前期更接近口語」，但「論情致，卻似乎不及早年」，「人們還是愛讀他的〈背影〉、〈荷塘月色〉」，進而提醒人們注意「『五四』以後的作品還有許多優秀的傳統」[205]。這個優秀傳統包括周作人為代表的「言志派」和徐志摩為代表的「現代評論派」嗎？唐弢先生沒有明說也不能明說，他的見解在當年的政治高氣壓下不會引起太多關注。

顛覆人們對朱自清散文認識的是海外的余光中。一九七四年余光中在香港中文大學任教期間，提出「改寫」散文史、新詩史乃至整個新文學史的主張，並寫下了一系列了評論朱自清的散文、戴望舒和郭

---

204 沈從文：〈不來的背影〉，轉引自陳孝全：《朱自清的藝術世界》（福州市：福建教育出版社，1995年）。

205 唐弢：《晦庵書話》（北京市：北京出版社，1962年）。

沫若的詩歌、老舍的小說的文章。余光中具有詩人的敏感、學者的尖銳，讀出了朱自清散文中的不足之處。余光中認為朱自清「忠厚而拘謹的個性，在為人和教學方面固然是一個優點，但在抒情散文裡，過分落實，卻有礙想像之飛躍，情感之激昂」[206]，他以早期的〈槳聲燈影裡的秦淮河〉為例，認為「冗長而繁瑣的分析，說理枯燥，文字累贅，插在寫景抒情的美文中，總覺得理勝於情，頗為生硬」，針對浦江清盛譽〈槳〉文為「白話美術文的典範」和王瑤說此文「盡了對舊文學示威的任務」的說法，余光中毫不客氣地說，這「兩說都失之誇張，也可見新文學一般的論者所見多淺，有多麼容易滿足，就憑〈槳聲燈影裡的秦淮河〉與〈荷塘月色〉一類的散文，能向〈赤壁賦〉、〈醉翁亭記〉、〈歸去來辭〉等古文傑作『示威』嗎？」具體到〈背影〉一文，他認為朱自清堅持的「純粹的白話文」論，使「他的散文便往往流於淺白，累贅」：

> 我與父親不相見已二年餘了。
> 〈背影〉開篇第一句就不穩妥。以父親為主題，倡開篇就先說「我」，至少在潛意識上有「奪主」之嫌。「我與父親不相見」，不但「平視」父親，而且「文」的不必要。「二餘年」也太文，太雅。朱自清宣導的純粹白話，在此至少是有一敗筆。換了今日的散文家，大概會寫成：
> 不見父親已經兩年多了。

最後，余光中得出結論，「至於近三十年來新一代散文家之列，他的背影也已經不再高大了，……他的歷史意義已經重於藝術價值

206 余光中：〈論朱自清的散文〉，《名作欣賞》1992年第2期。下同。

了」。余文自然有他的偏激之處（如以工業意象來判定作品的「現代」程度），但基本上屬於有理有據、切實中肯的分析，不能不讓我們對「經典」有更多反思，進而思考語文教材中的現代文學範文的作用。余光中認為，中文課本的範文，大部分出自早期白話文作家的筆下，「大半未脫早期的生澀和稚拙」，有些誤導學生，並認為這是從學校到整個社會中文水準普遍低落的原因之一[207]。

余文發表於七〇年代，一九九二年才轉載在大陸的《名作欣賞》雜誌上（該欄目的名稱叫「名作求疵」，也別有意味）。有趣的是，余文發表後引起軒然大波，崇敬朱自清人格或喜愛朱自清散文的人彷彿受到了莫大傷害，紛紛撰文反駁。值得注意的是，撰文者很多是中學語文教師和中學生，其「衛道」口吻頗類當年的林紓——「余氏在文中，對冰心、朱自清、劉大白等一些著名作家進行攻擊，甚至還影射到了泰戈爾和魯迅，此人簡直太狂妄，甚至有些心理變態」[208]。由教育塑形的文學觀念竟是如此根深柢固，這〈背影〉後的「背影」，這或許是當年新文學運動者並沒有想到的吧。

207 余光中：〈哀中文之式微〉（1976年2月），收入《青青邊愁》（臺北市：純文學出版社，1978年）。

208 紀驊：〈一個中學生的來信〉，《名作欣賞》1993年第1期。

餘論

本書主要討論了新文學是如何借助權力機制進入語文教育領域，而語文教育又反過來塑造新文學為新經典的互動過程。可以看出，通過教育之力推行新文學思想和新文學作品，一直是新文學主將們文化策略的一部分，而且這一文化策略取得了巨大的成功。二十世紀三〇年代，朱自清曾經同朋友有一場有趣的辯論，一位朋友認為現在讀文言的人要比讀白話的多，他的理由是大中學生和小市民，都能讀白話和文言，而老先生卻不願讀白話，一相加，可見讀文言的人比讀白話的人多。朱自清卻認為，這種看法沒有把比老先生還多、只能讀白話的小學生算進去，「況且老先生一天比一天少，小學生卻日出不窮。就憑這一點說，白話的勢力一定會將文言壓下去」[1]。朱自清對未來的信心，來自於政府已經用強力方式改變了學生的閱讀習慣，教育制度的支撐已經為新文學的「勝利」打下了基礎。實際上，學生讀者一直是新文學作家「爭取」的重點對象。胡適在一九三三年出版《胡適文選》，這是他從《胡適文存》中選出二十二篇文章，專門給中學生讀的，「我希望少年學生能讀我的書，故用報紙印刷，要使定價不貴。……如有學校教師願意選我的文字作課本的，我也希望他們用這個選本」[2]。朱自清一九三四年出版散文集《歐游雜記》時，直接就

1 朱自清：〈文言白話雜論〉(1934年)，《朱自清論語文教育》(鄭州市：河南教育出版社，1985年)。

2 轉引自朱自清：〈《胡適文選》指導大概〉，《朱自清集》(二)(南京市：江蘇教育出版社，1996年)。

言明這是送給中學生的「小小的禮物」。

誠如許多研究者所言，文學革命是一場呼籲先於實踐、理念宣導大於創作實績的文學運動，在新文學仍然無法同古文抗衡的時候，對教育權力的倚靠是不可避免的。我們看到，從小學到中學，正是由於有〈課程綱要〉和〈課程標準〉等一系列教育法規性檔出臺，才使得新文學逐步進入到語文課堂。相比之下，由於在大學的語文教學中缺乏這樣的法令，新文學的進入則要困難得多：一九四四年六月，民國政府教育部召集西南聯大的學者擬定大學一年級國文選目，大家在初選目錄中選了三篇語體文，「魯迅先生兩篇、徐志摩先生一篇」，但在集體討論時，「那三篇語體文終於全未入選」，朱自清對此只好解釋說，「教育部站在政府的地位，得顧到各方面的意見。剛起頭的新傾向，就希望它採取，似乎不易」，「好在課外閱讀盡可專重語體文，補充『示範』的作用。」[3]由此可見，新文學是否有效地獲得了制度支持，其「前途命運」是完全不同的。

新文學不光是審美想像和情感體驗的產物，還是多種社會力量參與建構的產物，語文教育是其中一支重要的力量。新文學從進入語文教育，然後在教育體制內傳播的過程，可以明顯地看到「權力——知識」的運作過程。福柯認為，「權力——知識關係」貫穿於現代社會始終，是「現代性」最主要的標誌和特徵。而教育是權力——知識運作的主要場域，它提供了權力得以維持並接受挑戰的「規訓」機制，這種機制以及它被組織和控制的方式，都與某類特殊人群獲得經濟、政治和文化資源的能力和手段密切相關。正是透過這一機制，權力不僅規定了實際存在的知識和應當傳授的知識之間的界限，而且進一步

3　朱自清：〈論大學國文選目〉，《朱自清論語文教學》（鄭州市：河南教育出版社，1986年）。

限定了怎樣的傳授方法和考試手段是合法的。從這個意義上講，新文學的「勝利」，也是圍繞著新文學的一系列語文教育方法的「勝利」。但是，這「勝利」的背後有沒有值得反思的地方呢？

第一個是對白話、文言在語文教育中地位的反思。語文教育是學生習得母語（特別是書面語）的重要方式。在從晚清就開始的文白之爭中，白話最初是作為易掌握的工具被提倡，到五四時期劉半農認為寫應用文必須用白話，算是提到了書面語地位，而胡適、周作人等人則認為白話要用來表達現代人的情感，又把它提到了文學語言的高度。文言開始獨佔文學的高位，後來則反而走向應用地位，葉聖陶一九四八年和朱自清、呂叔湘一起合編的《開明文言讀本》時，就「把純文藝作品的百分比減低，大部分選文都是廣義的實用文」，大量收入的是序跋、書信、公簡等應用文。短短三十年，白話／文言、美術文／實用文之間發生的深刻轉化。即是如此，胡適在晚年仍然遺憾白話「沒有成為完全的教育工具和文學工具」，而其中一個重要的原因是「文人學者和教育家們不理解死語言和活白話不能在同一本教科書之內並存的。一反我多年來把文言從白話中濾掉的主張，那種文白夾雜——那種文人學者不知道文言白話根本不能並存的事實」[4]。胡適認為改革不夠徹底，在語文教育中讓兩套語言系統並存，結果「把下一輩青年的頭腦弄糊塗了」，其所秉持的觀點仍是早年「死／活——文言／白話」的對立觀。早年胡適的觀點在文學界戰勝論敵後，在語文教育界也得到了多數教育家的贊同，教育家對白話的盼望甚至超過文學家。但是，這兩個領域實際上目的是不同的，文學家是希望通過教育推行新文學的成果，而教育家需要的仍然是從語言工具上講容易

4 胡適口述，唐德剛注譯：《胡適口述自傳》（合肥市：安徽教育出版社，1999年），頁193-194。

掌握的白話文，當他們發現新文學作品有時比古文還難懂、起不到語文上的示範時，就寧願自己編撰課文，這一點在小學語文教材中尤其突出（而當時的兒童文學作品多由於政治原因不能選入教材）。這些編撰的課文缺乏文藝色彩，不能充分展示漢語的美感，學生未必都喜歡。當年唐德剛在採訪胡適時，胡適高興地向他重複起當年「國文」改「國語」的勝利，唐德剛忍不住在本節談話後加了一個長長的注釋，質疑這一「勝利」，認為對「這場推行白話文運動——尤其是以白話文為中小學『教育工具』這一點——其建設性和破壞性究竟孰輕孰重，最好還是讓在這個運動中影響最重的時期受中小學教育的過來人，來現身說法」，而他自己就是當年這場改革的「實驗品」：唐德剛從小在家裡啟蒙後，進入了「改良私塾」，在私塾中，教學內容是純古文的，從《左傳選粹》到《史記菁華錄》，同學中除了兩三位「實在念不進去」的外，大多數孩子，都不以為苦，而且後來都「主動地讀起《通鑑》、《文選》等『大部頭』書來」（可見，當年教育家敘述的「古文之難」至少同部分孩子的實際感受有差別）。後來，唐德剛轉入正規小學學習，所用的教材正是商務的《新學制國語教科書》。唐先生用諷刺的筆法描述了國語教育的情形：

> 我清楚地記得，我所上的第一堂國語課，便是一位黃慰先老師教的，有關「早晨和雄雞」的「白話詩」。那首詩的開頭幾句，似乎是這樣的：
> 喔喔喔，白月照黑屋……
> 喔喔喔，只聽富人笑，哪聞窮人哭……
> 喔喔喔……
> 喔喔喔……
> 那時表兄和我雖然都已經能背誦全篇〈項羽本紀〉。但是上國

語班時，我們三個人和其他「六年級」同學，一起大喔而特喔。

最後，唐德剛對胡適的「國語改革」大發「腹誹」：

> 學齡兒童在十二三歲的時候，實是他們本能上記憶力最強的時期，真是所謂出口成誦。……這個時候實在是他們的黃金時代——尤其對中國古典文學的學習與研讀。這時如果能熟讀一點古典文學名著，實在是很容易的事——至少一大部分兒童是可以接受的；這也是他們一生受用不盡的訓練。這個黃金時代一過去，便再也學不好了。[5]

唐德剛的看法並非一家之言，汪曾祺也曾談到他的創作與讀古詩的關係：「我覺得那時的語文課本有些篇是選得很好的。一年級開頭雖然是『大狗跳，小狗叫』，後面卻有〈詠雪〉這樣的詩……我學這一課時才虛歲七歲，可是已經能夠感受到『飛入蘆花都不見』的美。我現在寫散文、小說所用的方法，也許是從『飛入蘆花都不見』悟出的」[6]。而實際上，這樣的古詩詞在當時的語文教材中都保留很少——大概是編者和書局都怕擔上的「守舊」的惡名。

胡適在〈五十年來之中國文學〉中提到「國文」改「國語」後的客觀效果是：「民國九年十年，白話公然叫國語了。」[7]對白話躍至語

5 胡適口述，唐德剛注譯：《胡適口述自傳》（合肥市：安徽教育出版社，1999年），頁206。

6 汪曾祺：〈我的小學〉，《水鄉青草育童年》（北京市：中國和平出版社，2002年），頁94。

7 胡適：〈五十年來之中國文學〉，《胡適作品集》（臺北市：遠流出版公司，1988年），卷8，頁148。

文教育中心後的喜悅溢於言表，這對當時受到文言文「壓抑」的白話來說，確實是一大成果。但是，國語卻不能只包括白話，這一點胡適自己也是清楚的，他說：「我們可盡量採用《水滸》、《西遊記》、《儒林外史》、《紅樓夢》的白話；有不合今日用的，便不用他；有不夠用的，便用今日的白話來補助；有不得不用文言的，便用文言來補助。」[8]但是，民國時期許多的小學國語教材的課文卻主要是近於口語的白話，學生幾乎沒有機會再接觸文言，實際上是從小割斷了同傳統文化的精神聯繫，使得很多語文學習的問題在此時已經埋下。在語文獨立設科的百年歷史中，發生過無數次的爭論，但「學生的語文能力下降」往往是每次爭論的焦點；各種改革方案也很多，有的宣佈失敗有的宣佈成功，但真正行之有效是辦法似乎也沒有。其中的原因並不是本論文要討論的範圍，但重新思考文言／白話的關係是一個角度，因為「時至今日，『文言』仍然沒有完全死亡」[9]，它在語文教育中的重大價值也沒有消亡。

第二個是對新文學「經典」的反思。一般來說，教育是偏於保守的，但在晚清民國時期，在知識份子「教育救國」的想像中，教育被賦予了偉力，常成為文化變革中的領潮流者。就語文教育而言，新文學能突破幾千年文言的絕對統治地位，迅速從初小躍進到高中，主要是受時代氛圍的影響。不過，就進入教材特別是中學教材的新文學作品來看，相對來說仍然比較保守，沒有展現出三十多年中國現代文學豐富的一面。從各種教材的選文來看，課文比較趨同，這裡既有語文學科限制的原因，也有編者文學觀念的原因，而且後者是主要原因。這些作品有兩個基本特點，一個是以早期是現實主義作品為主，一個

8 胡適：〈建設的文學革命論〉，《胡適全集》（合肥市：安徽教育出版社，2003年），卷3。

9 陳平原：《中國現代學術之建立》（北京市：北京大學出版社，1998年），頁199。

是寫法是平實樸素、條理清晰，具有語文上的示範性。這一編選觀念從教育上無可厚非，但從教材對學生形成「文學觀念」的巨大作用上，似仍有可質疑之處。

關於「現實主義是新文學的主潮」的觀點，目前在學界正在受到質疑，有學者認為這是各種文學史不斷敘述的結果[10]。作為中學文學教育的課程，語文實際上發揮了同文學史相似的功能。從新文學進入語文教材起，語文教育就按照自己的意識形態和理論體系，建構出一套現實主義的經典系統，教會學生閱讀這些現實主義的作品，並通過注釋、教師輔導書、學生輔導書、考試試題等方式告訴學生，這些是新的文學經典，是可以模仿寫作的物件。教育的高度一致性，也使學生習得大體一致的文學感覺和文學品味，「文學教育使有此種教育經歷的人，擁有一套比較細膩複雜，可用來表達品味、感情、道德、價值的共同語言（包括詞彙、引喻、舉例等）。更有進者，因為文學教育的權威性與規範性使然，受此種教育者，經常在品位、感情、道德、價值的傾向上，有相當程度的一致性」[11]。這是教科書編選者的權力，他們常常通過教科書前的「編輯大意」來表達自己的文學觀和教育觀，一般都有「有益於讀者的身心」、「思想純正足以啟導人生真義」、「喚起民族意識」之類的表達，這些標準既是選擇作品的規範，又是詮釋作品的標準，在這些標準之下，非現實主義的作品很難進入教材。那麼，我們的現實主義是否是一種「被教得的現實主義」呢？這個問題值得進一步思考，但經由教材發展出文學品味的學生，對穆旦或李金髮的詩歌、張恨水或施蟄存的小說、魯迅的《野草》或《故事新編》一定會覺得陌生，很難進入作者構築的閱讀空間，因為他在

10 參見戴燕：〈「寫實主義」下的文學閱讀〉，《文學史的權力》（北京市：北京大學出版社，2002年），第五章。

11 許經田：〈典律、共同論述與多元社會〉，載《中外文學》第21卷第2期。

教育上沒有獲得閱讀此種風格作品的閱讀方法。一種選擇意味著一種遮蔽，一種宣揚也意味著一種壓制。教材中的新文學作品在寫法上都中規中矩，很少有奇崛之處，這種語言方法是時代與學科雙重規範的結果，本身無可厚非。但是，漢語的表達只有一種風格嗎？當所有人都用同一種方式言說時，教材中的新文學作品的語言風格也值得懷疑了。

語文教育是學生學習本民族語言的重要方式，新文學是用本民族語言創作的精神成果，兩者在民族語言上具有了相關點，其中有很多問題還有待討論。本書限於篇幅，主要是從語文教育的制度層面，說明語文教育對新文學的正向推動作用。但實際上，語文教育對新文學還有反向作用，如，教學中對一些作品的普遍「誤讀」、對語言規範性要求限制了語言的創造性。這些都需要另外的文字再討論了。

附錄
民國時期十種中學語文教材的現代文學選文目錄

一　《初中國文教本》

張弓編，蔡元培、江恒源校訂，上海大東書局一九三〇年版

冊數	課數	篇名	作者	體裁
一	1	伊和他	葉紹均	小說
	2	蓮花	冰心	散文
	3	小蜆的回家	葉紹均	小說
	4	背影	朱自清	散文
	10	憶兒時	豐子愷	散文
二	2	迎春	謝婉瑩	新詩
	3	生機	沈尹默	新詩
	4	我是少年	鄭振鐸	散文詩
	5	威權	胡適	新詩
三	3	母	葉紹均	小說
	5	寒曉的琴歌	葉紹均	散文
	12	潛隱的愛	葉紹均	小說
	13	「愛的神啊」後篇	餘上沅	新詩
	18	野心	嚴既澄	童話
	24	上下身	周作人	散文
四	4	雜感四十	魯迅	雜文

冊數	課數	篇名	作者	體裁
	5	雜感二十五	魯迅	雜文
五	4	我們的敵人	周作人	散文
	5	隔膜	葉紹均	小說
	6	示眾	魯迅	散文
	15	老調子已經唱完	魯迅	演講詞
六	1	人的文學	周作人	散文
	2	自己的園地	周作人	散文
	3	假如我是個作家	冰心	新詩
	4	文學的方法	胡適	散文

二　《現代初中教科書·國語》

莊適編，商務印書館一九三〇年版

冊數	課數	篇名	作者	體裁
一	2	運河與揚子江	陳衡哲	詩劇
	5	在柏林	劉延陵	小說
	6	落花生	許地山	散文
	7	蛇	許地山	散文
	23	希望	謝寅	小說
	24	笑	冰心	散文
	25	到青龍橋去	冰心	散文
	32	說幾句愛海的孩氣的話	冰心	散文
	37	阿菊	葉紹均	小說
二	23	寒曉的琴歌	葉紹均	小說
	27	雪夜	汪敬熙	小說
	31	祖母的心	葉紹均	小說

冊數	課數	篇名	作者	體裁
	36	南京與北京	陳衡哲	散文
	39	伊和他	葉紹均	小說
	40	天亮了	洪白蘋	童話
四	23	野心	嚴既澄	童話

三　《新亞教本初中國文》

陳椿年編，陳彬龢校，上海新亞書店一九三二年版

冊數	課數	篇名	作者	體裁
一	2	兩個乞丐	劉綱	小說
	3	哭中的笑聲	大悲	小說
	12	一個貞烈的女孩子	夬庵	小說
	13	苦鴉子	鄭振鐸	小說
	15	這也是個人嗎	葉紹均	小說
	16	生命的價格——七毛錢	朱佩弦	散文
	17	寒曉的琴歌	葉紹均	散文
	19	雪夜	汪敬熙	小說
	21	漁家	楊振聲	小說
	27	山徑	許傑	小說
二	5	顧老頭子秘史	玄廬	小說
	6	自由	鄭振鐸	散文
	12	鴿兒的通信（十二）	蘇梅	散文
	13	一片草地	湯西臺	散文
	14	被繫著的	芳草	散文
	16	威權	胡適	新詩
	26	誤用的並存和折中	夏尊	散文

冊數	課數	篇名	作者	體裁
	27	今	李守常	散文
	29	路程	左大璋	散文
三	1	磨面的老王	楊振聲	小說
	8	渴殺苦	劉大白	新詩
	9	十五娘	玄廬	新詩
	11	到何處去	徐玉諾	小說
	15	街血洗去後	鄭振鐸	散文
	16	倪煥之（節選）	葉紹均	小說

四　《初中國文讀本》

朱文叔編，舒新城、陸費逵校，中華書局一九三四年版

冊數	課數	篇名	作者	體裁
一	1	海上的日出	巴金	散文
	3	繁星	巴金	散文
	10	牽牛花	葉紹均	散文
	12	生機	沈尹默	新詩
	12	人力車夫	沈尹默	新詩
	13	東西文明的界限	胡適	散文
	14	虎門	王世穎	散文
	15	寄小讀者通訊十八	冰心	散文
	16	旅居印象記一則	李石岑	散文
	17	離別	鄭振鐸	散文
	19	青年生活	廖世承	散文
	25	春	朱自清	散文
	27	晨	葉紹均	散文

冊數	課數	篇名	作者	體裁
	28	夏天的生活	孫福熙	散文
	30	風雪中的北平	金兆梓	散文
	34、35	海燕	鄭振鐸	散文
	44	烏篷船	周作人	散文
	45	火龍	傅東華	散文
二	3	母愛	冰心	散文
	6	十二月一日奔喪到家	胡適	新詩
	17	管閒事	西瀅	散文
	19	雪	王魯彥	散文
	20	霧	舒新城	散文
	22	苦雨	周作人	散文
	28	長城外	白薇	小說
	34	糶米	葉紹均	小說
	35	當鋪門前	茅盾	散文
	36	一件小事	魯迅	小說
	37	往事	冰心	散文
	38	與佩弦	葉紹均	散文
三	3	窯	丁文江	散文
	5	烏桕	周作人	散文
	7	海灘下種花	徐志摩	散文
	8	枯樹	熊佛西	話劇
	21、22	給亡婦	朱自清	散文
	31	運河與揚子江	陳衡哲	新詩
	32	三峽記遊	高一涵	散文
	37	濟南的冬天	老舍	散文
	38、39、40	杭江之秋	傅東華	散文

冊數	課數	篇名	作者	體裁
	45	從軍	李健吾	話劇
四	7、8	學費	張天翼	小說
	19	答客問	臧克家	新詩
	24	青島	聞一多	散文
	30	志摩紀念	周作人	散文
	42	美術與人生	豐子愷	散文
五	4	泰山日出	徐志摩	散文
	18、19	林家鋪子（節選）	茅盾	小說
	34	夜總會裡的五個人（節選）	穆時英	小說
	35	鐵牛	老舍	小說
	36	命相家	丏尊	小說
六	1、2	離鄉	王統照	小說
	12、13	父與子	朱溪	小說
	25	萊因河	朱自清	散文
	39	談情與理	朱孟實	散文
	42	自己的園地	周作人	散文

五　《初中當代國文》

盛朗西、施蟄存、朱雯、沈聯璧注釋，柳亞子、相菊潭、金宗華校訂，上海中學生書局一九三四年版

冊數	課數	篇名	作者	體裁
一	1	秋，聽說你已來到	曾虛白	散文
	2	我們的秋天	綠漪	散文
	3	沒有秋蟲的地方	葉紹均	散文

冊數	課數	篇名	作者	體裁
	5	眠月	俞平伯	散文
	6	海濱的秋	陳醉雲	小說
	11	運河與揚子江	陳衡哲	散文
	12	小河	周作人	新詩
	13	母	葉紹均	小說
	16	背影	朱自清	散文
	18	兒女	朱自清	散文
	28	賣汽水的人	周作人	散文
	29	賣豆腐的哨子	茅盾	散文
	30	叫賣	曹聚仁	散文
	35	五月卅一日急雨中	葉紹均	散文
	36	街血洗去後	鄭振鐸	散文
	38	危城上	楊振聲	小說
	39	國旗	向培良	小說
	41	白種人——上帝之驕子	朱自清	散文
	45	野心	嚴既澄	童話
	46	管閒事	陳西瀅	散文
	48	雪	魯迅	散文
	50	陶然亭的雪	俞平伯	散文
	51	彎龍河走冰	陟岩	散文
二	7	藤野先生	魯迅	散文
	13	到青龍橋去	冰心	散文
	14	戰地的一日	適夷	散文
	15	一個軍官的筆記	冰心	散文
	21	春地林野	落華生	散文
	22	山陰道上	徐蔚南	散文

冊數	課數	篇名	作者	體裁
	25	春的使命	陳無我	散文
	26	愛羅先珂君	周作人	散文
	29	執政府大屠殺記	朱自清	散文
	31	關於三月十八日的死者	周作人	散文
	38	烏蓬船	周作人	散文
	42	紅海上的一幕	孫福熙	散文
	43	從巴縣到南京	漱琴	散文
	44	從北京到北京	孫伏園	散文
	45	皖江見聞記	高一涵	散文
	46	初夏的庭院	徐蔚南	散文
	49	荷塘月色	朱自清	散文
	50	山中雜信	周作人	散文
	51	蒼蠅	周作人	散文
三	8	藕與蓴菜	葉聖陶	散文
	9	憶兒時	豐子愷	散文
	11	笑的歷史	朱自清	小說
	12	給亡婦	朱自清	散文
	21	雙十節	魯迅	散文
	34	滴鈴子	林守莊	散文
	35	苦雨	周作人	散文
	37	暮	葉聖陶	散文
	40	聰明人、傻子和奴才	魯迅	散文
四	10	南京	陳西瀅	散文
五	20	今	李大釗	散文
	27	槳聲燈影裡的秦淮河	朱自清	散文
	28	槳聲燈影裡的秦淮河	俞平伯	散文

冊數	課數	篇名	作者	體裁
	29	致中學生書	舒新城	散文

六　《初級中學教科書·國文》

孫怒潮編，中華書局一九三四年版

冊數	課數	篇名	作者	體裁
一	2	趵突泉的欣賞	老舍	散文
	5	海上的日出	巴金	散文
	6	霧	M D	散文
	8	彎龍河走冰	陟岩	散文
	13	秋，聽說你已來到	曾虛白	散文
	14	立秋之夜	郁達夫	小說
	15	秋夜	魯迅	散文
	17	我愛的中國	鄭振鐸	散文
	18	小蜆的回家	葉聖陶	小說
	19	笑	冰心	散文
	21	作父親	豐子愷	散文
	22	黃昏	孫俍工	小說
	23	少年歌	朱湘	新詩
	25	遼寧月色	林風	新詩
	26	四烈士塚上的沒字碑	胡適	新詩
	27	從軍日記二則	冰瑩	散文
	32	救國的正路	劉復	散文
	33	去吧，為國珍重	佚名	散文
	34	致林雪江女士書	吳佩琳	散文

冊數	課數	篇名	作者	體裁
	35	鴿兒的通信	綠漪（蘇雪林）	散文
	36	夢見媽媽	盛炯	散文
二	2	小湯先生	綠漪（蘇雪林）	散文
	4	差不多先生傳	胡適	小說
	6	一二八之夜	黃震遐	散文
	7	戰地的一日	適夷	散文
	9	支那夫人	胡雲翼	小說
	13	春的啟示	佚名	散文
	14	大家都來放風箏啊	孫福熙	散文
	15	風箏	魯迅	散文
	17	哀思	陳西瀅	散文
	18	謁墓	陳南士	新詩
	19	生	落華生	散文
	20	自然的微笑	大白	新詩
	21	在蘊藻濱的戰場上	陳夢家	新詩
	23	濟南城上	楊振聲	小說
	24	村中	佚名	小說
	25	東北印象拾零	王雨亭	散文
	28	生命的路	魯迅	散文
三	1	魚類的游泳	賈祖璋	科學小品
	2	汽車	裴元嗣	科學小品
	3、4	說雲	竺可楨	科學小品
	10	蒼蠅	周作人	散文
	13	可愛的詩境	易家鉞	散文
	14	理想的故鄉	孫俍工	小說
	15	被蹂躪的中國大眾	蓬子	新詩

冊數	課數	篇名	作者	體裁
	17	暗途	落華生	小說
	18	紅葉	M D	散文
	19	錫蘭島	林宰平	散文
	23	速寫	茅盾	小說
	31	鄉愁	羅黑芷	散文
	32	叩門	M D	散文
四	13	春的使命	陳無我	散文
	16	鴨的喜劇	魯迅	散文
	19	血的幻影	郭沫若	新詩
	20	巫峽的回憶	郭沫若	新詩
	25	五月三十日的下午	佚名	散文
	26	五月卅一日急雨中	葉紹均	散文
五	9	競爭	汪精衛	散文
	11	今	李大釗	散文
	20	一小幅的窮樂圖	徐志摩	新詩
	24	活路	適夷	話劇
	29	礦工生涯	冰廬	散文
六	9	雪恥與禦侮	俞平伯	散文
	10	關於三月十八日的死者	周作人	散文
	11	聽琴	陳西瀅	散文

七 《初級中學國文》

葉楚傖主編，汪懋祖選校，孟憲承校訂，正中書局一九三四年版

冊數	課數	篇名	作者	體裁
一	3	背影	朱自清	散文
	8	離別	鄭振鐸	散文
	18	秋	朱自清	新詩
	19	虎門	王世穎	散文
	26	在雪夜的戰場上	楊振聲	小說
	27	濟南城上	楊振聲	小說
	34	匆匆	朱自清	散文
二	1	寄小讀者（十）	冰心	散文
	2	母	葉紹均	小說
	6	國旗	向培良	小說
	15	籃球比賽	葉紹均	散文
	17	扁豆	蘇梅	小說
	18	錢塘江上的一瞥	劉大白	新詩
	20	憶兒時	豐子愷	散文
	21	小蜆的回家	葉聖陶	小說
	37	禿的梧桐	蘇梅	散文
	39	初夏的庭院	徐蔚南	散文
	40	荷塘月色	朱自清	散文
三	12	烏蓬船	周作人	散文
	13	紅海上的一幕	孫伏熙	散文
	20	牛的覺悟	葉楚傖	小說
	35	山陰道上	徐蔚南	散文
四	6	玉門出塞歌	羅家倫	新詩

冊數	課數	篇名	作者	體裁
	12	綠	朱自清	散文
	17	訪日本新村記	周作人	散文
五	13	談動	朱光潛	散文
	14	說靜	心際	散文
	19	泰山日出	徐志摩	散文
六	21	藝術與現實	夏丏尊	散文

八　《初中新國文》

朱劍芒編，世界書局一九三七年版

冊數	課數	篇名	作者	體裁
一	1	沒有秋蟲的地方	葉紹均	散文
	2	瓦盆裡的勝負	綠漪（蘇雪林）	散文
	3	籃球比賽	葉紹均	散文
	7	小公雞	綠漪（蘇雪林）	散文
	8	鴨的喜劇	魯迅	散文
	9	笑	冰心	散文
	10	自然的微笑	劉大白	散文
	11	自然的節律	繆崇群	散文
	12	扁豆	綠漪（蘇雪林）	散文
	15	金魚	周作人	散文
	16	金魚的劫運	綠漪（蘇雪林）	小說
	17	病貓	劉大傑	小說
	20	我愛的中國	鄭振鐸	散文
	22	一個星兒	胡適	新詩

冊數	課數	篇名	作者	體裁
	23	夜月	俞平伯	新詩
	24	紅葉	茅盾	散文
	25	蠟葉	魯迅	散文
	26	黃葉小談	鍾敬文	散文
	28	禿的梧桐	綠漪（蘇雪林）	散文
	29	落花生	許地山	散文
	34	雪	王魯彥	散文
	35	雪	魯迅	散文
	37	雪	劉大白	新詩
	39、40	戰地的一日	樓適夷	散文
二	1	新柳	朱光熊	散文
	2	春	朱自清	散文
	3	春	陳學昭	散文
	4	迎春	吳學中	散文
	6	桃花幾瓣	劉大白	新詩
	8	故鄉的野菜	周作人	散文
	10	匆匆	朱自清	散文
	12	寄小讀者（十）	冰心	散文
	13	地動	葉紹均	小說
	17	哀思	陳西瀅	散文
	19	長城外	白薇	散文
	20	從軍	李健吾	話劇
	22、23	蠶兒與螞蟻	葉紹均	童話
	24	憶兒時	豐子愷	散文
	25	錢塘江上的一瞥	劉大白	新詩
	26	山陰道上	徐蔚南	散文

冊數	課數	篇名	作者	體裁
	27	路程	左大璋	散文
	28	談雨	鍾敬文	散文
	30	苦雨	周作人	散文
	34	初夏的庭院	徐蔚南	散文
	35	蓮花	冰心	散文
	37	荷塘月色	朱自清	散文
	38	西湖的六月十八日	俞平伯	散文
三	1	莫辜負了秋光	徐蔚南	散文
	2	秋	豐子愷	散文
	3	海濱的秋宵	陳醉雲	散文
	4	紅海上的一幕	孫福熙	散文
	6	將離	葉紹均	散文
	7	歸也	王世穎	散文
	8	歸來	冰心	散文
	9	背影	朱自清	散文
	30	雙十節	魯迅	散文
	32	與志摩最後的一別	楊振聲	散文
	33	志摩紀念	周作人	散文
	37	雪地裡	陳淑章	散文
	38	陶然亭的雪	俞平伯	散文
四	1	一個春天的早晨	陳醉雲	散文
	2	春晨	俞平伯	散文
	3	春日	羅黑芷	小說
	4	釣臺的春晝	郁達夫	散文
	6	早市	彭雪珍	散文
	10	藝術與現實	夏丏尊	散文

冊數	課數	篇名	作者	體裁
	14	生活的藝術	周作人	散文
	19	哭孫中山	朱湘	新詩
	24	說話	朱自清	散文
	39	五月三十日	郭沫若	散文
	40	五月卅一日急雨中	葉紹均	散文
五	18	你需知道你自己	夏丏尊	散文
	19	假如我有一個弟弟	葉紹均	散文
	34	談動	朱光潛	散文
六	3	我所知道的康橋	徐志摩	散文
	4	萊因河	朱自清	散文
	10	告失望的朋友們	劉薰宇	散文
	11	怎麼能	葉紹均	散文

九、《初級中學國文》

桑繼芬編，正中書局一九三八年版

冊數	課數	篇名	作者	體裁
一	7	收穫	蘇梅	散文
	8	落花生	許地山	散文
	14	綠	朱自清	散文
	17	藕與蓴菜	葉紹均	散文
	26	紅海上的一幕	孫福熙	散文
	29	我的母親	胡適	散文
	31	東北的冬天	王漢倬	散文
二	5	想飛	徐志摩	散文

冊數	課數	篇名	作者	體裁
	7	我所知道的康橋	徐志摩	散文
	16	寄小讀者通訊（十）	謝婉瑩	散文
	17	地動	葉紹均	小說
	23	養蠶	豐子愷	散文
	27	籃球比賽	葉紹均	散文
	30	初夏的庭院	徐蔚南	散文
	31	夏天的生活	孫福熙	散文
	33	蓮花	謝婉瑩	散文
	34	荷塘月色	朱自清	散文
三	15	一張小小的橫幅	朱自清	散文
	16	藝術三味	豐子愷	散文
	21	泰山日出	徐志摩	散文
	27	禿的梧桐	蘇梅	散文
	30	風雪中的北平	金兆梓	散文
	31	白馬湖之冬	夏丏尊	散文
四	5	山陰道上	徐蔚南	散文
	6	溫泉峽	陳友琴	散文
	29	一個軍官的筆記	翁照垣	散文
五	9	背影	朱自清	散文
	10	南歸序引	謝婉瑩	散文

十　《新編初中精讀文選》

王任叔編，葉聖陶校訂，上海文化供應社一九四九年版

冊數	課數	篇名	作者	體裁
一	2	蒼蠅們的關心	張天翼	小說
	3	由日本回來了	郭沫若	散文
	5	葉家的孩子	胡愈之	散文
	7	火燒雲	蕭紅	散文
	8	詩二首（水手、諷嘲）	劉延陵、姚蓬子	新詩
	9	青年日速寫	茅盾	散文
	10	聰明人、傻子和奴才	魯迅	散文
	13	海燕	鄭振鐸	散文
	16	糶米	葉紹均	小說
	17	當鋪門前	茅盾	散文
	18	莫斯科奇景	胡愈之	散文
	19	冬天	茅盾	散文
	20	支持著大眾的腳	葉紹均	寓言
二	5	新的枝葉	王魯彥	散文
	6	養蠶	豐子愷	散文
	8	背影	朱自清	散文
	9	詩二首（天上的街市、給修築飛機場的工人）	郭沫若、卞之琳	新詩
	14	華瞻的日記	豐子愷	散文
	15	赤著的腳	葉紹均	散文
	16	春聯兒	葉紹均	小說
	17	白楊禮贊	茅盾	散文
	18	西伯利亞	徐志摩	散文

冊數	課數	篇名	作者	體裁
三	4	蠶兒和螞蟻	葉紹均	童話
	5	詩兩首（一個小農家的暮、吹笛的獵人）	劉復、馬凡陀）	新詩
	12	禿的梧桐	蘇梅	散文
	13	野草	夏衍	散文
	16	野店	李廣田	散文
	17	濟南的冬天	老舍	散文
四	3	我的同班	冰心	散文
	5	詩兩首（一句話、勝利帶來了一切）	聞一多、陶行知	新詩
	7	獅和龍	默涵	散文
	8、9	故鄉	魯迅	小說
	10	自傳	魯迅	散文
	12	舊家的火葬	夏衍	散文
	16	哭一多父子	吳晗	散文
	18	白洋澱	孫犁	小說
	19、20	勇敢的小號兵	荒煤	小說
五	6	風箏	魯迅	散文
	11	詩兩首（我為少男少女們歌唱、生活是多麼寬廣）	何其芳	新詩
	13、14	差半車麥秸	姚雪垠	小說
	15	方縣長	樓適夷	小說
	16	《李有才板話》的來歷	趙樹理	散文
	17	關於李有才板話	茅盾	散文
	18、19、20	白毛女	賀敬之、王斌	戲劇

參考文獻

一　晚清民國語文教材部分

（一）清末語文教材

朱維壎編　《繪圖兒童過渡》（1-4冊）　上海市　彪蒙書室　1903年
《白話講義蒙學叢書》　上海市　彪蒙書局　1905年　分為《繪圖蒙學論說實在易》《繪圖蒙學習字實在易》《繪圖蒙學造句實在易》《蒙學求通虛字實在易》
戴克讓編　《最新初等小學國文教科書》（1-10冊）　上海市　彪蒙書室　1906年
學部編譯圖書局編　《初等小學國文教科書》（1-5冊）　上海市　新學會社　1906年
黃展雲等編　《國語教科書》（1-3冊）　上海市　商務印書館　1907年
蔣維喬、莊俞編　《最新國文教科書》（1-10冊）　上海市　商務印書館　1907-1910年
林紓評選　《中學國文讀本》（1-10冊）　上海市　商務印書館　1909-1911年

（二）民國初小語文教材

華鴻年、何振武編　《中華初等小學國文教科書》（1-8冊）　上海市　中華書局　1912-1918年
戴克敦等編纂（訂正），高鳳謙、張元濟校訂　《女子國文教科書》

（1-8冊） 上海市 商務印書館 1912-1927年

沈頤等編 《新制中華國文教科書》（1-12冊） 上海市 中華書局 1912-1915年

李步青等編 《新式國文教科書》（1-8冊） 上海市 中華書局 1915-1924年

黎均荃、陸衣言編，黎錦熙閱訂 《新教材教科書國語讀本》（1-8冊） 上海市 中華書局 1920-1922年

莊適編，沈圻等校訂 《新法國語教科書》（1-8冊） 上海市 商務印書館 1921-1922年

黎錦暉、陸費逵編，戴克敦校閱 《新小學教科書國語讀本》（1-8冊） 上海市 中華書局 1923-1928年

胡貞惠著，蔡元培校閱 《新時代國語教科書》（1-8冊） 上海市 商務印書館 1927-1929年

王祖廉等著，吳稚暉校閱 《新中華教科書國語讀本》（1-8冊） 上海市 新國民圖書社 1927-1932年

沈百英編，蔡元培、吳研因校訂 《基本教科書國語》（1-8冊） 上海市 商務印書館 1931年

陳鶴琴、盛振聲編 《兒童國語教科書》（第1-3冊） 上海市 兒童書局 1932年

葉聖陶編 《開明國語讀本》（1-8冊） 上海 開明書店 1932-1937年

朱文叔等編，陸費逵等校閱 《小學國語讀本》（1-8冊） 上海市 中華書局 1933-1936年 1936年148版

陳伯吹等編 《復興國語讀本》（1-8冊） 上海市 商務印書館 1934-1935年

吳研因編著 《初級小學國語新讀本》（1-8冊） 上海市 世界書局

1937-1939年
孫銘勳、陸維特編，戰時兒童保育會主編 《抗戰建國讀本》特冊 上海市 生活書店 1940年
劉御編，陝甘寧邊區教育廳審定 《初小國語》（1-8冊） 西北新華書店 1946-1949年
沈百英、沈秉廉編著，王雲五、何炳松校訂 《復興國語教科書》（1-8冊） 上海市 商務印書館 冊1 585版

（三）民國高小語文教材

高鳳謙、張元濟、蔣維喬編（訂正） 《最新國文教科書》（1-8冊） 上海市 商務印書館 1912-1914年
莊俞、沈頤編，高鳳謙、張元濟校訂 《共和國教科書新國文》（1-6冊） 上海市 商務印書館 1913-1922年
林紓編 《淺深遞進國文讀本》（1-6冊） 上海市 商務印書館 1916年
朱麟等編，易作霖等校閱 《新教育教科書國文讀本》（1-6冊） 上海市 中華書局 1921-1922年
朱文叔編 《新中華教科書國語讀本》（14冊） 上海市 中華書局 1927-1929年
朱文叔、呂伯攸編，孫世慶校 《小學國語讀本》（1-4冊） 上海市 中華書局 1933年
趙景深、李小峰編，周作人、吳研因校閱 《高小國語讀本》（1-4冊） 上海市 青光書局 1933-1936年
何公超編 《非常的國語》（上冊） 上海市 童新書局 1937年
（偽）教育部編審委員會編 《國定教科書高小國語》（1-4冊） 南京市 （偽）國民政府教育部 1940-1943年
吳鼎等編，陳子展、羅根澤修訂 《高級小學國語》（1-4冊） 上海市

國立中小學教科書七家聯合供應處　1946-1947年
葉聖陶著　《少年國語讀本》(1-4冊)　上海市　開明書店　1947年

(四)民國初中語文教科書

林紓評選，許國英重訂　《(重訂)中學國文讀本》(1-8冊)　上海市　商務印書館　1913年
梁啟超著　《常識文範》(1-4冊)　上海市　中華書局　1916年
洪北平、何仲英編　《白話文範》(1-4冊)　上海市　商務印書館　1920年
江蔭香編，陸翔校訂　《(評點)歷代白話文選》(1-4冊)　上海市　廣文書局　1920年
周予同、顧頡剛、葉聖陶編，胡適等校訂　《新學制初級中學教科書國語》(1-6冊)　上海市　商務印書館　1923年
沈星一編，黎錦熙、沈頤校　《新中學教科書初級國語讀本》(1-3冊)　上海市　中華書局　1924-1928年
陳椿年編　《新亞教本初中國文》(1-6冊)　上海市　新亞書店　1932-1933年
傅東華編　《復興初級中學教科書國文》(1-6冊)　上海市　商務印書館　1933-1940年　1940年212版
施蟄存等編注，柳亞子等校訂　《初中當代國文》(1-6冊)　上海市　上海中學生書局　1934-1936年
夏丏尊、葉聖陶編　《初中國文教本》(1-2冊)　上海市　開明書店　1937年
徐蘧軒編　《女子國文讀本》(1-3冊)　上海市　大華書局　1937年
葉聖陶等編　《開明新編國文讀本》(甲種1-6冊)　上海市　開明書店　1946-1947年

王任叔等編，葉聖陶校訂 《新編初中精讀文選》（語體文）（1-6冊） 上海市 文化供應社 1949年

（五）民國高中語文教科書

吳遁生、鄭次川編，王岫廬、朱經農校訂 《新學制高級中學國語讀本》（近人白話文選）（上、下冊） 上海市 商務印書館 1924年

錢基博編 《新中學教科書國學必讀》（上、下冊） 上海市 中華書局 1924年

朱自清、呂叔湘、葉聖陶合編 《開明新編高級國文讀本》（1-2冊） 上海市 開明書店 1948-1949年

（六）語文教學參考書

黎均荃、陸衣言編，黎錦熙等閱訂 《新教材國語讀本說明書》（1-3冊） 上海市 中華書局 1920年

樊平章等編，沈圻等校訂 《新法國語教授案》（1-8冊） 上海市 商務印書館 1920-1922年

周尚志等編，朱經農等編訂 《兒童文學讀本教學法》（1-3冊） 上海市 商務印書館 1922-1923年

李步青編 《新小學教科書國語文學讀本說明書》 上海市 中華書局 1925年

計志中編，朱經農、莊適校訂 《新法國語語文教授書》（1-4冊） 上海市 商務印書館 1923-1927年。

魏冰心等編，范祥善校訂 《高級語文讀本教學法》（1-4冊） 上海市 世界書局 1925年

錢耕莘、盧芷芬編 《開明國語課本教學法》（1-4冊） 上海市 開明

書店　1934-1935年
呂伯攸、楊復耀編，朱文叔校　《小學國語讀本教學法》(1-8冊）上海市　中華書局　1934-1936年

（七）語文複習指導書

廖承世編　《中學文學常識測驗》第一類　上海市　商務印書館　1925年
倪錫英編　《國語複習指導》(小學生升學必讀）上海市　現代教育研究社　1935年
祝仲芳、盧冠六編　《國語複習書》(升學準備）上海市　春秋書店　1940年
趙景深、譚正璧編　《高中國文複習指導》　上海市　現代教育研究社　1941年
倪錫英編　《初中國文複習指導》　上海市　現代教育研究所　1948年

（八）作文輔導書

畢公天選輯，章太炎鑑定，國學書局編輯部校訂　《全國學校國文成績大觀》(上、中、下編）上海市　上海國學書局　1921-1925年
蔡元培先生鑑定　《全國中學國文成績學生新文庫》(乙編　卷1-20）上海市　世界書局　1923年
周學章編　《作文評價》　北平市　北平師範大學研究生院　1932年
馬崇淦主編，吳寶經助編，邰爽秋等評閱　《全國現代初中作文精華》（1-4冊）上海市　勤奮書局　1936年

二　理論書部分

周廷珍、歐濟甫編 《國文測驗舉例》 上海市　中華書局　1922年
黎錦熙著 《國語運動史綱》 上海市　商務印書館　1934年
趙家璧主編 《中國新文學大系》 上海市　良友圖書印刷公司 1935年　上海文藝出版社影印本
黎錦熙、王恩華編撰 《中等學校國文選本書目提要》 北平市　國立北平師範大學文學院　1937年
張靜廬輯注 《中國現代出版史料》 北京市　中華書局　1959年
舒新城編 《中國近代教育史資料》 北京市　人民教育出版社　1961年
朱金順編 《朱自清研究資料》 北京市　北京師範大學出版社　1981年
茅盾著 《我的學生時代》 天津市　新蕾出版社　1982年
胡從經著 《晚清兒童文學鉤沉》 上海市　少年兒童出版社　1982年
葉聖陶著 《文章例話》 北京市　三聯書店　1983年
鄭逸梅著 《書報話舊》 上海市　學林出版社　1983年
中央教育科學研究所編 《朱自清論語文教育》 鄭州市　河南教育出版社　1985年
李伯棠著 《小學語文教材簡史》 濟南市　山東教育出版社　1985年
商金林著 《葉聖陶年譜》 南京市　江蘇教育出版社　1986年
《回憶中華書局》（1912-1987年） 北京市　中華書局　1987年
《商務印書館九十年》 北京市　商務印書館　1987年
張守常編 《最完整的人格——朱自清先生哀念集》 北京市　北京出版社　1988年
王泉根評選 《中國現代兒童文學文論選》 南寧市　廣西人民出版社 1989年

韋商編 《葉聖陶和兒童文學》 上海市 少年兒童文學出版社 1990年
倪海曙著 《倪海曙語文論集》 上海市 上海教育出版社 1991年
張樹年主編 《張元濟年譜》 北京市 商務印書館 1991年
陳孝全著 《朱自清傳》 北京市 十月文藝出版社 1991年
葉至善、葉至美、葉至誠編 《葉聖陶集》 南京市 江蘇教育出版社 1992年
張之偉著 《中國現代兒童文學史稿》 上海市 華東師範大學出版社 1993年
呂達著 《中國近代課程史論》 北京市 人民教育出版社 1994年
劉國正主編 《葉聖陶教育文集》（共五卷） 北京市 人民教育出版社 1994年
桑兵著 《晚清學堂學生與社會變遷》 上海市 學林出版社 1995年
朱喬森編 《朱自清全集》 南京市 江蘇教育出版社 1996年
黎澤渝、馬嘯風、李樂毅編 《黎錦熙語文教育論著選》 北京市 人民教育出版社 1996年
《商務印書館一百年》 北京市 商務印書館 1997年
中國蔡元培研究會編 《蔡元培全集》 杭州市 浙江教育出版社 1997年
李華興主編 《民國教育史》 上海市 上海教育出版社 1997年
陳萬雄著 《五四新文學的源流》 北京市 三聯書店 1997年
王德威著 《想像中國的方法：歷史．小說．敘事》 北京市 三聯書店 1998年
羅崗著 《記憶的聲音》 上海市 學林出版社 1998年
〔美〕喬納森．卡勒著，李平譯 《當代學術入門：文學理論》 瀋陽市 遼寧教育出版社 1998年
郭志剛、孫中田主編 《中國現代文學史》 北京市 高等教育出版社

1999年
胡適口述，唐德剛譯注 《胡適口述自傳》 合肥市 安徽教育出版社 1999年
戴錦華著 《猶在鏡中：戴錦華訪談錄》 北京市 知識出版社 1999年
班納迪克·安德森著，吳叡人譯 《想像的共同體：民族主義的起源與散佈》 臺北市 時報文化 1999年
〔美〕華倫斯坦等著，劉健芝等編譯 《學科·知識·權力》 北京市 三聯書店 1999年
關曉紅著 《晚清學部研究》 廣州市 廣東教育出版社 2000年
于述勝著 《中國教育制度通史》（第七卷） 濟南市 山東教育出版社 2000年
王泉根著 《現代中國兒童文學主潮》 重慶市 重慶出版社 2000年
呂達主編 《陸費逵教育論著選》 北京市 人民教育出版社 2000年
李杏保、顧黃初 《中國現代語文教育史》 成都市 四川教育出版社 2000年
陳子展著 《中國近代文學之變遷》 上海市 上海古籍出版社 2000年
熊秉真著 《童年憶往：中國孩子的歷史》 臺北市 麥田出版公司 2000年
張清儀著 《另一種童年的告別》 臺北市 臺灣商務印書館 2001年
夏曉虹著 《晚清社會與文化》 武漢市 湖北教育出版社 2001年
〔美〕李歐梵著、毛尖譯 《上海摩登——一種新都市文化在中國（1930-1945）》 北京市 北京大學出版社 2001年
王麗主編 《我們怎樣學語文》 北京市 作家出版社 2002年
周作人著 《周作人自編文集》 石家莊市 河北教育出版社 2002年
鄧九平主編 《20世紀中國作家學者藝術家談童年》（共八冊） 北京市 中國和平出版社 2002年

黃顯華、霍秉坤著 《尋找課程論和教科書設計的理論基礎》 北京市 人民教育出版社 2002年

陳平原著 《中國大學十講》 上海市 復旦大學出版社 2002年

陶東風著 《文化研究：西方與中國》 北京市 北京師範大學出版社 2002年

齊澤克著，季廣茂譯 《意識形態的崇高客體》 北京市 中央編譯出版社 2002年

戴燕著 《文學史的權力》 北京市 北京大學出版社 2002年

劉禾著，宋偉傑等譯 《跨語際實踐——文學、民族文化與被譯介的現代性》 北京市 三聯書店 2002年

〔日〕藤井省三著，董炳月譯 《魯迅〈故鄉〉閱讀史——近代中國的文學空間》 北京市 新世界出版社 2002年

麥克·F·D·揚主編，謝維和、朱旭東譯 《知識與控制——教育社會學新探》 上海市 華東師範大學出版社 2002年

曹伯言等編 《胡適全集》 合肥市 安徽教育出版社 2003年

羅志田著 《國家與學術：清季民初關於「國學」的思想論爭》 北京市 三聯書店 2003年

徐雁平著 《胡適與整理國故考論——以中國文學史研究為中心》 合肥市 安徽教育出版社 2003年

陳平原、山口守編 《大眾傳媒與現代文學》 北京市 新世界出版社 2003年

楊東平主撰 《艱難的日出——中國現代教育的20世紀》 上海市 文匯出版社 2003年

柄谷行人著，趙京華譯 《日本現代文學的起源》 北京市 三聯書店 2003年

Perry Nodelman著，劉鳳芯譯 《閱讀兒童文學的樂趣》 臺北市 天

衛文化圖書公司　2002年

Stephens John, *Language and Ideology in Children's Fiction* (New York: Longman,1992)

後記

這本書修改自我的博士論文。論文於二〇〇四年六月在北京師範大學通過答辯。

十年時間，一直沒有把論文正式出版的念頭。最重要的原因是，我對資訊爆炸時代的知識生產充滿了懷疑。中國大陸每年出版的圖書總量在四十萬種以上，面對那些滿坑滿谷的書，我常問自己：這個時代、這個社會需要我在四十萬種中再增加一種嗎？

當年寫作博士論文時，我經歷了一個「痛並快樂著」的過程。查閱資料的時間段，正是SARS最厲害的時候，北京前所未有的安靜。我樂得躲在我供職的人民教育出版社的圖書館裡，一本本翻閱晚清民國的中小學語文教科書。這個圖書館搜集有全國最全的教科書資料。當輕輕翻閱那發黃發硬的書頁時，我常會有一種時空錯亂的感覺，我似乎和一群人圍坐在一起討論，其中有穿馬褂的，有穿西服的，也有穿中山裝的。曾經有多少文化名人在這一領域耕耘過，林紓、梁啟超、蔡元培、胡適、錢玄同、葉聖陶和朱自清，這或許只是他們巨大成就中的一小部分，但同樣展示了他們的獨到思考和卓越見解。現在這些資料已經不能翻閱，全部電子化在網上可以方便查閱，但不知為什麼，「對談」的感覺也隨之消失。

博士畢業以後，我的興趣轉移到本職工作——小學語文教科書編寫上。八年內也參與研究了一些課題，例如國家社科基金的重大課題「百年教科書的整理與研究」。不論是教材編寫還是課題研究，我始終覺得，有很多現在我們遇到的問題，例如，「文以載道」的問題、教材的意識形態問題、語文的工具性與人文性問題、選文的標準問題、文言白話的比例問題、文章的經典性問題，這些問題我們的前輩們曾經爭論激烈，孜孜以求，而現在重又回到討論現場。而一些問題的根源，不回溯到歷史語境中，很難理清思路，尋求路徑。所以，我在看今人很多有關語文的文章時，明顯地感覺缺乏歷史感。由此想到，或許當年我的博士論文所做的一些資料工作，對現在的語文教育研究和現代文學研究有些微用處吧？

博士論文曾經給一些朋友看過，溢美之詞不敢領受，也有朋友提出：你申請的是文學博士，為什麼寫出來的論文似教育學論文？打破學科之間的界限，其實正是我的本意。我專業是兒童文學，到人民教育出版社這個教育機構工作後，深感「文學——教育」這兩個領域之間的隔膜。這種隔膜在研究界亦非常嚴重，例如，在「中國現代兒童文學」的發生上，如果文學界的人多查一些教育學的資料，就能理解它絕不只是反封建父權思想的產物；在教材的選文上，如果教育學界的人多了解一些現代文學的發生，就決不會視早期的現代文學作品為現代漢語的「典範之作」。

感謝我的導師王泉根教授鼓勵我完成這一論題，並在論文寫作過程中給予的悉心指導。師從王老師十餘年來，他給予我學習和生活上的照顧，是不能用一個「感激」就能夠表達的。記得一九九五年，王老師上第一節課時，就談到了做學問「文獻功夫」的重要性，多年來一直不敢忘，在博士論文的寫作過程中，更是隨時提醒自己。

感謝林文寶教授。多年來一直把林教授當成我在臺灣的導師，他對學生的幫助，早已超過學術本身。從他身上，我學到了思考方法，還有為人處事之道。老師對我一直寄予厚望，而我身性耽懶，成就渺小。這本書也是在老師的介紹和促成下，才得以在臺灣出版。

感謝張美妮、金波、樊發稼、曹文軒、葉舒憲、劉勇、鄒紅諸位教授，他們曾為論文寫過評語，並在論文答辯會上給予了指點。這麼多年來未敢忘記。美妮老師在二〇〇七年駕鶴西歸，給我的影響至今留存。

感謝我的家人這麼多年給我的支持。「世道多險薄」，好在有家人的愛陪伴。特別是女兒雪兒，論文完成時她尚未來到世上，論文出版時她已經讀小學了。她改變了我對世界、生命的許多看法。

這本書在臺灣出版，對我亦是很大考驗。由於文化背景和資料來源的差異，對很多事物的判斷上，一定存有不同見解。不過，我想這也並非壞事，或許我提供的恰好是另一種新鮮想法。論文經歷十年，經歷了一些思想方法的演進，但最基本的觀點至今未變。還望諸位讀者予以教正。

文學研究叢書·現代文學叢刊 0806006

新文學的教育之路——論現代文學與晚清民國語文教育的互動關係

作　　者 王　林
責任編輯 邱詩倫
特約校稿 林秋芬

發 行 人 陳滿銘
總 經 理 梁錦興
總 編 輯 陳滿銘
副總編輯 張晏瑞
編 輯 所 萬卷樓圖書股份有限公司
排　　版 浩瀚電腦排版股份有限公司
印　　刷 百通科技股份有限公司
封面設計 斐類設計工作室

發　　行 萬卷樓圖書股份有限公司
臺北市羅斯福路二段 41 號 6 樓之 3
電話 (02)23216565
傳真 (02)23218698
電郵 SERVICE@WANJUAN.COM.TW
大陸經銷 廈門外圖臺灣書店有限公司
電郵 JKB188@188.COM

ISBN 978-957-739-889-5
2017 年 9 月初版三刷
2015 年 5 月初版二刷
2015 年 1 月初版
定價：新臺幣 420 元

如何購買本書：
1. 劃撥購書，請透過以下郵政劃撥帳號：
帳號：15624015
戶名：萬卷樓圖書股份有限公司
2. 轉帳購書，請透過以下帳戶
合作金庫銀行 古亭分行
戶名：萬卷樓圖書股份有限公司
帳號：0877717092596
3. 網路購書，請透過萬卷樓網站
網址 WWW.WANJUAN.COM.TW
大量購書，請直接聯繫我們，將有專人為您服務。客服：(02)23216565 分機 10

國家圖書館出版品預行編目資料
新文學的教育之路：論現代文學與晚清民國語文教育的互動關係 / 王林著 .-- 初版. -- 臺北市：萬卷樓, 2015.01
面；　公分. --
ISBN 978-957-739-889-5(平裝)
1.當代文學 2.語文教學
810.3　　103019864